THEATER OF LOVE

爱的戏剧：莎士比亚与我们

SHAKESPEARE AND US

张　沛　著

华东师范大学出版社
上海

图书在版编目(CIP)数据

爱的戏剧:莎士比亚与我们/张沛著.
--上海:华东师范大学出版社, 2025.
ISBN 978-7-5760-6195-6

Ⅰ.I561.073

中国国家版本馆 CIP 数据核字第 2025P15Y17 号

VI HORAE
华东师范大学出版社六点分社

爱的戏剧:莎士比亚与我们

著　　者　张　沛
责任编辑　朱妙津　古　冈
责任校对　卢　荻
封面设计　刘怡霖

出版发行　华东师范大学出版社
社　　址　上海市中山北路 3663 号　邮编　200062
网　　址　www.ecnupress.com.cn
电　　话　021-60821666　行政传真　021-62572105
客服电话　021-62865537　门市(邮购)电话　021-62869887
地　　址　上海市中山北路 3663 号华东师范大学校内先锋路口
网　　店　http://hdsdcbs.tmall.com

印 刷 者　上海景条印刷有限公司
开　　本　890×1240　1/32
印　　张　9.25
字　　数　161 千字
版　　次　2025 年 8 月第 1 版
印　　次　2025 年 8 月第 1 次印刷
书　　号　ISBN 978-7-5760-6195-6
定　　价　78.00 元

出 版 人　王　焰

(如发现本版图书有印订质量问题,请寄回本社客服中心调换或电话 021-62865537 联系)

总　序

英国作家威廉·莎士比亚1564年出生于英格兰中部沃里克郡(Warwickshire)埃文河畔的斯特拉特福(Stratford-upon-Avon),1585年后离乡到伦敦谋生,1590年加入剧团,开始舞台表演和创作生涯,1599年与人合建"环球剧院"(the Globe Theatre),1612年回乡定居,4年后病逝,遗体安葬于故乡圣三一教堂。

作为英国文艺复兴时期最伟大的诗人和剧作家,莎士比亚活跃于都铎王朝末期的伊丽莎白一世(1558—1603)时代和斯图亚特王朝初期的詹姆士一世(1603—1625)时代。这时的英国正经历了民族崛起、国家扩张、商业繁荣和宗教论战而处在神权政治与君权政治、封建农业社会与近代工商业社会、民族国家与世界性国家的历史交接点上。社会的发展与变化带来了英国文学的黄金时代,而戏剧则是这个时代的骄子。从1580年起,英国产生了数十位卓有成就的剧作家,见于记载的剧本达一千部左右;莎士比亚的前辈、同侪与后学,如李利(John Lyly)、马洛(Christopher Marlowe)、格林(Robert Greene)、皮尔(George Peele)、纳什(Thomas Nash)、基德(Thomas Kyd)、琼森(Ben Jonson)、弗莱彻(John Fletcher)等人,共同创造了历史剧、复仇悲剧、伟人悲剧、浪漫喜剧、宫廷喜剧、悲喜剧等戏剧样式。莎士比亚则集其大成而奠定了英国戏剧的伟大传统。

莎士比亚一生创作了38部戏剧、154首十四行诗和6首其他类型的诗歌,另外他还参与撰写了《爱德华三世》(1589)、《托马斯·莫尔》(1600)两部历史剧,并有据信失传的《爱的回报》(*Love's Labour's Won*)、《卡德尼奥》(*Cardenio*)等作品存目,此不具论。他的创作生涯大体可分为三个阶段①:

> 1. 1590—1600年:富于乐观精神和鲜明信念的9部英国历史剧、10部喜剧和3部悲剧
>
> 2. 1601—1608年:反映深刻矛盾和表现怀疑情绪的7部悲剧、3部“阴郁的喜剧”(这一时期亦称为莎士比亚的“悲剧时期”)
>
> 3. 1608—1613:倾向和解的4部传奇剧(悲喜剧)以及1部历史剧和1部喜剧(与John Fletcher合作)

在这些作品中,有6种以古代罗马为背景(以创作时间为序,下同):

---

① 亦有学者分为四个时期:(1)1590—1595年;(2)1595—1602年;(3)1602—1608年;(4)1608年之后。参见A. C. Bradley: *Shakespearean Tragedy*, The Macmillan Press Ltd., 1974, pp. 61-62。

1. 王政时期:《卢克丽丝遭强暴记》(王政晚期)

2. 共和时期:《尤里乌斯·凯撒》(共和晚期)、《安东尼与克里奥佩特拉》(共和晚期)、《克里奥兰纳斯》(共和早期)

3. 帝国时期:《提图斯·安德洛尼克斯》(帝国晚期)、《辛白林》(帝国早期)

以古希腊为背景者7种:

1.《维纳斯与阿多尼斯》(史前神话时代)

2.《错误的喜剧》(改编自古罗马普劳图斯[Plautus]的《孪生兄弟》[*Menaechmi*],故事发生于伊奥尼亚的以弗所)

3.《仲夏夜之梦》(神话历史时代:雅典建城初期)

4.《特洛伊罗斯与克瑞希达》(特洛伊战争时期)

5.《雅典的泰门》(公元前5世纪末)

6.《推罗亲王伯里克利》(希腊化时代)

7.《两个高贵的亲戚》(神话历史时代:雅典建城初期)

以英国(包括苏格兰和古不列颠)为背景者13种(不包括作者主体抒情的154首十四行诗),其中12种涉及中世纪和古代(10部"历史剧"外加《麦克白》和《李尔王》;《辛白林》亦可归入此类),1种表现当代英国社会(《快乐的温莎婆娘》);14种发生于其他欧洲国家(文艺复兴时期):其中丹麦背景1种(《哈姆雷特》);法国背景3种,即《爱的徒劳》(纳瓦尔)、《皆大欢喜》(主要场景在阿登森林)和《终成眷属》(巴黎-佛罗伦萨-马赛);意大利背景7种:

1. 维罗纳2种:《维罗纳二绅士》、《罗密欧与朱丽叶》
2. 威尼斯2种:《威尼斯商人》、《奥赛罗》
3. 帕多瓦1种:《驯悍记》
4. 墨西拿1种:《无事生非》
5. 西西里1种:《冬天的故事》(其中亦涉及波希米亚等地)

其他地区3种:

1.《第十二夜》(伊里利亚)
2.《一报还一报》(维也纳,时为神圣罗马帝国首都)
3.《暴风雨》(某荒岛)①

每个民族都有自己的文化英雄和灵魂作家,彼此间未必能够认同;但在世界文学的万神殿中,莎士比亚享有

① 参见吉尔伯特·海厄特:《古典传统:希腊-罗马对西方文学的影响》,王晨译,北京联合出版公司,2015年,第162页、第523—524页。

无可置疑的和众望所归的崇高地位。他在生前即已成为英国现代-民族文学的偶像明星：1596 年，理查德 · 科茹称他是英国的卡图卢斯（Catullus）①；1598 年，弗朗西斯 · 米尔斯称他是英国最杰出的悲剧和喜剧诗人，并目之为“奥维德灵魂的再生”②。他去世后，本 · 琼森在《莎士比亚作品集》第一对开本的献辞（1623）中盛赞他是“一切时代的灵魂”和“诗人的恒星”③，从而开启（或至少是预示）了后来的“莎士比亚崇拜”（Bardolatry）传统。自浪漫主义时代以降，莎士比亚声誉日隆，并随“日不落帝国”的政治声威和英美文化霸权而成为普世文学的人格化身。当代“莎士比亚崇拜”的首席代言哈罗德 · 布鲁姆（1930—2019）宣称“莎士比亚是西方经典的中心”（甚至就是经典本身[Shakespeare is the Canon]），④是“唯一的普世作家”，他的作品乃是“世俗的圣经”（他因此成为“世上的神”），一言以蔽之“莎士比亚发明了人（the human）”——他“创造了我们”⑤，而“没有莎士比亚我们还能知道什么？如果不是莎士比亚的作

① Richard Carew: *The Excellency of the English Tongue*, G. Gregory Smith (ed.): *Elizabethan Critical Essays*, vol. 2, Oxford University Press, 1950, p. 293.

② Francis Meres: *Palladis Tamia*: *Wit's Treasury*, *Elizabethan Critical Essays*, vol. 2, pp. 317–319.

③ *The Works of Ben Jonson*, vol. 3, London: Chatto & Windus, 1910, pp. 287–289.

④ Harold Bloom: *The Western Canon*: *The Books and School of the Ages*, Houghton Mifflin Harcourt, 1994, p. 50.

⑤ Harold Bloom: *Shakespeare*: *The Invention of the Human*, New York: Penguin Group (USA), Inc., 1998, p. 718, p. 3, p. 2.

品,我们再也无法辨识我们所谓的‘自然’(nature)”①。

布鲁姆的说法看似惊人,其实渊源有自。早在19世纪20时代,歌德即由衷赞叹“莎士比亚是一个伟大的心理学家,从他的剧本中我们可以学会懂得人类的思想感情”,“莎士比亚已把全部人性的各种倾向,无论在高度上还是在深度上,都描写地竭尽无余了”,“他把人类生活中的一切动机都画出来和说出来了!”②四十年后,雨果也有同样的感慨:“这个英国诗人是人类精神的化身(human genius)……他就是人(Man)。”③此即“莎士比亚发明了人(性)”一说之张本。再如海涅(他声称“德国人要比英国人更善于领悟莎士比亚”,却闭口不谈歌德)亦云:“这位伟大的不列颠人不仅是诗人,还是历史家”,“他的戏剧的舞台是这个地球,这便是他的地点的统一;他的剧本演出的时期是永久,这便是他的时间的统一,他的戏剧的英雄……便是人类,他不断地死去,又不断地复生”④(尼采与之会心不远,但用希腊式的“酒神-英雄”代替了莎士比亚的“人类-英雄”⑤)……这些赞颂构成了

---

① Harold Bloom: *The Anatomy of Influence: Literature as a Way of Life*, Yale University Press, 2012, p. 129.

② 艾克曼:《歌德谈话录》,朱光潜译,人民文学出版社,2000年,第93页。

③ Victor Hugo: *William Shakespeare*, translated by A. Baillot, Boston: Estes and Lauriat Publishers, 1864, p. 274.

④ 海涅:《莎士比亚的少女和妇人》引言,绿原译,上海文艺出版社,2007年,第15页、第17—18页。

⑤ 尼采:《悲剧的诞生》第10章,孙周兴译,商务印书馆,2018年,第76页。

莎士比亚传统——确切说是莎士比亚文学的阐释传统——的交响音乐主题。

在这个意义上,莎士比亚堪称现代人性-感受-审美的伟大“作者”(ποιητής)。即如另一位布鲁姆、同为犹太裔美国学者的艾伦·布鲁姆(1930—1992)在其名著“爱欲三部曲”第二部《爱的戏剧:莎士比亚与自然》(1993)结语处所说:

> 莎士比亚对所有时代和国家中那些认真阅读他的人产生的影响证明我们身上存在着某种永恒的东西,为了这些永恒的东西,人们必须一遍又一遍地重新回到他的戏剧。①
>
> 一个思想共同体是由这位伟大的艺术家以及围绕他聚集起的传统阐释构成的。这是实际存在的最接近“存在大链条”的东西……正是这一阐释传统(tradition of interpretation)为我们建立了文明。抛弃这一伟大的阐释体系就等于抛弃了对自我认识的追寻。②

这番话可谓布鲁姆的“天鹅之歌”和学术遗嘱,其说已近乎道矣。后来之学者,无论中外,当有感于斯言并以此自勉或相期。

---

① Allan David Bloom: *Love and Friendship*, Simon & Schuster, 1993, p. 397.

② Ibid, p. 397 & p. 398.

但也不能无疑:他们所说的“人类”或“我们”是谁呢——这个“我们”包括作为非西方人的中国人吗? 这里是否蕴含了现代人的傲慢和西方中心主义的(借用德里达对伽达默尔的著名批评)“善良的权力意志”?①

首先,这个“我们”恐怕只是作为现代人的我们。即如雨果所说:“莎士比亚与荷马[分别]阖上了两座野蛮(Barbarism)之门:古代时期和哥特时期的门”;“荷马标志了亚洲的终结和欧洲的开端,莎士比亚则标志了中世纪的终结。”②“中世纪的终结”意味着“现代”——以欧洲为主导和原型的现代世界——的开启。如果说莎士比亚“发明了人(性)”,那么这个“人(性)”是“现代的人(性)”。莎士比亚并没有“发明”古代的“人(性)”:我们很难认为他早期的《提图斯·安德洛尼克斯》、中期的《特洛伊罗斯与克瑞希达》和更晚的《雅典的泰门》达到

① 在德里达看来,理解发生的前提是“不理解”,即理解-意义连续体的断裂,而“阐释语境的扩大”(伽达默尔所谓“活生生的对话中的生活联系”)更多是“非连续性的重构”,即意义的“延异”、“替补”与“灰烬”,而非一厢情愿、胜券在握的“视域融合”。即如伊格尔顿所说:伽达默尔假定在历史中“我们始终在家并随处在家,过去的作品将加深而不是消灭我们当下的自我理解,而生疏则始终是秘密的熟悉”,“这是一种极其自负的历史理论”,即认为“历史不是一个斗争、打断和排斥的场所,而是一条‘连续的链’,一条永远流动的河”,在这里“种种历史差异都被宽容地承认”,但同时也都被“理解”消解了(Terry Eagleton: *Literary Theory: An Introduction*, Blackwell Publishers Ltd., 2003, p. 63)。不仅如此,伽达默尔的“善良意志”仿佛康德的“绝对律令”一般预设了阐释的正当,但它无法保证阐释的公正——很可能,自我假“善良意志”之名而成为“共同理解”的主人——事实上重蹈了主体形而上学-意志哲学(德里达称之为“意志形而上学”)的覆辙,因此是一种伪善的强力意志。

② Victor Hugo: *William Shakespeare*, p. 64 & p. 63.

了荷马、索福克勒斯或阿里斯托芬的崇高境界(倒是他有一些非古典背景和题材的作品,例如《哈姆雷特》、《李尔王》、《麦克白》,以及他最好的几部历史剧,在探索人性及其生存限度[即所谓“*conditio humana*”]方面不遑多让,甚至因作家本人身处后基督教征服时代而别具深度)——即便是《安东尼与克里奥佩特拉》这部真正体现了他“发明人性”之功的杰作①,也只能说作者在此是重现发现/准确再现而不是“发明”了古代的“人(性)”。

其次,这个“我们”在我们看来更多是西方人的“我们”,即西方人自我认同的、以西方人为代表的甚至默认(首先或主要)是西方人的那个“我们”。正像莎士比亚取代不了荷马、维吉尔、但丁一样,我们——我们中国人——在莎士比亚中也读不到屈原、陶渊明和杜甫。那是另一个世界,一个不同的世界。这一不同无损于莎士比亚(或杜甫)的伟大;事实上,正是这一不同使得阅读和理解莎士比亚——对于我们,他代表了一个不同的世界,我们既在(确切说是被投入或卷入)其中又不在其中的世界——成为一种必需的和美妙的人生经验。

这是一种生存论意义上的解释学经验,即存在的自我解释。一方面,经典是有待解释的另一个我,即“他我”(ἄλλος αὐτός)②;另一方面,解释经典即是解释自我或自我的解释:我在解释,也在被解释;我解释,因此我

① Harold Bloom: *Shakespeare: The Invention of the Human*, p. 560.

② Aristotle: *Nicomachean Ethics*, 1136a.

在;我与我的解释同在,甚至我就是我的解释,即存在的自我解释——解说、解答、解决、解放、解脱、开解、调解、化解、拆解、了解、释放、消释、开释……直至和解与释然。通过这种解释,我成为了我:一个不同的我,一个面向他者展开而生成的异-己之我。[①] 莎士比亚的作品——他的全部作品,主要是他的戏剧作品,特别是其中的传世经典——正是这样一本有待解释并唤起解释、通过解释而焕发意义的**自我之书**。就其话语类型而言,我们对莎士比亚的解释大致可以分为三种,即翻译、注疏和研究。这三种路径名称虽异而精神相通,共同构成了莎士比亚的"阐释传统"——事实上它们也参与建构了一切人类经典乃至伟大文明的"效果历史"而见证了"此在的根本运动性"[②]。

首先是**翻译**。1631 年(明崇祯四年),中国西学先驱徐光启上书朝廷:"欲求超胜,必须会通;会通之前,先须翻译。"(《历书总目表》)清朝末年,鲁迅以"令飞"之名昭告国人(《摩罗诗力说》,1907):"欲扬宗邦之真大,首在审己,亦必知人;比较既周,爰生自觉。"[③]1933 年(此时日本开始侵入中国华北),陈寅恪在《冯友兰〈中国哲学史〉下册审查报告》中现身说法鼓舞同行:

---

① 参见张沛:《哈姆雷特:注释与解读》后记一,北京大学出版社,2020 年,第 441—442 页。

② 伽达默尔:《诠释学 II:真理与方法》,洪汉鼎译,商务印书馆,2013 年,第 554 页。

③ 《鲁迅全集》第一卷,人民文学出版社,2005 年,第 67 页。

> 其真能于思想上自成系统,有所创获者,必须一方面吸收输入外来之学说,一方面不忘本来民族之地位。此二种相反而适相成之态度,乃道教之真精神,新儒家之旧途径,而二千年吾民族与他民族思想接触史之所昭示者也。①

“比较-知人”和“吸收输入外来之学说”的第一步,即是翻译:文字的、观念的乃至制度的翻译。而这岂止对“吾民族”有效,它也是人类文明发展的普遍真理和共同规律。即如美国古典语文学名家吉尔伯特·海厄特在1949年出版的《古典传统》一书中所说(其中作者的战争记忆和文明忧思“潜虽伏矣,亦孔之炤”,一如我们在赫伊津哈、库尔提乌斯、奥尔巴赫等同时代人的著作中所见):

> 没有哪种语言和民族可以自给自足。它的思想必须得到其他民族思想的补充,否则就会扭曲和枯萎。
>
> 如果伟大的思想能够被交流——无论多难、无论多远——他们就会催生出新的伟大思想。这是所有翻译存在的理由,哪怕是坏的翻译。②

对于这些说法,莎士比亚的翻译者们一定会深表赞同;事

① 《陈寅恪集·金明馆丛稿二编》,陈美延编,生活·读书·新知三联书店,2001年,第284页。

② 吉尔伯特·海厄特:《古典传统:希腊-罗马对西方文学的影响》,前揭,第85页、第91页。

实上他们的工作也充分印证了这一点。对于他们的工作(用德里达的话说,这是一种“绝对的好客”的表现),我们——作为他们的后来者——充满了感激之情。

如果说翻译作品是注疏和研究的第一步,那么**注疏**则是作品翻译的深化和研究工作的准备,同时也是翻译和研究的另一种表现形式。在中国,莎士比亚作品原典的翻译已有百年以上的发展和积累,如朱生豪、梁实秋、方平等人的译本广为流传而脍炙人口,此外并有新的全集译本正在或即将问世,这为日后的注疏工作打下了坚实的基础。中国古人治学格言:“旧学商量加邃密,新知培养转深沉。”时至今日,中国汉语学界的西学研究渐入“加邃密”和“转深沉”之佳境,而莎士比亚戏剧与诗歌作品的注疏——或者说以注疏为中心的翻译和研究工作——也该提上今天的工作日程了。

有鉴于此,我们准备发起“莎士比亚注疏集”和“莎士比亚研究”两套系列丛书,以为“为王前驱”、拥彗清道之“小工”——即如哲人洛克所说:在一个已经产生了许多大师的时代,“我们充任一名小工(under-labourer)来清扫地基”,这已经“够有野心”了①。根据编者的计划,“莎士比亚研究”丛书将以翻译为主,重点译介 20 世纪以来西方特别是英语世界中的莎学研究名著,兼顾文学、思想史、政治哲学、戏剧表演等研究领域和方向,从 2021

① John Locke: *An Essay Concerning Human Understanding*, *The Epistle to the Reader*, p. 1.

年起陆续分辑推出。至于前者,即“莎士比亚注疏集”(以下简称“注疏集”)项目,兹事体大,编者也有一些原则性的先行理解和预期定位,敢布衷怀于此,并求教于海内方家与学界同仁。

首先,在形式方面,注疏集将以单部作品(如《哈姆雷特》或《十四行诗集》)为单位,以朱生豪等人译本为中文底本,以新阿登版(兼及新牛津版和新剑桥版)莎士比亚注疏集为英文底本(如果条件允许,也会参考其他语种的重要或权威译本),同时借鉴具有学术影响和历史意义的研究成果,**既入乎其内又出乎其外**地对之进行解读——事实上这已触及注疏集和文学解释乃至“解释”本身的精神内容,而不仅是简单的形式要求了。

所谓“**入乎其内**”,首先指解释者有意识地暂时搁置或放下一切个人意志与成见而加入莎士比亚文学阐释传统这一不断奔腾、历久弥新的“效果历史”长河。现代解释学认为:凡对领会有所帮助的解释都已经对有待解释的东西有所领会,此即“解释的循环”;解释的循环并非恶性循环,只要我们意识到“决定性的事情不是从循环中脱身,而是依照正确的方式进入这个循环”。[①] 此言甚是。然则何谓“正确的方式”?一种可能的回答是(这也是我们愿意接受和准备施行的方案):“人们必须首先理解某个陈述,亦即首先必须按照作者有意识地赋予的意义去理解这个

---

① 海德格尔:《存在与时间》第32节,陈嘉映、王庆节译,生活·读书·新知三联书店,2000年,第179页。

陈述,然后才能使用或批评那个陈述"①;与此同时,"一切用文字固定下来的东西都具有某些陌生的因素",解释者"必须去除掉其中的陌生性"并将它"占为己有"②而实现"在的扩充"③,也就是"与此在的历史性一起被给出的存在的展开"④。进入文本、进入文本的历史、进入历史的发生现场、进入历史现场的语境脉络(以及背后的话语-权力运作),此乃本人所说"入乎其内"的第一层含义。

"入乎其内"的第二层含义,是进入"文学",确切说是莎士比亚文学的传统。莎士比亚——他的作品以及由此派生的阐释传统——自成一世界,而它首先和根本是文学。现代"文学"作为古典"文学"的突变和反转,以放弃(或者说超越)古典"文学-政治"的原始共生关系(它在现实中往往扭曲变形为附丽或寄生关系)为代价而解放了自身,但这种解放同时也是一种遮蔽——"为艺术而艺术"、"文学本体"、"纯文学"等等似是而非的说法,现代"文学"日趋细密而不断朴散的学科设置,无不证示了这一点。单纯的(或者说非政治的)文学是不存在的,至少是不现实的:它只是一种作为批判、反抗或逃避的乌托邦愿景。但是另一方面,文学根植于政治(这就是说政治是

① 列奥·施特劳斯:《评柯林武德的历史哲学》,刘小枫编:《苏格拉底问题与现代性——施特劳斯讲演与论文集卷二》,彭磊、丁耘等译,华夏出版社,2008 年,第 151 页。

② 伽达默尔:《诠释学 II:真理与方法》,第 529 页。

③ 伽达默尔:《诠释学 I:真理与方法》,洪汉鼎译,商务印书馆,2013 年,第 206 页。

④ 伽达默尔:《诠释学 II:真理与方法》,第 519 页。

文学的基础:没有政治就没有文学①)这一原初事实并不意味着文学属于政治或以政治为目的(ἐντελέχεια)。相反,文学——真实的文学和理想的文学——是高于政治的存在,并因其高于政治——现实政治——而引领、护成了政治的理想和理想的政治。这一点对于理解莎士比亚来说尤为关键:莎士比亚的作品产生于特定的历史时代并展现了具体的人物和情景,但它们并不为任何一个特定的历史时代、社会阶级、利益集团、意识形态而写。莎士比亚志不在此:作为"一切时代的灵魂",他关注的是具体情境中的普遍人性——即便是他政治意味相对明显的英国历史剧和罗马剧,也是如此。认为他的作品为某一特定的历史时代、社会阶级、利益集团或意识形态提供了戏剧的传声筒、文学的背书或世俗政治的神正论,此乃对莎士比亚文学意义的严重误解乃至亵渎。文学兼容并包而随物赋形,固非单纯美好的"华屋"(House Beautiful)②

---

① 如霍布斯认为,在他所谓"利维坦"的公共权力(也可以说是国家暴力)缺席的"自然状态"下,"地貌的知识、时间的记载、文艺、文学、社会等等都将不存在"(《利维坦》,黎思复、黎廷弼译,商务印书馆,1996 年,第 95 页)。认为"科学与艺术"即社会文明的进步妨害了人性之纯全的卢梭构成了霍布斯的反题,而马克思的观点——在未来的理想社会(即超越了阶级社会的共产主义社会)中"每个人的自由发展是一切人的自由发展的条件"(《共产党宣言》)——则构成了二者的合题。

② Ernst Robert Curtius: *European literature and the Latin Middle Ages*, Princeton University Press, 2013, p. 400. 按:库尔提乌斯在此援引了 19 世纪英国学者沃尔特·佩特的说法(Walter Pater: *Appreciations with an Essay on Style*, London: Macmillan, 1890, p. 253),而后者的说法则源自 17 世纪英国作家班扬(John Bunyan)小说《天路历程》第二部第六章中出现的"华屋"(the House Beautiful)与第五章、第八章、最后"小朝圣者"一章中出现的"美伦宫"(the Palace Beautiful)意象。叔本华以文学艺术为苦难人生的片刻抚慰与暂时解脱,用意略同,但以寂灭为宗旨而更趋悲观矣。

或“在水一方”的桃源秘境,但它自有根基和家门;研究文学而忽略文学本身——语言、文本、阐释传统——有可能导致观风望气、逢迎当道和“阉然媚于世”的“思想(史)”研究,对此我们须有足够的反思和警惕。①

“入乎其内”的第三层含义,是进入“中国”,即我们身为中国人而特有的审美感受、历史记忆、文化经验和问题意识。事实上,这也构成了前文所说“出乎其外”的前提条件与精神实质。如伽达默尔所说:“偏见即我们向世界敞开的倾向性。”②只要运用得当,我们拥有或习得的中国文化身份即是这样一种宝贵的偏见。没有这一必要的文化偏见(或者说洞见),我们能否真正“入乎其内”固然大成问题,而“出乎其外”将更加不可想象。哈罗德·布鲁姆声称“走到莎士比亚之外来更好地理解莎士比亚是危险的”③,虽然不无道理,但有一间未达。如其先前所说,“我们”阅读莎士比亚时,最大的困难恰恰在于“我们根本感受不到困难”,因为“我们是被莎士比亚

---

① 或有人以“君子见机而作”、“随时”、“知几”(καιρὸν γνῶθι)一类说法为之申辩,其实不然:古人说的“见机而作”并非曲学阿世的“投机”(卡尔·施米特所谓“主体把世界当作他从事浪漫创作的机缘和机遇”的“浪漫派”,参见《政治的浪漫派》,冯克利、刘锋译,上海人民出版社,2004年,第15页),而是“视世所忽者而施挽救焉”的逆时而动,即其为时代的孤臣孽子(借用尼采的说法)或“自反而缩,虽千万人吾往矣”的逆行者——至少他会在“天下沉浊”时“卷而怀之”、“退藏于密”,保持高贵的沉默。我们看到,这不仅是一种理智德性的决断,也是一种道德德性的考验。

② 伽达默尔:《哲学解释学》,夏镇平等译,上海译文出版社,1994年,第9页。

③ Harold Bloom: *Shakespeare: The Invention of the Human*, p. 719.

塑造成形的”——莎士比亚造就了“我们”的感受力，以至于“我们”无法真正认识到他的原创性①；如果是这样（我们在此看到了西方文化中心主义权力意志的自我膨胀[ὕβρις]与作茧自缚），那么中国的文化经验和历史记忆（二者共同塑造了大部分中国人的审美感受）恰为布鲁姆口中所说和心中所想的“我们”——与我们互为他者的“我们”，即“他们”——走出这一悖论式困境提供了“偏其反尔”的机缘和助力。

只有进入作为“西方”之他者的“中国”，我们才有可能真正走出西方中心主义的自说自话而进一步证成莎士比亚文学的阐释传统。反之亦然：中国文学与文化（如杜甫诗、《红楼梦》、昆曲和书法艺术）只有“出乎其外”走向普世接受和现代理解，才能“入乎其内”而更上层楼地见证自身的历史存在。在此也许会发生主流阐释传统或效果历史的断裂，但这恰正为另一种理解-意义——它们之前或是作为异己的力量被敉平消灭②，或是因其不合

---

① Harold Bloom: *Ruin the Sacred Truths: Poetry and Belief from the Bible to the Present*, Harvard University Press, 1991, p. 53 & p. 63. Cf. Marjorie Garber: "[H]e, or his plays, have made us who and what we are." (*Shakespeare After All*, Pantheon books, 2004, p. 67) Susannah Carson: "[I]t's difficult to conceive who we should be—as a culture, as ourselves—had Shakespeare never existed." (*Living with Shakespeare*, New York: Vintage Books, 2013, Introduction, p. xv)

② 12世纪罗曼文艺复兴的陨灭即是一例：如西蒙娜·薇依（Simone Weil）所见，这是古希腊精神在基督教世界的复活，也是文艺复兴（在薇依看来，“人类当下的困境扎根于这个虚假的文艺复兴”）之前真正的文艺复兴，但被基督教罗马教廷发动的第三次东征十字军视为阿尔比异端（Albigensian）而无情扑灭，基督教精神在历史 （转下页注）

时宜而泯声于历史的长河①——的解放与新生提供了契机。

以上所说,只是编者的一些初步想法。所谓“知难行易”,真正实现谈何容易!(我在此想到了《哈姆雷特》“戏中戏”里国王的感叹:“Our thoughts are ours, their ends none of our own.”)蒙华东师范大学出版社六点分社企划人倪为国先生信任,本人忝列从事,承乏主编“莎

(接上页注)关头“选择了恶”,而“恶结出果子,我们如今就处在恶果里”——她指的是后世瓜瓞绵绵的迫害型社会,特别是当时肆虐的纳粹政权(薇依:《奥克文明启示何在?》[1943],《柏拉图对话中的神》,吴雅凌译,华夏出版社,2012年,第285—287页)。将近两个世纪之前,伏尔泰也在他的《风俗论》(1756)终章时分意味深长地谈到这段史实并且指出:“启发民智、醇和民风的文艺,自12世纪起就开始有所复兴。但是最卑劣、最荒谬的迷信”——即薇依所说的中世纪基督教极权主义精神——“扼杀了这颗萌芽,使几乎所有的人昏聩愚钝,而这些迷信在欧洲愚昧而又凶残的民族中普遍流行,从而在野蛮之外,又添上荒唐可笑。”(《风俗论》下册,商务印书馆,2013年,谢戊申、邱公南、郑福熙、汪家荣译,第525页)

① “朗吉努斯”的《论崇高》长期湮灭无闻的命运即是一例。20世纪德国著名罗曼语文学者库尔提乌斯曾就此大发感慨:“‘朗吉努斯’大大超出了他的时代,以致于无人问津。没有一个古代作家引用他。”(*European Literature and the Latin Middle Ages*, Epilogue, p. 399)“伟大的批评极为罕见。因此它鲜会得到承认。如果说整个古典晚期未有一字提及‘朗吉努斯’,此乃其精神能量(intellectual energy)衰竭的一个最清晰的征兆。‘朗吉努斯’被那个牢不可破的链条——平庸者的传统(the tradition of mediocrity)扼杀了。莫非这个传统就是文学连续性(literary continuity)最强有力的支持?”(id., p. 400)如此看来,所谓“经典”并不一定是时代精神的结晶代表;毋宁说它的经典身份来自后代——一代又一代的“当代”——的重新阐释(经典化)。就此而言,解读(经典)既是后来者的权利,也是他的责任:发现失落的世界、认证历史的其他可能(断裂)、解放被禁锢-销声的意义以及(就其理想状态或终极可能而言)实现存在的自我救赎。

士比亚注疏集”和“莎士比亚研究”项目，自惟瓦釜之才，常有“抚中徘徊”、“怀隐忧而历兹”之感。但我确信这是一项有意义的事业，值得为之付出。昔人有言：“譬如农夫，是穮是蓘，虽有饥馑，必有丰年。”(《左传 · 昭公元年》)又曰：“锲而不舍，金石可镂。”(《荀子 · 劝学》)请以二十年为期，其间容有小成，或可留下此在的印迹，继成前烈之功并为后人执殳开道。本人愿为此前景黾勉努力，同时祈望海内学人同道惠然肯来，共举胜业而使学有缉熙于光明——为了莎士比亚，为了中国，也是为了方生方逝的我们：

皎皎白驹，在彼空谷。
生刍一束，其人如玉。
毋金玉尔音，而有遐心。

There lies the port; the vessel puffs her sail:
'Tis not too late to seek a newer world.
Our virtues lie in the interpretation of the time.
Multi pertransibunt et augebitur scientia.

張沛

2021 年 7 月 14 日于昌平瑞旗家园寓所

谨以此书纪念

我的老师乐黛云先生(1931—2024)逝世一周年

并庆祝

北京大学比较文学与比较文化研究所成立四十周年(1985—2025)

“看哪！好好看看！这就是你们的生活！这就是你们此在之钟上的指针！”

——尼采：《悲剧的诞生》第 24 节[①]

① 尼采：《悲剧的诞生》，孙周兴译，商务印书馆，2013 年，第 173 页。

目　录

CONTENTS

序　幕

“你没注意看戏吧”

《驯悍记》(*The Taming of the Shrew*, 1593/4)是莎士比亚早期创作的一部喜剧作品,时间略晚于《理查三世》(1592/3)、《错误的喜剧》(1593),大体与《维罗纳二绅士》(1593/4)、《提图斯·安德洛尼克斯》(1593/4)同时,而略早于《爱的徒劳》(1594/5)和《约翰王》(1595/6)。这部喜剧有一部同名作品(*The Taming of a Shrew*)——二者标题仅有细微的差别(一个用的是定冠词“the”,另一个用的是不定冠词“a”),人们倾向于认为它是前者的讹本或仿作(也有相反意见,但无定论)。事实上,它们都取材于乔治·盖斯科因(George Gascoigne, 1542—1577)的《错会人生》(*Supposes*):该剧译自意大利诗人阿里奥斯托(Ludovico Ariosto, 1474—1533)喜剧《冒名顶替》(*I Suppositi*, 1509)[1],首演于 1566 年,出版于

---

① 阿里奥斯托的这部作品亦非原创,事实上它模仿了古罗马喜剧诗人普劳图斯(Plautus, c. 205–c. 184 BC)的《俘虏》(*Captivi*)和泰伦斯(Terence, c. 195/185–c. 159? BC)的《阉奴》(*Eunuchus*, 163 BC),而这两部作品又以古希腊晚期喜剧诗人米南德(Menander, c. 342/41–c. 290 BC)的《幻象》(*Φάσμα*)为其原型。

1573 年,被认为是英语世界中的第一部英语散文喜剧[1]。

莎士比亚《驯悍记》的情节和语言多有谐趣而充满反讽:表面上看,它讲述(或者说戏剧再现)了男性对女性的规训-征服、妇道对夫权的屈从和认同(如终场时三名新婚男性的赌赛和女主“悍妇”凯特看似一本正经、实则皮里阳秋的女性立场“男权宣言”[2]所示),但是其中家庭-性别政治的表演、男权话语的图型引语式戏仿、名实关系的反转和(自我)嘲讽所在多有,构成了本剧的一大看点。本剧的另一大看点,则是它的奇特结构:该剧由两场序幕(我们姑且称之为“斯赖的奇遇”)加五幕十二场正剧(也就是《驯悍记》的本戏)构成。莎剧中经常使用类似歌队的致辞,大抵为开篇序幕(Prologue)或终场结语(Epilogue),但是也有例外,如下图所示:

<table>
<tr><th colspan="2">剧名及创作时间</th><th>出现位置</th><th>致辞者</th><th>附注</th></tr>
<tr><td>仲夏夜之梦</td><td>1595</td><td>终场</td><td>剧中人
Puck/Robin</td><td>16 行诗体</td></tr>
<tr><td rowspan="2">罗密欧与朱丽叶</td><td rowspan="2">1595</td><td>序幕
(Prologue)</td><td>Chorus</td><td>14 行诗体</td></tr>
<tr><td>第 2 幕开篇</td><td>Chorus</td><td>14 行诗体</td></tr>
</table>

① John W. Cunliffe (ed.): *Supposes and Jocasta*, Boston and London: D. C. Heath & co., 1906, Introduction, p. xxii.

② V. ii. 148-191. 就其对家庭和社会关系中某种先验秩序的认肯(尽管其可信度深值怀疑)而言,凯特的发言与后来《特洛伊罗斯与克瑞希达》(1601/2)一幕二场中尤利西斯对政治秩序的强调(76-138)——他将之上升到了宇宙论的高度——相映成趣;而其向男权话语的公开(但未必是真诚的)屈从,又和《奥赛罗》(1604)四幕三场中艾米利娅(Emilia)私下向清纯女主的“周婆说法”(63-106)构成了十足反讽的对照。

（续表）

剧名及创作时间		出现位置	致辞者	附注
亨利四世（下）	1598	序幕（Induction）	谣言（Rumour）	40 行诗体
		终场（Epilogue）	Epilogue	21 行散体
亨利五世	1599	序幕（Prologue）	Chorus	共 6 篇 223 行诗体（其中剧首 34 行、第 2 幕 42 行、第 3 幕 35 行、第 4 幕 53 行、第 5 幕 45 行、终场 14 行）
		第 2—5 幕开篇		
		终场（Epilogue）		
皆大欢喜	1599	终场	剧中女主 Rosalind	14 行散文
特洛伊洛斯与克瑞西达	1601/2	序幕（Prologue）	Prologue	31 行诗体
终成眷属	1602/3	终场（Epilogue）	剧中人法国国王	6 行诗体
推罗亲王伯里克利	1607/8	序幕和第 2—5 幕开篇（Prologue）	诗人高尔（Gower）	共 6 篇 236 行诗体（其中第 1 幕 42 行、第 2 幕 40 行、第 3 幕 60 行［按：背景处并有无声表演］、第 4 幕 52 行、第 5 幕 24 行、终场 18 行）
		终场（Epilogue）		

(续表)

<table>
<tr><th colspan="2">剧名及创作时间</th><th>出现位置</th><th>致辞者</th><th>附注</th></tr>
<tr><td>冬天的故事</td><td>1611</td><td>第4幕开篇</td><td>时间
(Time)</td><td>32行诗体</td></tr>
<tr><td>暴风雨</td><td>1611</td><td>终场
(Epilogue)</td><td>剧中人
Prospero</td><td>20行诗体</td></tr>
<tr><td rowspan="2">亨利八世</td><td rowspan="2">1612</td><td>序幕
(Prologue)</td><td>Prologue</td><td>32行诗体
弗莱彻
(John Fle-
tcher)撰写</td></tr>
<tr><td>终场
(Epilogue)</td><td>Epilogue</td><td>14行诗体
弗莱彻撰写</td></tr>
<tr><td rowspan="2">两个高贵的亲戚</td><td rowspan="2">1613</td><td>序幕
(Prologue)</td><td>Prologue</td><td>32行诗体
弗莱彻撰写</td></tr>
<tr><td>终场
(Epilogue)</td><td>Epilogue</td><td>18行诗体
弗莱彻撰写</td></tr>
</table>

相形之下,《驯悍记》的序幕(Prologue)——这是莎剧中出现的首例序幕——十分奇特,堪称独一无二:首先,它由正剧前的两场表演(其中第1场“荒村酒店门前”有132行台词,第2场“贵族家中的卧室”有134行台词)外加第1幕第1场最后6行对话构成,毋宁说是一部“戏前戏”(the play before the play)[①]而非一般意义上的序幕。其次,它的两场序幕不是以单人致辞的形式向观众介绍剧情梗概,而是通过戏剧对话和舞台表演来引出《驯悍记》的正剧。在这个意义上,《驯悍记》更像是

① 这是Marjorie Garber提出的概念(*Shakespeare After All*, Pantheon books, 2004, p. 59),中国传统戏曲的说法是“垫戏”或“帽儿戏”。

“斯赖奇遇记”这部轻喜剧的“戏中戏”——但也不尽然：这出“戏中戏”规模超大①，它其实是《驯悍记》的本剧，而斯赖的故事此后（除了在第1幕第1场最后6行对话中一带而过外）再无下文：“戏中戏”完全取代了“戏前戏”。第三，它也不是西方中世纪以来叙事文学中常见的“引子”或“楔子”故事，如威廉·兰格伦的《农夫皮尔斯》（*The Vision of Piers Plowman*）、乔叟的《坎特伯雷故事》（1394）乃至从阿拉伯传入的《天方夜谭》：它们最后都回到了引子故事（一级叙事）②，并由引子故事里的叙述者致辞来结束全篇。后者类似今天所说的“框架叙事”（frame narrative），但是“斯赖的奇遇”显然不在此列：作为《驯悍记》的前引故事，它最多只提供了半个——前半个和小半个——框架。这样别致或者说另类的序幕在莎剧中是第一次出现，也是仅有的一次。

现在问题来了：莎士比亚为什么这样设计《驯悍记》的序幕（以及全剧的结构）？这是作者随手无心的布局，还是他有意为之的结果？回答（或至少是思考）这些问题，对于我们理解莎士比亚——不仅是这一部戏，可能是

---

① 比较《仲夏夜之梦》和《哈姆雷特》两剧中的戏中戏：前者（“*A tedious brief scene of young Pyramus and his love Thisbe; very tragical mirth*”）共138行（V. i. 112–125, 129–153, 156–165, 169–180, 182–202, 211–218, 227, 230–231, 239–241, 244–245, 252–267, 271–286, 299–322），后者（*The Murder of Gonzago*）更短，只有79行（III. ii. 122–124, 128–192, 194–198, 219–224）。

② 此指广义的“叙事”，即柏拉图（*Republic*, 392d & 394c–d）所说的“叙述”（διήγησις）或亚里士多德（*Poetics*, 1448a）所说的“摹仿”（μίμησις）。

他的全部创作,甚至是他这个人——来说,并非无关紧要。

首先,我们可以确定《驯悍记》是莎士比亚独立完成的作品;换言之,它基本上是作者本人主观意志的产物。我们说“基本上”,是因为《驯悍记》并不完全是莎士比亚的原创,而是(就像他的大部分作品一样)在前人基础上的再加工:它的序幕情节源于欧洲中世纪的民间传说(后者的原型是《天方夜谭》中“睡者醒来的故事”①),而正剧中“悍妇”之外的人物和情节大多来自盖斯科因(译自阿里奥斯托《冒名顶替》)的《错会人生》。我们知道,阿里奥斯托《冒名顶替》喜剧的原文标题是“I suppositi”(现代意大利语版译作“Gli scambiati”),其中“i”是意大利语的阳性复数定冠词,“suppositi”则是拉丁文“suppositus”的阳性复数形式,意为“替身-伪装者”——剧中男主与其男仆互换身份向女主求婚,故以此为题。盖斯科因对此心知肚明,但他故意将“suppositi”双关曲解为“supposes”(“料想、假设”),并在他的作品(其实是翻译)开篇(The Prologue or Argument)处特别提示(或者说撩逗)读者:

我猜(suppose)你们聚集在这里,心里想着

---

① Robert L. Mack (ed.): *Arabian Nights' Entertainments*, Oxford University Press, 1995, Introduction, p. xiii. Cf. Fahd Mohammed Taleb Saeed Al-Olaqi: *The Influence of the Arabian Nights on English Literature: A Selective Study*, in *European Journal of Social Sciences*, Vol. 31, No. 3 (2012), pp. 385–386.

(supposing)收割我辛勤劳作的成果。老实说,我现在正想(suppose)献给诸位一部名为《错会人生》(*Supposes*)的喜剧:光是这个名字就有可能让你们每个人的头脑都在思忖(suppose),猜度(suppose)我们的"错会"(supposes)是什么意思。有的人也许会猜(suppose)你们将听到…… 一些精妙的说法(suppositions);有的人也许会猜(suppose)我们将向你们揭示一些迄今只是隐约被想到(supposed)的古怪念头;还有些人笑而不语,仿佛已经猜到(supposed)我们会让你们徒费心力地猜度(suppose)某种胡思乱想(a wanton suppose)。但是请理解,我们的"错会"(suppose)不是别的,就是张冠李戴的误会或想象。你们将[在剧中]看到主人被错认为(supposed)仆人,自由人被错认为奴隶,奴隶被错认为自由人,陌生人被错认为老朋友,熟人被错认为陌生人。怎么着? 我猜(suppose)你们已经觉得(suppose)我太过愚蠢,居然几句话就把剧中诸般曲折微妙的"错会"交代了? 非也,我倒是认为(suppose)你们若能正确猜出(supposed)其中任何一个["错会"],恐怕得要等到"错会人生"的最后一幕了。就说这些吧。①

这段游戏文字的独白——其实是隐含的对话:作者与读

① John W. Cunliffe (ed.): *Supposes and Jocasta*, pp. 5-6.

者–观众的对话、与原作者的对话，甚至是与时代精神（现在它以戏剧的形式和方式现身于世）的对话——很“文艺复兴”，也很“莎士比亚”。莎士比亚本人敏锐地捕捉（用哈罗德·布鲁姆的话说是“窃听”①）到了这一点，并予以遗貌取神的发挥而将其演绎为斯赖的“变形记”。如果说“莎士比亚他的序幕中表达了某种戏剧意图”②，那么盖斯科因的“错会人生”即为我们理解莎士比亚的戏剧意图提供了正当而可能的思路。

但不是唯一的思路。理解“莎士比亚的意图”同时涉及莎士比亚的自我理解（包括自我影响）和我们对莎士比亚的理解。为此我们需要思考和回答以下三个问题：

1. 莎士比亚在此可能想表达/表达了什么意思？

2. 它在莎士比亚的文学世界中可能具有什么意义？

3. 我们作为后来和当下的读者可能从中读出什么意味？

先看第一个问题。莎士比亚在此可能想表达/表达了什么意思？毫无疑问，莎士比亚的创作是具有自我意识和意义指向的行为（所有的创作都是：即便是后世超

① Harold Bloom：*The Anatomy of Influence*：*Literature as a Way of Life*，Yale University Press，2012，pp. 28–29 & p. 93.

② Harold Bloom：*Shakespeare*：*The Invention of the Human*，New York：Penguin Group，Inc.，1998，p. 28.

现实主义者标榜的自动写作，其实也是他们有意为之甚至刻意表现的“无意”）——否则他写它做什么呢？莎士比亚《驯悍记》的两场序幕戏剧地再现了盖斯科因《错会人生》的开篇致辞；借用亚里士多德的话说，后者的“错会”主题与情节构成了《驯悍记》序幕（乃至全剧）的质料因。其次，在莎士比亚时代，“戏中戏”（确切说是“戏前戏”）式的序幕并非罕见，例如托马斯·基德（Thomas Kyd）的《西班牙悲剧》（*The Spanish Tragedy*，1582–1592）、乔治·皮尔（George Peele）的《老妇谭》（*The Old Wives' Tale*，1595）、本·琼森（Ben Jonson）的《人人扫兴》（*Everyman Out of His Humour*，1599）、弗朗西斯·博蒙（*Francis Beaumont*）的《燃杵骑士》（*The Knight of the Burning Pestle*，1607）、约翰·韦伯斯特（John Webster）为约翰·马斯顿（John Marston）《愤世者》（*The Malcontent*，1604）所作的序幕，都是“道不孤，必有邻”的明证①。尤其是《西班牙悲剧》的序幕，因其写作时间略早于莎士比亚的《驯悍记》，更为后者提供了写作的模板和竞争的目标②。

---

① Michele Marrapodi (ed.): *Shakespeare and the Italian Renaissance: Appropriation, Transformation, Opposition*, London & New York: Routledge, 2014, p. 235. See also Harold Bloom: *Shakespeare: The Invention of the Human*, p. 28. Marrapodi 在此指出：这些英国作家的灵感源自意大利 16 世纪文学作品中常见的对话开篇（例如薄伽丘的《十日谈》，特别是阿雷蒂诺（Pietro Aretino）的第二部喜剧 *Il Marescalco*［1533 年威尼斯初版，1588 年英国出版］），而后者又脱胎于普劳图斯和泰伦斯的喜剧开篇“致辞”传统（id, pp. 235–236）。

② Marjorie Garber: *Shakespeare After All*, p. 59. 作者在此指出：《驯悍记》序幕中斯赖说的“Go by, Saint Jeronimy”(1.6)这句话即来自《西班牙悲剧》第 3 幕中西班牙将军 Hieronimo 的台词“Hieronimo, beware! go by, go by!”(3.12.31)。

由于某种原因(很可能是“影响的焦虑”),莎士比亚并未完全袭仿前人的成功经验,而是自出机杼另加变化:《西班牙悲剧》开篇伊始,安德里亚(Andrea)的鬼魂上场致辞,自述生平与遇害经过(I. i. 1–85),这时他身后的复仇神(Revenge)劝他坐下看戏,作为“歌队”静观并等待结果(86–91:“Here sit we down to see the mystery, / And serve for Chorus in this tragedy.”),之后正戏开始。各幕结束时,鬼魂和复仇神都有一番对话,如下图所示:

场　次	行数	附　　注
1 幕 1 场	1—91	
1 幕 6 场	1—9	
2 幕 5 场	1—11	
3 幕 15 场	1—38	第 26 行以降复仇神向鬼魂和观众展示了一出哑剧(戏中戏),三人(两名火炬手和婚姻神许门)上场表演
4 幕 5 场(全剧终场)	1—48	

然而《驯悍记》的序幕并没有呈现或发展出这样一种框架结构:我们看到,斯赖的故事在正剧(或者说“斯赖奇遇记”的戏中戏)开演第一场后就中断了——实际上是消失了(尽管他和他的“妻子”与仆从此后一直待在舞台上看戏)。这与同时代的另一部《驯悍记》(*The Taming of a Shrew*, 1594)形成了鲜明对比:这一版的斯赖在观剧过程中三次插话发言,并在剧终梦醒时分——他在酣睡中被送回原来发现他的酒店门口,第二天清晨醒来后自认为是南柯一梦(“我这辈子做过的最大美梦”)——准备

回家用梦中学来的方法对付自己的老婆:“我现在可知道怎么调教一个泼妇了。”(15. 16–21)①

莎士比亚如此编排《驯悍记》的序幕和“戏前戏”(同时也是它的“戏外戏”),用意何在?哈罗德·布鲁姆认为这“将我们和《驯悍记》的[正剧]演出拉开一段距离”,同时“暗示身份的错位(social dislocation)是一种疯狂”②;其说虽是,但还不足以解释《驯悍记》中“戏前戏”——即斯赖的故事——和“戏中戏”的结构形式。哈罗德·戈达德认为序幕中的斯赖暗示了正剧中的男主皮特鲁乔(Petruchio):后者被妻子凯特公开表达的“真心服从”(5. 1. 165)所蒙蔽,正如前者被小厮奉主人之命伪装的“妻子”和仆人们的表演所欺诒;戏剧–恶作剧③结束时,皮特鲁乔犹在梦中,而斯赖已从梦中醒来,因此作者不再让他现身④。戈达德的解释似乎更胜一筹,但是我们也看到斯赖的故事除了两场序幕之外,尚有正剧第一场结束时的6行对话——“戏前戏”在此变成了幕间插曲,甚至是“戏中戏”(《驯悍记》本剧)的“戏中戏”(I. i. 238–242):

仆甲　老爷,你在打盹。你没注意看戏吧。

斯赖　不,圣安妮在上,我在看。好戏,的确是好戏。

---

① *A Pleasant Conceited Historie*, *called The taming of a Shrew*, printed at London by Peter Short, 1594, p. 52.

② Harold Bloom: *Shakespeare*: *The Invention of the Human*, p. 28.

③ Induction, ii. 121: “a pleasant comedy”; 128: “a comonty”.

④ Harold C. Goddard: *The Meaning of Shakespeare*, Chicago: University of Chicago Press, 1951, pp. 72–73.

下面还有吗？

小厮　夫君，它才刚开始。

斯赖　这是出非常棒的戏，太太夫人。

但愿它赶快结束！（继续坐着观剧）

可以说，这几行对话（以及表演）使“斯赖的故事”——同时作为《驯悍记》的“戏前戏”、“戏中戏”和“戏外戏”——变成了一个意义不能“整除”的戏剧单元：如果是单纯的序幕，那么这六行对话仿佛画蛇添足而未见高明；而作为框架叙事的进一步展开，这六行对话（与前两场序幕相比）更是显得虎头蛇尾而有失水准。莎士比亚完全有理由和条件不这样写，但他偏就这样写了。作家不需要解释——他的作品就是他的解释，而且很可能他本人也无法解释；然而我们作为读者却需要一个解释：莎士比亚为什么要这样写——或者说他这样写意义何在？这两个问题并不完全等价，但是我们作为读者——即不在历史发生现场（因此并不完全知情）、同时拥有某种历史后见之明（或者说有限超验视角）的晚到者，只能通过第二个问题来回答——部分回答，确切说是给予性地解释——这个问题。

这个问题又可再分解为两个问题，即上文提到的“理解莎士比亚的意图”所涉及的三个问题中的第二和第三个问题：

1. 它在莎士比亚的文学世界中可能具有什么意义？

2. 我们作为后来和当下的读者可能从中读出什么意味？

我们先看第一个问题：它在莎士比亚的文学世界中可能具有什么意义？这个问题同样取决于我们的解读，即第二个问题。两个问题其实是一个问题，二者的区别仅仅在于：前者重在事实基础上的“发现”，而后者重在文学意义的“发明”。

那么，我们在莎士比亚的文学世界——它包括 38 部戏剧、154 首十四行诗和 6 首其他类型的诗歌——中能发现什么呢？

在这里，我们发现了莎士比亚本人未曾发现的一个文学世界。不错，正是他亲手创造或者说“发明”了这个世界，我们因此将它命名为“莎士比亚的世界”；但是回到历史现场，当时年方二十九岁的作者对于他正在和将要创造的这个世界并无先验的整体设计和观量。这一点也适用于晚年已经完成了自己全部作品（但他本人对此也许并不知情）的莎士比亚。毋宁说，这一整体观量属于“我们”即后来读者的解读——如艾伦·布鲁姆所说，“这是实际存在的最接近‘存在大链条’的东西”，即承载和象征了人类自我认识命运的“阐释传统”（tradition of interpretation）①。正是在这里，“斯赖的故事”获得了新

① Allan David Bloom: *Love and Friendship*, New York: Simon & Schuster, 1993, pp. 397–398.

的意义和言说可能。

斯赖的故事——序幕以及正剧第一场结束时的6行对话——在莎士比亚的文学世界中可能具有什么意义?让我们从一项基本事实和假定说起。

首先,《驯悍记》中斯赖的故事和正剧本身分布于不同的戏剧空间并承载了不同的戏剧功能:前者是后者的"戏前戏",而后者是前者的"戏中戏";如果以观众-读者的时空感受为基准,那么斯赖的故事构成了戏剧的第一层幻象,而"驯悍的故事"构成了它的第二层幻象。两层幻想互为表里镜像:莎士比亚让我们在《驯悍记》的"戏前戏"中看斯赖的戏剧(尽管他本人对此并无自觉),正如斯赖在它的"戏中戏"中看演员们演出的《驯悍记》。我们在看斯赖看戏,这一事实构成了《驯悍记》的莫比乌斯循环:正在看戏的斯赖指向/表征了正在看他看戏的我们。在这个意义上,斯赖就是我们,或者说我们就是斯赖:"你没注意看戏吧"即是作者为了唤醒——或者说是揶揄和取笑?——身陷戏剧"盗梦空间"中的我们而特别设置的"天外来音"。

也正是在这里,莎士比亚第一次尝试在"戏中戏-戏外戏"的戏剧幻象中向观众喊话。但不同于他的古典前辈阿里斯托芬、普劳图斯和泰伦斯,他并没有亲自现身(同时也是"化身")说法,而是以**介乎**真实和幻象、现实和表演**之间**的身份与方式(μεταξύ)向观众致意。另一个切近的例子是《仲夏夜之梦》终场时分剧中人(不过此时正剧演出已经结束,因此严格说来他已经不是剧中人,

而是前剧中人了)精灵迫克(Puck)的致辞:

> 要是我们这辈影子,有拂了诸位的尊意,就请你们这样思量,一切便可得到补偿:这种种幻景的显现,不过是梦中的妄念;这一段无聊的情节,真同诞梦一样无力。先生们,请不要见笑!倘蒙原宥,定当补报。万一我们幸而免脱这一遭嘘嘘的指斥,我们决不忘记大恩,迫克生平不会骗人。再会了!肯赏个脸儿的话,就请拍两下手,多谢多谢!(朱生豪译文)①

他如《亨利四世》下篇、《皆大欢喜》、《终成眷属》、《暴风雨》以及《亨利八世》的终场致辞,均可作如是观。一般情况下,莎士比亚会在此处——剧场表演与现实生活的交接面上——点破并解除戏剧幻象,身外化身为既非剧中人、亦非非剧中人的戏剧人物祈请观众的包涵与认可(而不是介绍剧情:这将它与开场时的"施魅"式致辞区别开来)。但是也有例外,比如恰恰在以幻象(也可以说是戏剧)作者"放弃魔法"为主题的《暴风雨》中,我们听到剧中人普罗斯帕罗(Prospero)代表作者向观众最后致辞(*Epilogue*, 1–20):

> 现在我已把我的魔法尽情抛弃,剩余微弱的力

① 《莎士比亚全集》,译林出版社,2013 年,第 1 卷第 386 页。

> 量都属于我自己……求你们解脱了我灵魂上的系锁,赖着你们善意殷勤的鼓掌相助;再烦你们为我吹嘘出一口和风,好让我们的船只一起鼓满帆篷……正如你们旧日的罪恶不再追究,让你们大度的宽容给我以自由!(朱生豪译文)①

这段话与他在前面第4幕第1场中的发言(148—158)遥相呼应:

> 我们的狂欢已经终止了。我们的这些演员们(actors),我曾经告诉过你,原是一群精灵,都已化成淡烟而消散了。如同这段幻景(vision)的虚妄的构成一样,入云的楼阁、瑰伟的宫殿,庄严的厅堂,甚至地球自身,以及地球上所有的一切,都将同样消散,就像这一场幻景(insubstantial pageant),连一点烟云的影子都不曾留下。我们都是梦中(dreams)的人物,我们的一生是在酣睡(sleep)之中。(朱生豪译文)②

结合他在第五幕第一场"弃用魔法"的声明③,这段话大可视为诗人莎士比亚的告别演说:在这里,戏剧魔术师莎士比亚最后一次施法(之后他就将魔杖-权杖和舞台-世

---

① 《莎士比亚全集》,第7卷第373—374页。

② 《莎士比亚全集》,第7卷第358—359页。

③ *The Tempest*, V. i. 50–57: "But this rough magic I here abjure" etc.

界交给了年轻一代)——不是施魅,而是祛魅的法术,在放弃戏剧魔法的同时向他的观众——不仅是舞台-荒岛上的观众,也是台下-剧场中的观众,甚至是远在异域时空观剧的"我们"——悲欣交集地揭示了戏剧假象的本相和人生戏剧的真相(ἀλήθεια)①。如果我们将莎士比亚的全部作品视为一整出戏剧②,那么这段话堪称它的终场致辞③,而它的开篇便是《驯悍记》的序幕以及从"戏前戏"转向"戏中戏"(幕间插曲)和"戏外戏"的那六行对话。

特别是"你没注意看戏吧"一句:在这里,莎士比亚与其说是揶揄和责备,不如说是提醒和邀请"斯赖"——也就是我们——认真观看他的戏剧:既是幻梦也是实相的人生戏剧。他甚至就如何观看这部"人类的戏剧"(海涅语)——也就是说,如何发现其中隐藏的秘密——提供了指导和建议,即如《亨利五世》中的幕间致辞人所说:"一切还望包涵,并用你们的想象补足我们的表演"(III. Chorus 34–35:"Still be kind, / And eke out our per-

---

① 根据海德格尔的著名解释,"真相"(ἀλήθεια)意味着"去蔽"(ἀ 'not, un-'; λήθη, 'oblivion')。在这个意义上,"真相"近似末世论意义上的"启示"(ἀποκάλυψις: ἀπο, 'away from'; κάλυψις, 'covering')。

② 海涅称赞"他的戏剧的舞台是这个地球,这便是他的地点的统一;他的剧本演出的时期是永久,这便是他的时间的统一,他的戏剧的英雄……便是人类,他不断地死去,又不断地复生"(《莎士比亚的少女和妇人》引言,绿原译,上海文艺出版社,2007 年,第 17—18 页),即揭明此义。

③ 如戈达德所见,这段话不啻为莎士比亚全部"戏剧和人生哲学的最佳代言"(*The Meaning of Shakespeare*, p. 291)。

formance with your mind.”),“但请坐看演出,凭借模拟的情形来想象真实的境况”(IV. Chorus 52–53:“Yet sit and see, / Minding true things by what their mockeries be.”)。

莎士比亚要求我们发挥想象:在他看来,观众-读者的想象同样是一种建构性的力量。在这个意义上,与其言过其实地宣说莎士比亚“发明”了“人性”(the human)或我们之所是①,不如实事求是地承认不是他,而是他和我们,共同“发明”——通过想象或“同情之理解”而发明——了每个人和所有人的自我。现在的问题是(这也是上文提到的第三个问题):我们可能在这部戏的序幕中“发明”或者说额外读出什么意义呢?文本意义的“读出”其实是个人理解的“读入”。为此,我们需要暂时走出莎士比亚的世界,以便更好——更加丰富也更有成效——地回归。

首先,斯赖的故事令我们想起莎士比亚的同时代人、西班牙作家塞万提斯的小说《堂吉诃德》第二部(1615)中公爵夫妇对堂吉诃德和桑丘主仆二人施加的恶作剧——例如让他们蒙眼骑在原地不动的木马上,却自以为骑着大法师梅林制造的飞马遨游太空并由此成功解除了邪恶巨人的魔法(第41章)。作者事后对此发表评论说:“戏弄者和被戏弄者是一样的疯傻;公爵夫妇那么起劲地捉弄两个傻瓜,结果他们自己也快变得疯癫了。”(第70章)②我们不知道这里是否也包含了作者的自嘲,

---

① Harold Bloom: *Shakespeare: The Invention of the Human*, p. 2, p. 426, p. 487; *The Anatomy of Influence: Literature as a Way of Life*, p. 114, p. 129.

② Miguel de Cervantes: *Don Quixote*, translated by Charles Jarvis, Oxford University Press, 2008, p. 919.

但有一点可以肯定：在小说最后，我们见证了故事主人公堂吉诃德"去蔽"(也就是获得自我认识)之后的"得病、立遗嘱和死亡"，以及(假托的)故事作者"熙德·阿梅德"(Cid Hamet)的消逝——人生恒如梦幻戏剧，假象-幻觉的解除意味着它的终结或死亡。职是之故，莎士比亚没有让他的斯赖——他与后来的波顿(Bottom)、福斯塔夫是同族的兄弟(福斯塔夫声称"赶走丰满的杰克，就是赶走整个世界"①，可以说代表了生命的基质和原力)，堂吉诃德和桑丘则是他(们)的西班牙远亲——最后走向觉醒，而是仍在梦中。这时看戏的我们——看斯赖看戏、和斯赖一起看戏而同在戏剧人生幻象中的我们——也是一样，如果我们"注意看戏"(mind the play)并且"看进去"的话。

也是在这里，莎士比亚和古典启蒙时代以来的智者哲人产生了(虽然他本人未必有自觉)深刻的分歧。即如柏拉图笔下的苏格拉底所说：这一分歧古已有之，并且事关重大，此即所谓"诗与哲学之争"(*Republic*, 607b-608b)。在柏拉图看来，世人有如洞穴中的囚徒，从来为"无知之恶"所困，对洞外的真实世界一无所知，而只看到它在洞中的失真影像(意见-假象)。诗人(ποιητής)——柏拉图将之作为"智者"(σοφιστής)的原型——就是这些假象的"作者"(ποιητής)，而哲人将帮助人们——首先是哲人自己——实现灵魂的转向(περιάγειν)，从而发见真理的天

---

① 1 *Henry IV*, II. iv. 350: "Banish plump Jack, and banish all the world."

光。不过这一“回转”(στρέφειν)仅限于潜在的哲人,而大众将一直昏沉懵懂,在睡梦中度过此生。① 即便是哲人,他的觉醒也需要某种死亡的解药(φάρμακον)——苏格拉底本人就是如此。在《斐多篇》中,这位自承无知并视“无知”(ἄγνοια)为灵魂之恶疾的哲人临终前嘱咐友人:“克力同,我们欠药王爷(Ἀσκληπιός)一只公鸡,别忘了还上呵。”(*Phaedo*, 188a)苏格拉底的病好了:此世的死亡是治愈灵魂之疾的毒-药(φάρμακον),因此他要向医神还愿表达感谢。

但对世人来说,诗歌——抒情诗、史诗、讽刺诗、喜剧还有悲剧(对于后者,柏拉图的态度比较暧昧,可以说兼有“影响的焦虑”、“爱而不见”的怨慕和“彼可取而代之”的雄心②),一言以蔽之即诗人(幻象作者)的神话故事和吊诡之言——却是日常致幻甚至致死(灵魂-城邦之死)的毒药。为了城邦公民的身心安全和健康,统治城邦的哲人必须将诗歌逐出城邦,除非它能自证清白,即表明自己能够发见真理而有益于世道人心。③

柏拉图对诗歌的挑战和宣判引发了后人——从亚里士多德到锡德尼再到雪莱、从维科到尼采再到海德格尔、从文艺复兴人文主义者到浪漫主义者再到解构主义者——各逞机锋的抗辩与回应,此不具论。奇怪的是,有些诗人居然也对他的观点表示认同,罗马诗人贺拉斯就

---

① *Republic*, 514a–518c & 534c–d. Cf. *Sophist*, 228d.
② *Laws*, 817b. Cf. *Republic*, 520c–e & *Letter* 7, 358b.
③ *Republic*, 605b–607b. Cf. 380b & 398a–e; Laws, 817b & 829e.

是一例。在致友人弗洛卢斯(Julius Florus)的一封信中,贺拉斯谈到自己为什么放弃了诗歌:当年他因从军作战失利而失去田产,为了谋生不得已才作了诗人;"为了讨好易怒的诗人,我忍受了许多,写诗时曲意迎合大众",但是"现在我已经恢复了理性,不再趋奉他们"(*Epistles*, 2.2.102—105)①。说到这里,他唯恐对方不能理解,又讲了一个希腊疯人的故事(128—140):

> 阿尔戈斯从前有个体面人,常以为在听美妙的悲剧演出,坐在空无一人的剧场里快活地鼓掌叫好……后来藜芦祛除了致病的胆汁,他在亲友的关怀帮助下恢复了神智。"双子神在上,朋友们,你们这是杀了我,而不是救了我呀,"他说,"你们强行剥夺了我的快乐,取消了最令人愉悦的心灵迷误(error)。"②

贺拉斯讲的这个故事很像中国古人说的宋阳里华子故事③,不过他另有所指(141—144):

---

① 贺拉斯:《贺拉斯诗全集》,李永毅译注,中国青年出版社,2017年,第701页。原为诗体,引文不再分行(下同)。

② 《贺拉斯诗全集》,第703页。译文根据原文略有改动。

③ 参见《列子·周穆王》:"宋阳里华子中年病忘,朝取而夕忘,夕与而朝忘;在涂则忘行,在室则忘坐;今不识先,后不识今。阖室毒之……鲁有儒生自媒能治之,华子之妻子以居产之半请其方……华子既悟,乃大怒,黜妻罚子,操戈逐儒生。宋人执而问其以,华子曰:'曩吾忘也,荡荡然不觉天地之有无;今顿识既往,数十年来存亡得失、哀乐好恶扰扰万绪起矣。吾恐将来之存亡得失、哀乐好恶之乱吾心如此也,须臾之忘可复得乎?'"

> 的确,[人成熟后]应当变得明智(sapere),放弃玩闹,让小孩子去玩适合他们年龄的游戏,不再追求符合拉丁音律的辞藻,而是研究真实生活(veraevitae)的韵律和节奏。①

他最后的结论是:“现在你该离开了,省得喝过头而被更适合戏谑打闹的年青一代嘲笑并驱赶出去。”(215—216)②就这样,贺拉斯否弃了当年的自己,或者说自己的诗人生活(现在他和柏拉图一样认为这是心灵的“迷误”,也就是疯狂③),而转向(也可以说是回归)哲学或“真实的生活”④。哲人贺拉斯从自己的灵魂城邦中驱逐了诗人贺拉斯:现在他从梦中醒来了。

诗歌——无论是抒情诗、叙事诗还是戏剧诗——无法见证终极真理,只能提供暂时的和可疑的快乐,甚至是像塞壬的歌声一样危险的诱惑:这本来不过是哲人的一家之言(尼采甚至会说这是一种弱者的“怨恨”哲学),但在后世几乎成了不证自明的常识。诗人一再被驱逐出城邦——灵魂的城邦或城邦的灵魂。我们在号称“最后一位古罗马哲人”⑤波爱修斯(Boethius, c. 480—524)的经

① 《贺拉斯诗全集》,第 703—705 页。译文略有改动。

② 《贺拉斯诗全集》,第 709 页。译文略有改动。

③ Cf. *Ars Poetica*, 453-456: “ut mala quem scabies aut morbus regius urget / aut fanaticus error et iracunda Diana, / vesanum tetigisse timent fugiuntque poetam / qui sapiunt” etc. Cf. Plato: *Phaedro*, 244b -245a & 265b.

④ 关于贺拉斯早年的哲学生活,参见第 43—45 行(“inter silvas Academi quaerere verum” etc)。

⑤ Boethius: *Theological Tractates. The Consolation of Philosophy*, translated by H. F. Stewart and E. K. Rand, Harvard University, 1973, Introduction p. x.

典名作《哲学的慰藉》开篇处看到“哲学”呵斥“诗歌”：“走开，诱人走向毁灭的妖女，让我的缪斯来照看和医治他！”后者“受到训斥后羞愧无语，垂头丧气地离开了”①；这时波爱修斯开始从诗歌——他青年时引以为荣的事业——的迷梦中醒来：“我恢复了神志，认出了救治者的面容。”②而在“中世纪的最后一位诗人”但丁结束灵魂的炼狱、即将继续“上行”而开始他的天界朝圣之旅之际，他的诗歌先父和灵魂导师维吉尔悄无声息（也许是黯然神伤）地离开了——异教的诗人无权进入上帝的城邦：他被这个世界驱逐了。然而也正是在这个时刻，但丁从诗歌-尘世之梦中醒来，并将从他的灵魂旧友贝雅特丽齐那里获得上帝的启示、神学的救度和真正的新生。③

甚至到了诗神光荣回归、诗人自信为诗——作为世俗人文主义的“太初之言”和时代精神的自我表达——辩护的文艺复兴时代，类似的情形也时有发生：只不过现在诗与哲学的对立变成了诗歌内部喜剧精神与悲剧精神的冲突，即诗学的内战——托马斯·黑伍德（Thomas Heywood）《美人诫》（*A Warning for Fair Women*, 1599）的开场就是一个典型的例子（在这里，手执皮鞭和匕首的“悲剧”斥责并驱逐了轻薄幼稚的“喜剧”和喧闹的“历史

---

① Id, p. 132.

② Id, p. 128 & p. 138.

③ 但丁：《神曲·炼狱篇》第 30 章，田德望译，人民文学出版社，2014 年，第 332—334 页。

剧”)。一时间,悲剧成了世俗生活-剧场的女王①。然而,文艺复兴本质上是一场见证了世俗文化和兴趣胜出的人间喜剧:它从但丁的“神圣喜剧”开始,经过乔叟的“坎特伯雷”转向(“朝圣者”的“还俗”)、拉伯雷的“巨人”变形(或者说自我塑形)而“道成肉身”为莎士比亚的戏剧——哈罗德·布鲁姆所谓“世俗的圣经”(secular scripture)②,即基督教“神圣悲剧”世界图景的世俗化。莎士比亚的戏剧——包括“悲剧、喜剧、历史剧、田园剧、田园喜剧、历史田园剧、悲剧历史剧、悲喜历史田园剧”(*Hamlet*, II. ii. 401-403)——因其世俗性、杂糅性而具有原生的和根本的喜剧性。对于这类戏剧,锡德尼——尽管他为诗慷慨申辩,认为诗人以“应然”的道德真理为原型,通过自由的想象创造了“另一自然”或“第二自然”,即高于自然(现实)的理念世界③——轻蔑地称之为“狗杂种”(mongrel)④,而乔万尼·瓜里尼(Giovanni

---

① Gemma Leggott (ed.): *A Warning for Fair Women*, I. i. 65-72: “I'll scourge and lash you both from off the stage; / 'Tis you have kept the theatres so long / Painted in play-bills, upon every post, / That I am scornèd of the multitude, / My name profaned: but now I'll reign as Queen / In great Apollo's name and all the Muses, / By virtue of whose Godhead I am sent, / I charge you to be gone and leave this place.” (https://extra.shu.ac.uk/emls/iemls/resources.html)后来黑伍德在《为优伶声辩》(*An Apology for Actors*, 1612)中也表达了类似的观点(Allan H. Gilbert (ed.): *Literary Criticism: Plato to Dryden*, Wayne State University Press, 1964, pp. 553-554, p. 560)。

② Harold Bloom: *Shakespeare: The Invention of the Human*, p. 3.

③ Sir Philip Sidney: *The Defense of Poesy*, 6 & 8-11, in Allan H. Gilbert (ed.): *Literary Criticism: Plato to Dryden*, pp. 411-414.

④ Id, p. 451.

Battista Guarini, 1538—1612）却誉之为“完美的戏剧”、“戏剧的最高形式”，原因是它兼有悲剧和喜剧之长，“并具悲剧和喜剧的快感”，即最大程度的愉悦感受（如其所说，“悲喜剧能愉悦所有性格、一切时代和各种品味的人”）①。诗歌使人快乐，而生命需要快乐：莎士比亚如果为诗辩护，他大概也会这样说。实际上，我们只要“注意看戏”就会发现，他正这样做了：除了上文说到的作品（《驯悍记》、《仲夏夜之梦》、《暴风雨》）之外，再如《终成眷属》的终场（前剧中人“法国国王”在此向观众致辞）：

戏已演完，国王成了乞丐；
求婚成功，结果都还不赖。
我们努力要讨大家欢喜，
日复一日，让各位满意。
现在我们来看，你们来表演：
请大家鼓掌，我们感激无限！

以及《推罗亲王伯里克利》终场时“诗人高尔”的致辞：“感谢诸位始终来捧场，新的欢乐将不断奉上。我们的戏演完了。”（*Epilogue*, 17-18）凡此种种，尽管是例行公事的说辞，却也代表了诗人——不仅是莎士比亚本人，也包括他的同行——的真实心声。

为大众提供欢乐，这是戏剧诗人莎士比亚一贯的主

---

① Guarini：*The Compendium of Tragicomic Poetry*, in *Literary Criticism：Plato to Dryden*, p. 507, pp. 512-514, p. 522.

张①。即便是悲剧或历史剧,只要我们"注意看戏",也不难从中获得某种隐秘的乐趣,一种类似诸神俯瞰芸芸众生的乐趣:如他笔下的罗马英雄和"天下一人"安东尼所说:"智慧的神灵蒙蔽了我们的眼睛"而"笑看我们昂首阔步地走向歧途"②;或如未来的"英格兰之星"和"基督教国王的楷模"亨利王子所说:"我们就这样胡乱打发时间,而智慧的精灵坐在云上看我们的笑话"③——但不是作为神,而是作为在人间-剧场看戏的观众④;同时也作为被看者,即人生戏剧中自知不自知的演员:前者如《威尼斯商人》中的安东尼奥⑤,后者如《驯悍记》中的斯赖。

---

① Cf. 2 *Henry IV*, Epilogue 105-114: "our humble author will / continue the story, with Sir John in it, and make you merry with fair Katharine of France" etc. *As You Like It*, Epilogue: 11-16: "I charge you … to like as much of the play as please you" etc. 一个罕见的例外是《亨利四世》上篇第3幕第1场中叛军悍将亨利·珀西(绰号"热马刺")的态度:在此他表达了对诗歌的极度不屑和反感(125-133: "Nothing so much as mincing poetry. / 'Tis like the forc'd gait of a shuffling nag." etc)。不过这是一个反面人物——他的毒舌评论显然指向刚才离场的威尔士贵族Glendower(后者不满于"热马刺"的傲慢态度而特意向对方标榜了自己的诗才[119-124: "I framed to the harp / Many an English ditty lovely well, / And gave the tongue a helpful ornament" etc.])——的观点,可以存而不论。

② *Antony and Cleopatra*, III. xiii. 112-115: "the wise gods seel our eyes, / In our own filth drop our clear judgments, make us / Adore our errors, laugh at's while we strut/ To our confusion."

③ 2 *Henry IV*, II. ii. 97-98: "thus we play the fools with the time, and the spirits of the wise sit in the clouds and mock us."

④ *Love's Labour's Lost*, IV. iii. 69-70: Berowne: "Like a demigod here sit I in the sky. / And wretched fools' secrets heedfully o'er-eye."

⑤ *The Merchant of Venice*, I. i. 79-81: Antonio: "I hold the world but as the world, Gratiano, / A stage where every man must play a part, / And mine a sad one." 当安东尼奥说"我演的是一个可悲的角色"时,他令我们想到了另外一个自觉的(但也有些可笑的)戏中人——《皆大(转下页注)

《推罗亲王伯里克利》中既是剧中人亦非剧中人的诗人"高尔"最后宣布"我们的戏演完了",这对个人来说也许是真的——他将因此而承受虚无,就像陷入绝望的麦克白那样感到"人生不过是一个行走的影子,一个在舞台上指手画脚的拙劣的伶人,登场片刻,就在无声无息中悄然退下;它是一个愚人所讲的故事,充满着喧哗和骚动,却找不到一点意义"(*Macbeth*, V. v. 24–28)①;但是人生的戏剧——我们在其中既是自我观照的演员,也是自在表演的观众——将继续和反复上演:无论是作为自我庆祝,就像《亨利五世》中的亨利五世在决战前(伪装)兴奋憧憬的那样,"我们将这一天命名为'克里斯品节'(the feast of Crispian)……克里斯品兄弟永远不会被人遗忘,从今天起直到世界末日,而在这一天作战的我们也将被人铭记"②,还是作为自我观照(通过偷窥英雄伟人的私生活或大历史的阴暗褶皱),就像安东尼的爱人、埃及女王克里奥佩特拉在自杀前悲哀想见的那样:"庸俗下流的诗人们将荒腔走板地吟唱我们的传说;头脑灵活的戏子们将在舞台上即兴演出我们的故事……我将看到一

(接上页注)欢喜》中的杰奎斯(Jaques)。Cf. *As You Like It*, II. vii. 139–166: Jaques: "All the world's a stage, / And all the men and women merely players. / They have their exits and their entrances, / And one man in his time plays many parts, / His acts being seven ages" etc. 按:"All the world's a stage"(整个世界是个大舞台)正好对译"Totus mundus agit histrionem"这句拉丁格言。

① 朱生豪译文,《莎士比亚全集》第 6 卷第 184 页。

② *Henry V*, IV, iii. 40 & 58–60.

个童子尖声细气地把我演成一个淫娃荡妇。”①

人生如戏，戏如人生：*Totus mundus agit histrionem*（环球剧场广告格言）。换言之，戏外无戏，即使我们——人生戏剧的剧中人——没有意识到这一点：斯赖没有注意看戏，但他恰恰因此成为我们（自我）关注的对象。我们就是斯赖，斯赖就是我们。斯赖最终也没有从戏剧幻象中醒来：这没有必要，实际上也不可能，因为我们始终生活在戏剧的幻象中。（只）是幻象吗？应该说（也）是现实：戏剧的幻象就是戏剧的现实，而在戏剧现实之外更无其他现实。“或者我们可以把莎士比亚的全部作品看成是一个巨大的梦？”哈罗德·布鲁姆如是发问；在他看来，正是在莎士比亚制造的那个梦幻一般的“新现实”（new reality）中，“我们更为真切地看到了自己，也看到了更奇怪的自己”②，就像柏拉图的厄尔（Ἤρ）、维吉尔的埃涅阿斯（Aeneas）以及但丁、波顿和爱丽丝在他们的梦幻世界中看到的那样。

听到这番话，莎士比亚也许会不置可否地耸耸肩，并微笑着（注意他狡黠的眼神）反问我们：“那你觉得我们现在是醒着呢，还是在睡梦中呢？”③这是一种典型的现

① *Antony and Cleopatra*, V. ii. 213–220: “scald rhymers / Ballad us out o’ tune. The quick comedians / Extemporally will stage us ... and I shall see / Some squeaking Cleopatra boy my greatness / I’ the posture of a whore.”

② Harold Bloom: *The Anatomy of Influence: Literature as a Way of Life*, p. 116 & p. 130.

③ *A Midsummer Night’s Dream*, IV. i. 186–191: Hermia: “Methinks I see these things with parted eye, / When everything seems double.” & Demetrius: “Are you sure / That we are awake? It seems to me / That yet we sleep, we dream.”

代(甚至是后现代)反讽和悬疑(ἐποχή)态度(尽管现代理性的"诗人–作者"笛卡尔当年曾为这个问题——他视之为"恶魔"[genium aliquem malignum]制造的"梦幻骗局"[ludificationes somniorum]——大动感情也大伤脑筋①)。在古人(至少是从柏拉图开始)看来,在现实世界之外似乎——这个"似乎"很快变成了"应该",甚至是"必然"——还存在着另一个作为现实世界之理念蓝本或终极目标的真实世界:所谓"历史",就是前者即现实世界(现世或此世)向后者即真实世界(彼岸或来世)的运动,无论它是神意指示的直线进返、持续下行的衰变堕落还是喜大普奔的螺旋上升;在任何一种情形下,现世都将会在未来的某个时间节点上走向终结而成为过去的梦幻或假象,同时一个真实的世界将随之诞生或醒来。在伟大的"今人"代表和现代世界的批评者尼采②看来,这其实是人类对梦的误会:"野蛮的原始文化时代的人相信在梦中认识了第二个真实的世界,这便是一切形而上

① 参见笛卡尔"第一个沉思"的开篇结尾和"第六个沉思"的结尾(René Descartes: *Discourse on Method and Meditations on First Philosophy* [4th edition], translated by Donald A. Cress, Hackett Publishing Company, Inc, 1998, p. 60, p. 62, p. 103;《第一哲学沉思集》,庞景仁译,商务印书馆,2017 年,第 17—18 页、第 22 页、第 97—98 页)。

② 美国学者朗佩特甚至认为尼采是"第一位后现代思想家",因为"他在作品中极为明白地道出了现时代的诸特征:我们的进步史观、我们对自然的肆意掠夺、我们凭计算方法对科学之确定性所做的虚构,而最泛滥的则是我们的共同善(the common good)理想"(《尼采与现时代》,李致远、彭磊、李春长译,华夏出版社,2009 年,第 294 页)。所谓"后现代性",如我们所知,其实正是"现代性"的一种激化或极端化(radicalisation / radicalised modernity)形式(Anthony Giddens: *The Consequences of Modernity*, Stanford University Press, 1990, p. 51 & pp. 149–150)。

学的源泉。”[①]而在另一位“今人”代表和现代世界的批评者埃里克·沃格林看来,这根本是一种预示和导致了人类精神-政治生活死亡的灵知主义-终末论世界观,也是现代文明的主要病源和最大隐患[②]。对此,莎士比亚并无历史的先见以及后见之明,事实上他也不会有兴趣去认真思考这样宏大的哲学问题,但凭其质朴的诗性直觉和强大的生命本能,通过制作人生-戏剧的幻象和现实(诗人的“ποίησις”)而在现代世界戏剧(“它才刚开始”)的开场部分——同时是它的“戏前戏”、“戏中戏”和“戏外戏”——目击道存而心有灵犀地预先破解(同时也屏蔽)了后来(作为传统“形而上学之梦”和灵知主义-末世论冲动产物)图穷匕见的问题和挑战:

——另外还有一个世界。(There is a world elsewhere.)

多么美丽的新世界!(What a brave new world!)

——只是你觉得新而已。('Tis new to thee.)

---

① 尼采:《人性的,太人性的》第1卷第1章第6节,杨恒达译,中国人民大学出版社,2019年,第15页。

② 埃里克·沃格林:《天下时代》(《秩序与历史》卷4),叶颖译,译林出版社,2018年,第349—350页;《求索秩序》(《秩序与历史》卷5),徐志跃译,译林出版社,2018年,第69页。参见沃格林:《文艺复兴与宗教改革》(《政治观念史稿》卷4),孔新峰译,华东师范大学出版社,2016年,第208页。沃格林对他称之为“观念”或“思辨”的形而上学的批判,参见《希腊化、罗马和基督教》(《政治观念史稿》卷1)“英文版总序”和“英文版编者序言”,谢华育译,华东师范大学出版社,2007年,第51—55页、第62页等处。

第一幕
欲望、幻觉和游戏

从1592年夏天开始，人称“黑死病”的瘟疫在英国肆虐流行，两年后方告平息。在此期间，伦敦剧院关闭，莎士比亚所在的剧团停止演出，剧坛时髦如罗伯特·格林（Robert Greene，1558—1592）、托马斯·沃森（Thomas Watson，c. 1555—1592）、克里斯托弗·马洛（Christopher Marlowe，1564—1593）、托马斯·基德（Thomas Kyd，1558—1594）等纷纷辞世，约翰·李利（John Lyly，1554—1606）也一蹶不振；莎士比亚本人托庇于南安普敦伯爵（Henry Wriothesley，3rd Earl of Southampton，1573—1624）门下，为他撰写了《维纳斯与阿多尼斯》（*Venus and Adonis*，1593）、《卢克丽丝遭强暴记》（*The Rape of Lucrece*，1594）和诸多情意缠绵的十四行诗。1594年夏，瘟疫结束，莎士比亚及其同仁重组加入宫内大臣剧团（Lord Chamberlain's Men），由此开启了下一阶段“如夏日般璀璨”（借用他第18首十四行诗开篇的主题意象）的创作生涯①。

① Frank Kermode：*The Age of Shakespeare*，New York：Modern Library，2005，p. 56.

可以说，1594 年构成了莎士比亚戏剧人生的一个分水岭①。在此之前，莎士比亚固然已在伦敦剧坛通过与“大学才子”同台竞技而崭露头角——他因此被嫉妒心重的同行（如格林）称为“一只爆发的乌鸦”、“自以为是震撼舞台的国内一人”②，但他本人并不如此狂妄自信，而是像《驯悍记》中一觉醒来发现自己居然成为贵族的乡村补锅匠斯赖（Christopher Sly）一样③，对此命运转折感到将信将疑，甚至认为是一种幻觉（或骗局）。但在 1594 年秋季重出江湖后，他变得更加坦然和自信。例如在《爱的徒劳》（*Love's Labour's Lost*, 1594—1595）——这很可能是他在后疫情时代创造的第一部喜剧——中，我们听到罗瑟琳（Rosaline）这样评论俾隆（Biron）（2. 1. 66–76）④：

---

① Jonathan Bate: *How the Classics Made Shakespeare*, New Jersey: Princeton University Press, 2019, p. 49.

② Robert Greene: "for there is an vpstart Crow, beautified with our feathers, that with his Tygers hart wrapt in a Players hyde, supposes he is as well able to bombast out a blanke verse as the best of you: and being an absolute Iohannes fac totum, is in his owne conceit the onely Shake-scene in a countrey." (*Greene's Groats-worth of Wit*, London, 1592)

③ *The Arden Edition of the Works of William Shakespeare: The Taming of the Shrew*, edited by Brian Morris, London: Thomson Learning, 2003, pp. 62–63 & p. 69. 参见安东尼·伯吉斯：《莎士比亚》，刘国云译，广西师范大学出版社，2019 年，第 188—189 页。

④ 本文引用莎剧（包括人名、场次、分行和标点）皆据新牛津本（*The New Oxford Shakespeare: Modern Critical Edition: The Complete Works*, edited by Gary Taylor, John Jowett, Terri Bourus, and Gabriel Egan, Oxford University Press, 2016）。

> 在我所交谈过的人们中间，从来不曾有一个比他更会说笑的人，能够雅谑而不流于鄙俗。他的眼睛一看到什么事情，他的机智(wit)就会把它编成一段有趣的笑话，他的善于抒述种种奇思妙想的舌头(fair tongue)，会用那样灵巧而隽永的字句(apt and gracious words)把它表达出来，使老年人听了娓娓忘倦，少年人听了手舞足蹈；他的口才(discourse)是这样敏捷而巧妙(sweet and voluble)。(朱生豪译文)①

对比俾隆本人对剧中另一角色鲍益(Boyet)的评论——"他是倒卖智慧的商贩"、"他是太太小姐们口中的'可人'(sweet)"、"他言辞美妙(honey-tongued)"(5. 2. 317—336)，以及弗朗西斯·米尔斯(Francis Meres, 1565—1647)在1598年出版的《智慧宝库》(*Palladis Tamia: Wit's Treasury*)中对"英国最杰出的悲剧和喜剧诗人"莎士比亚的赞美——"如果缪斯说英语，她们一定会用莎士比亚那种精致的语言(fine filed phrase)讲话"，"在言辞美妙动听的莎士比亚(mellifluous and hony-tongued Shakespeare)身上，寄寓着奥维德甜美睿智的灵魂(the sweete wittie soule of Ouid)"②云云，我们发现罗瑟

---

① 《莎士比亚全集》(增订本)，译林出版社，2013年，第1卷第240页。

② G. Gregory Smith (ed.): *Elizabethan Critical Essays*, vol. 2, Oxford University Press, 1950, pp. 317-318. 按：米尔斯所谓"fine filed phrase"，出自贺拉斯《诗艺》(219："*poetarum limae labor*" etc.)。莎士比亚显然熟知这一典故——《爱的徒劳》中乡村教师霍洛夫尼斯(Holofernes)讥讽西班牙人亚马多(Armado)说话"咬文嚼字"(5. 1. 9："his tongue filed" etc.)即是对它的戏仿挪用。

琳对俾隆的评论正是莎士比亚本人的夫子自道[1]，即他作为戏剧诗人的自觉自我认知和舞台呈现。

莎士比亚继《爱的徒劳》之后创作的第二部喜剧《仲夏夜之梦》则是更加复杂和微妙的一个例子。有学者认为《仲夏夜之梦》比莎士比亚此前创作的任何一部戏剧都更加"整体预示了诗人天才未来要走的道路"[2]，的确如此——我们甚至可以说《仲夏夜之梦》构成了莎士比亚喜剧的小型样本（Shakespearean comedy writ little）[3]和莎士比亚戏剧的特异变形（anamorphosis）[4]。它其实是《罗密欧与朱丽叶》（1595）的一个喜剧镜像：在《罗密欧

① 另有论者指出第 4 幕第 3 场中俾隆与友人关于黑色之美的辩论（239-273：King："By heaven, thy love is black as ebony." Biron："No face is fair that is not full so black … therefore is she born to make black fair" etc.）"回应或者预示"了莎士比亚的第 127 首十四行诗，因此"这里的俾隆显然就是第 127 首十四行诗的作者"（Harold Bloom：*Shakespeare：The Invention of the Human*，New York：Penguin Group，Inc.，1998，p. 144），此不具论。

② Harold C. Goddard：*The Meaning of Shakespeare*，Volume I，Chicago：University of Chicago Press，1951，p. 80.

③ Marjorie Garber：*Shakespeare After All*，Pantheon books，2004，p. 181. 作者在此指出："就像在《错误的喜剧》中一样，失去自我而后发现自我这一常见主题贯穿了整部《爱的徒劳》。它是莎士比亚喜剧故事的微型样本（the story of Shakespearean comedy writ little），我们将在从《仲夏夜之梦》到《威尼斯商人》乃至更后来的作品中与它一再相遇。"这里论述的重点是《爱的徒劳》，但它同样甚至更加适用于同期稍晚的《仲夏夜之梦》，理由见下文。

④ 此处灵感来自格林布拉特在《文艺复兴时期的自我塑造》第一章中对霍尔拜因的名画《大使们》前景下方居中隐现的骷髅头这一特异变形（anamorphosis）——即通过"精妙的位移、扭曲和视角变换"（subtle displacements，distortions，and shifts of perspective）而创造的一个非现实却"赋予现实的"（reality-conferring）"非地方"（non-place）——所做的著名分析（Stephen Greenblatt：*Renaissance Self-Fashioning：From More to Shakespeare*，Chicago & London：The University of Chicago Press，1980，pp. 18-22）。

与朱丽叶》中,劳伦斯神父(Friar Laurence)的致幻(死亡假象)之"药"①最终酿成了悲剧;但在《仲夏夜之梦》中,致幻(爱情假象)之"药"②的魔力最终被解除而皆大欢喜。《罗密欧与朱丽叶》以奥维德《变形记》中皮拉摩斯(Pyramus)和提斯柏(Thisbe)的爱情故事③为主要蓝本,而《仲夏夜之梦》第5幕第1场的"戏中戏"——一群工匠为庆贺忒修斯(Theseus)和希波吕忒(Hippolyta)的婚礼而献演的"非常悲哀的乐事"(5. 1. 57:"very tragical mirth")——正是皮拉摩斯和提斯柏的爱情故事④。不仅如此,莎士比亚在《罗密欧与朱丽叶》中提到提斯柏以及狄多(Dido)、克里奥佩特拉(Cleopatra)、海伦(Helen)、希罗(Hero)等古代爱情故事中的悲情女主(2. 3. 34–35),在《仲夏夜之梦》中也提到了她们⑤(除了希

---

① Cf. *Romeo and Juliet*, 4. 1. 93–106: Friar Laurence: "Take thou this vial, being then in bed, / And this distilling liquor drink thou off / ... / And in this borrowed likeness of shrunk death / Thou shalt continue two-and-forty hours, / And then awake as from a pleasant sleep."

② Cf. *A Midsummer Night's Dream*, 2. 1. 155–172: Oberon: "where the bolt of Cupid fell. / It fell upon a little western flower / ... / The juice of it on sleeping eyelids laid / Will make or man or woman madly dote / Upon the next live creature that it sees."

③ *Metamorphoses*, IV. 55–166.

④ Garber 由此推断"戏中戏"演绎的爱情悲剧正讲述了《仲夏夜之梦》中的爱人情侣——拉山德和赫米娅、狄米特律斯和海伦娜,甚至是忒修斯和希波吕忒——之间"本来可能发生的故事"(*Shakespeare After All*, p. 234),也就是被"仲夏夜之梦"的喜剧幻象所掩盖和美化的现实。

⑤ Cf. *A Midsummer Night's Dream*, 1. 1. 173–174: Hermia: "And by that fire which burned the Carthage queen / When the false Trojan under sail was seen"; 5. 1. 10–11: Theseus: "The lover, all as frantic, / Sees Helen's beauty in a brow of Egypt."

罗①),而这又暗示指涉了日后《威尼斯商人》(*The Merchant of Venice*, 1596)②、《特洛伊罗斯与克瑞希达》(*Troilus and Cressida*, 1602)、《安东尼与克里奥佩特拉》(*Antony and Cleopatra*, 1606)的剧情。另外再如《仲夏夜之梦》(它本为庆祝某位贵族的婚礼而写③)的故事围绕"雅典公爵"忒修斯和阿玛宗女王希波吕忒的婚礼展开并以此作结④,而《两个高贵的亲戚》(*The Two Noble Kinsmen*, 1613)的故事则从他们的婚礼讲起⑤,其中还都穿插了当

---

① 不过《皆大欢喜》(*As You Like It*, 1599)中又提到了希罗和她的恋人(Leander)以及特洛伊罗斯(4. 1. 73–79:"Troilus had his brains dashed out with a Grecian club, yet he did what he could to die before, and he is one of the patterns of love. Leander, he would have lived many a fair year though Hero had turned nun if it had not been for a hot midsummer night, for, good youth, he went but forth to wash him in the Hellespont, and, being taken with the cramp, was drowned; and the foolish chroniclers of that age found it was Hero of Sestos.")。

② 在《威尼斯商人》第5幕第1场中,新婚的洛伦佐和杰西卡情意缠绵地彼此戏谑,说到特洛伊罗斯(Troilus)和克瑞希达(Cressida)、提斯柏(和皮拉摩斯)、狄多(和埃涅阿斯)、美狄亚(和伊阿宋)这四对/五位不幸的古代情侣(3–17)。可以说,这段看似随机嵌入的情节构成了《威尼斯商人》整部剧中的一个特异变形。

③ *The New Cambridge Shakespeare: A Midsummer Night's Dream*, edited by R. A. Foakes, Cambridge: Cambridge University Press, 2003, p. 3.

④ Cf. *A Midsummer Night's Dream*, 1. 1. 1–19: Theseus: "Now, fair Hippolyta, our nuptial hour / Draws on apace. Four happy days bring in / Another moon" etc; 4. 2. 12–13: Snug: "Masters, the Duke is coming from the temple, and there is two or three lords and ladies more married." 5. 1. 348–349: Theseus: "A fortnight hold we this / solemnity / In nightly revels and new jollity."

⑤ Cf. *The Two Noble Kinsmen*, 1. 1. 0–24 & 3. 1. 1–4: Arcite: "The Duke has lost Hippolyta; each took / A several laund. This is a solemn rite / They owe bloomed May, and the Athenians pay it / To th' heart of ceremony."

地乡民为他们表演“戏中戏”的情节①(这一点也适用于《爱的徒劳》②);而就其揭示了人类欲望的根本原理——即所谓“爱欲三角”或“摹仿性欲望”(triangle of mimetic desire)以及“献祭性替代”(sacrificial substitutions)或“受害者机制”(victimage mechanism)而言,我们甚至可以像勒内·基拉尔(René Girard,1923—2015)那样认为《仲夏夜之梦》是莎士比亚“第一部成熟的杰作”和“一部名副其实的天才之作”:如其所说,《仲夏夜之梦》这部“最富生机活力的”作品不仅是它的前身《维罗纳二绅士》(*The Two Gentlemen of Verona*,1594)的升级版本和完成形态,同时也预示了后来的《尤里乌斯·凯撒》(*Julius Caesar*,1599)和《特洛伊罗斯与克瑞希达》③。

如果这一切还不足以证明《仲夏夜之梦》的元戏剧

---

① *A Midsummer Night's Dream*, 5. 1. 32-349. *The Two Noble Kinsmen*, 3. 5. 96-151.

② *Love's Labour's Lost*, 5. 2. 520-682. 他们在此上演的剧目是“九伟人”(5. 1. 91-113:Holofernes:“Sir, you shall present before her the Nine Worthies” etc.);《仲夏夜之梦》中上演的戏中戏是“皮拉摩斯和提斯柏之死”(1. 2. 9-10:“*The Most Lamentable Comedy and Most Cruel Death of Pyramus and Thisbe*”),《两个高贵的亲戚》中上演的节目是莫里斯舞(morris)——组织者本来还准备了另外两个节目(但都未及上演),其中之一便是“五月神王和他的聪明太太与其男女随从夜行窥探爱人动静”(3. 5. 125-127:“The next, the Lord of May and Lady bright; / The Chambermaid and Servingman, by night / That seek out silent hanging”)——这又让我们想到了《仲夏夜之梦》中的精灵王(Oberon)和他的王后(Titania)以及迫克/罗宾(Puck / Robin)等人(Cf. *A Midsummer Night's Dream*, 4. 1. 541-554:Oberon:“Then, my queen, in silence sad / Trip we after nightës shade” etc.)。

③ 勒内·基拉尔:《莎士比亚:欲望之火》,唐建清译,南京大学出版社,2021年,第37页、第41页、第248页、第349页、第35页。

话语特性,那么我们不妨再来看下面《仲夏夜之梦》剧中人——简称“梦”中人——忒修斯和希波吕忒完成婚礼后准备和大家一起观剧前的这段对话(5. 1. 1–27):

希波吕忒　忒修斯,这些恋人讲述的事情都很奇怪。

忒修斯　奇怪得都不像是真的。我绝不会相信这些古怪的说辞和见神见鬼的传闻。恋人和疯子都有着不安分的头脑和活跃的幻觉(fantasies),冷静的理性根本不能把握他们的想法。疯子、恋人和诗人都是想象(imagination)的产物:有人看见的鬼比广大地狱中的鬼还多,这是疯子;恋人的疯狂也不遑多让,他在埃及人的脸上发现了海伦的美貌;诗人的眼睛,只要那么狂放地一转,就从天上看到了地上,又从地上看到了天上。想象塑造了未知的事物,诗人的笔触赋予它们生动的样态,让空无一物的存在(airy nothing)获得了栖身的处所和名字。强烈的想象(imaginatïon)有种本事:它一旦感到快乐,就会联想到快乐背后的推手;或是在晚上因为心生恐惧,一棵灌木轻易就被认成了一头熊。

希波吕忒　但是他们讲述的夜间遭遇,还有他们共同经历的心理转变(all their minds transfigured so together),都证明这不是幻想的图景(fancy's images),而是真有其事(something of great constancy),虽然确实奇怪和令人难以置信。

结合上下语境——无论是戏剧语境还是社会语境，无论是现实中的文学还是文学中的现实，无论是（借用格林布拉特的说法）“文学文本所面对的社会历史”（the social presence to the world of the literary text）还是“文学文本所呈现的社会历史”（the social presence of the world in the literary text）①，这段话都代表了戏剧诗人莎士比亚迄今为止最高程度的戏剧-诗歌-文学反思和自觉。

在这段引文中，“疯子、恋人和诗人都是想象的产物”（5. 1. 7-8：“The lunatic, the lover, and the poet / Are of imagination all compact.”）堪称全剧提纲挈领的点睛之笔。下面我们即从疯狂与爱欲、爱欲与诗歌、诗歌与疯狂这三组关系入手，对莎士比亚的《仲夏夜之梦》加以分析解读，是为“仲夏夜之梦的解析”。

首先是疯狂和爱欲。“爱欲使人疯狂”是一个非常古老和流行的观念。更远者不说，古希腊哲人（φιλόσοφος，“爱智者”）柏拉图即曾将人类的疯狂（μανία，或译“迷狂”）分为两大类（εἴδη）：病理的和神性的，其中神性的疯狂（神圣的迷狂）又分为四种（μέρη）：先知的（μαντικὴν）、秘仪的（τελεστικήν）、诗性的（ποιητικήν）和爱欲的（ἐρωτικὴν），而爱欲的疯狂——对美好事物的热爱（ἐρῶν τῶν καλῶν）——是最好的

① Stephen Greenblatt: *Renaissance Self-Fashioning: From More to Shakespeare*, p. 5.

(ἀρίστην)一种(*Phaedrus*, 265a-b & 249d-e)。古罗马诗人奥维德则生动地讲述了各种“盲目的爱欲”如何使人(包括他自己)——甚至是神——“变得疯狂”①而失去自我以至于“变形”的故事。奥维德对莎士比亚影响至深,莎士比亚将他视为诗人的典范②,或是在抒情诗中以第一人称视角现身说法:“我的爱像一场热病”,“理性,医治我爱情的医生,气恼我不遵医嘱,已离我而去”,“我已无法治愈,既然理性已经放弃,我狂躁不安,就像疯子一样,思维混乱和词不达意”(*Sonnet* 147);或是通过笔下人物之口代传心事,如《爱的徒劳》中俾隆感叹“这个爱”——他对罗瑟琳(Rosaline)的爱——“和埃阿斯(Ajax)一样疯狂”(4. 3. 4-5),《罗密欧与朱丽叶》中迈丘西奥(Mercutio)戏谑地呼唤罗密欧“痴汉!疯子!情郎!爱人!”(2. 1. 7:“Romeo! Humours! Madman! Passion! Lover!”),《皆大欢喜》中罗瑟琳(Rosalind)戏言“爱纯粹就是一种疯狂”(*As You Like It*, 3. 2. 336:Rosalind:“Love is merely a madness”)或“疯狂的性情”(349:

---

① Ovid:*Fasti*, II. 761-762:“Interea iuvenis furiales regius ignes / concipit, et caeco raptus amore furit.”

② 乔纳森·贝特指出:“早期读者都将莎士比亚的诗歌视为奥维德式的(Ovidian),因为它们的主题都是奥维德最喜欢的题目,即爱欲(erotic desire)的力量”;具体说来,《维纳斯和阿多尼斯》取材于奥维德《变形记》(*Metamorphosis*)中的故事,《卢克丽丝遭强暴记》的题材取自奥维德的《岁时记》(*Fasti*),在文类上模仿了《女杰书简》(*Heroides*),而他的十四行诗则继承了奥维德《情诗集》(*Amores*)所开创和代表的爱情抒情诗传统;事实上,正是奥维德揭橥的“爱欲”主题构成了莎士比亚所有喜剧作品及其若干悲剧作品的原始“驱动力”(Jonathan Bate:*How the Classics Made Shakespeare*, pp. 58-59)。

"mad humour of love")等等,不一而足。爱欲的疯狂或疯狂的爱欲是一种盲目和无理性的爱——"恋人和疯子都有着不安分的头脑和活跃的幻觉,冷静的理性根本不能把握他们的想法"①;它在《仲夏夜之梦》中又被称为"迷恋"(dote / doting),例如第1幕第1场中拉山德(Lysander)揭发他的情敌狄米特律斯(Demetrius)曾向海伦娜(Helena)示爱,而"这位可爱的姑娘"也"一片痴情,执迷不悟地爱上了"对方(1. 1. 108-110: "she, sweet lady, dotes, / Devoutly dotes, dotes in idolatry / Upon this spotted and inconstant man.")②;再如第2幕第1场中精灵王奥伯龙(Oberon)向罗宾(Robin / Puck)交代"迷情花"(love-in-idleness)的来历和功效时也提到:"它的汁液如果滴在睡着的人的眼皮上,无论男女醒来都会疯狂地迷上(madly dote upon)他们第一眼看到的活物"(155-172)——在这里,"迷情花"不过是"迷恋"的一个具象隐喻表达和演示"爱欲使人疯狂"的舞台道具罢了。

确实,诗和爱欲有不解之缘。人们因为爱——情爱

---

① *A Midsummer Night's Dream*, 5. 1. 4-6: "Lovers and madmen have such seething brains, / Such shaping fantasies, that apprehend / More than cool reason ever comprehends." Cf. 1. 1. 233-237: Helena: "Love can transpose to form and dignity. / Love looks not with the eyes, but with the mind, / And therefore is winged Cupid painted blind. / Nor hath love's mind of any judgement taste; / Wings and no eyes figure unheedy haste." 3. 1. 281-282: Bottom: "reason and love keep little company together nowadays."

② Cf. *Romeo and Juliet*, 2. 2. 81-82: Romeo: "Thou chidd'st me oft for loving Rosaline." Friar Laurence: "For doting, not for loving, pupil mine." 5. 3. 79-81: Romeo: "Said he not so? Or did I dream it so? / Or am I mad, hearing him talk of Juliet, / To think it was so?"

和欲爱,无论它是真实的还是虚妄的,给人希望还是令人绝望——而成为诗人,同时爱也构成了诗歌的永恒主题。古希腊哲人德谟克里特认为:“没经历过疯狂就不能成为伟大的诗人。”[①]奥维德固无论矣,他向来是歌颂“爱的艺术”(*ars amatoria*)和“爱欲的力量”(the power of erotic desire)[②]的伟大诗人典范(如其所说:“我胸中燃烧着爱火,爱神在此君临统治”[③],“我是爱的教师”[④],“我们歌唱没有危险的性爱[venerem]与无伤大雅的风流韵事”[⑤]);即便是荷马、卢克莱修、维吉尔这些传统上认为是讲述战争-政治或解释自然-世界的诗人也在他们的诗作中展示了爱欲的力量。莎士比亚也不例外,如他在献给爱人的诗中叹息表白:

缪斯,你在哪里,竟长久忘怀
讲述那赋予你一切力量的源泉?[⑥]

怠惰的诗神,你将如何弥补
你对美所点染的真实的轻忽?

---

① 西塞罗:《论占卜》第80节,戴连焜译,华东师范大学出版社,2019年,第183页。

② Jonathan Bate: *How the Classics Made Shakespeare*, p. 58.

③ *Amores*, I. 26: “Uror, et in vacuo pectore regnat Amor.”

④ *Ars Amatoria*, I. 17: “ego sum praeceptor Amoris.”

⑤ *Ars Amatoria*, I. 33: “Nos venerem tutam concessaque furta canemus” etc.

⑥ *Sonnet* 100. 1–2: “Where art thou, Muse, that thou forget'st so long / To speak of that which gives thee all thy might?”

真和美都有待我的爱来实现；
你也一样，并将由此收获荣光。①

原来爱神就是/才是诗神——因此恋爱中的人是自然天成的诗人。《爱的徒劳》中的俾隆感叹“丘比特这小巨人，这了不起的小家伙”是“爱和诗歌的统治者”(3. 1. 154–155)：“我是在恋爱，它教会了我写诗，并让我变得忧郁”(4. 3. 9–10)——此为“爱之忧郁”②或“恋人的癫狂”，他接下来说到的“踯躅徘徊”、“心怀怨望”、“叹息呻吟”(3. 1. 153–157)即为其典型症状表现——“好吧，我要恋爱、写诗、叹息、祈祷、追求和呻吟了”(3. 1. 178)；的确，“诗人绝不敢提笔写诗，除非他的笔墨是用恋爱的叹息调制而成”(4. 3. 316–317)③。结论不言而

① *Sonnet* 101. 1–4：“O truant Muse, what shall be thy amends / For thy neglect of truth in beauty dyed? / Both truth and beauty on my love depends; / So dost thou, too, and therein dignified” etc.

② 罗伯特 · 波顿(Robert Burton, 1577—1640)在《忧郁的解剖》(*The Anatomy of Melancholy*, 1621)一书第3部分“爱之忧郁”第2—3章对“爱之忧郁”(love-melancholy)的成因、症状、诊断和治疗方法进行了全面分析和探讨(https://quod. lib. umich. edu/e/eebo/A17310. 0001. 001? c=eebo;c=eebo2;g=eebogroup;rgn=full+text; view=toc;xc=1;q1=anatomy+of+melancholy，参见《忧郁的解剖》，冯环译注，金城出版社，2018年，第275—313页)。

③ 这里蕴含了诗人莎士比亚的自我嘲讽——剧中被称为“幻想之子”(child of fancy)的亚马多也因为恋爱而成为诗人(*Love's Labour's Lost*, 1. 2. 143–146：“Adieu, valour; rust, rapier; be still, drum: for your manager is in love; yea he loveth. Assist me, some extemporal god of rhyme, for I am sure I shall turn sonnet. Devise wit, write pen, for I am for whole volumes in folio.”)即向我们暗示了这一点。如果说俾隆是青年莎士比亚一个不无反讽意味的戏剧镜像(Cf. 5. 2. 34–38: Rosaline: I have (转下页注)

喻:诗人必然是恋爱中人,诗歌是爱欲的产物,没有爱就没有诗。

然而爱欲是疯狂的(至少是具有疯狂的潜质)。如果爱欲是诗歌的根本来源和动力,那么诗者何为——诗人向我们讲述了什么?他的诗将把我们引向何方?

柏拉图认为诗人凭借灵感发言,因此作诗不是一种正当的技艺(τέχνη)或真实的知识(ἐπιστήμη),而充其量是一种游戏;更有甚者,诗人/诗歌制造了混淆是非的幻象(φαντασία)或"语言影像"(εἴδωλα λεγόμενα),通过模仿人的欲望而败坏了理性,因此是一种导致灵魂内乱的疯狂,需要隔离、排除或净化①。质言之,诗人是疯子,他的诗歌(ποίησις)复制了幻觉,而这一幻觉将引发更多的疯狂。

对此后人也有不同意见。如亚里士多德即认为作诗是一种理性的技艺或曰制作(ποιητικὴ)之学(ἐπιστήμη)②,诗人与其说是疯子(μανικοῦ),不如说是天才(εὐφυοῦς):后者感觉灵敏而随物赋形

(接上页注)verses too, I thank Biron, / The numbers true, and were the numb' ring too, / I were the fairest goddess on the ground. / I am compared to twenty thousand fairs. / O, he hath drawn my picture in his letter.),那么国王以倡优蓄之的宫廷游吟诗人亚马多(1. 1. 168-174: King: "This child of fancy, that Armado hight, / … / I love to hear him lie, / And I will use him for my minstrelsy.")——同时构成了对戏剧世界中的贵族骑士诗人俾隆和现实世界中的宫廷游吟诗人莎士比亚的双重戏仿或镜像之镜像。

① Cf. *Ion*, 533d-534a; *Epinomis*, 975d; *Sophist*, 234c, 236c & 267a; *Republic*, 605a-608c.

② Aristotle: *Nicomachean Ethics*, 1139b & *Metaphysics*, 1025b. 参见《尼各马可伦理学》,廖申白译,商务印书馆,2013 年,第 168—169 页;《形而上学》,吴寿彭译,商务印书馆,2014 年,第 133 页。

(εὔπλαστοι),而疯子只是单纯失去了理智(ἐκστατικοί)[1]。再如古罗马诗人贺拉斯(Horace,65–8 BC)曾在致友人皮索(Piso)父子的一封信——即著名的《诗艺》(*Ars Poetica*)——中讽刺那些因作诗而走火入魔的诗人("他疯狂地游荡",随时向人念自己写的诗并强迫人听):"他一定是疯了","明智的人对于这样的疯子诗人避之唯恐不及";"真不明白他为何要作诗",但是"就让诗人拥有自我毁灭的权利吧",因为"一个人如果不想被拯救,那么救他就等于杀了他"(*Ars Poetica*, 453–476)。他在写给另外一位友人(Julius Florus)的信中也谈到了"疯诗人"话题,这次他以一位迷恋戏剧幻象的阿尔戈斯公民为例——这位疯子–观众被治愈后高喊"你们不是救了我,而是杀了我",因为他从此失去了享受"最令人愉悦的心灵迷误"(mentis gratissimus error)的能力——但他说的其实是自己,确切说是之前的自己:贺拉斯当年写诗只是为了求生存,其中固然也有乐趣(以及利益),但这焉知不是一种自欺欺人的幻觉?事实上人在成熟后"应当变得明智,放弃玩闹,让小孩子去玩适合他们年龄的游戏,不再追求符合拉丁音律的辞藻,而是研究真实生活的韵律和节奏"(*Epistulae*, II. 2. 128–154)[2]也就是作为实践智慧的哲学。然而他并未真正放弃诗歌

---

① Aristotle: *Poetics*, 1455a. 参见《诗学》,陈中梅译,商务印书馆,1996年,第127—128页。

② 参见《贺拉斯诗全集》,李永毅译注,中国青年出版社,2017年,第703—705页。

这一“疯狂的智慧”(insanientis sapientiae)①:恰恰相反,他仍坚持写诗,甚至在他声称放弃了写诗的这一刻还在写诗——(号称的)哲人贺拉斯在言辞上否定了(实践的)诗人贺拉斯,但(实践的)诗人贺拉斯在行动上否定了(号称的)哲人贺拉斯。

诗人也许会承认自己的疯狂,但他宁肯接受自己的幻觉并从中获得真实的慰藉(甚至是享受)。例如奥维德在流放中写作不辍,并在致友人和读者的诗信中袒露心声:“人们不是说诗人是疯子吗?我本人就是最好的证明”;“这份执着,无论叫愚蠢还是叫疯狂,我所有的哀愁因此而得到了纾解。”②这种纾解不仅是对现实的逃离,在一定程度上也是对现实的超越。即如《论崇高》的作者朗吉努斯(Longinus)所说:崇高的风格——它在很大程度上来自“强烈的神灵附体般的激情”(τὸ σφοδρὸν καὶ ἐνθουσιαστικὸν πάθος)——像闪电雷霆一样照亮和震撼人心(σκηπτῷ τινι παρεικάζοιτ᾽ ἂν ἢ κεραυνῷ),使人出离现实(ἔκστασιν)而进入另一种存在③。对于诗人

---

① Horace: *Carmia*, I. 34. 1-5: “Parcus deorum cultor et infrequens, / insanientis dum sapientiae / consultus erro, nunc retrorsum / vela dare atque iterare cursus / cogor relictos” etc. 李永毅译文:“我…… 自恃擅长/智慧的学问,然而那智慧其实是疯狂。/我选错了航道,如今只好调转/方向,重新扬帆起航,/探索曾放弃的水域。”(《贺拉斯诗全集》,第 82 页)

② Ovid: *Ex Ponto*, I. 5. 31-32: “an populus vere sanos negat esse poetas, / sumque fides huius maxima vocis ego” & Tristia, I. 11. 11-12: “seu stupor huic studio sive est insania nomen, omnis ab hac cura cura levata mea est.”

③ Longinus: *On the Sublime*, 8. 1, 8. 3, 12. 4 & 1. 4. 关于“闪电/雷霆”,参见 1. 4、34. 4 等处;关于“出神/超越”,参见 15. 1、15. 8、38. 5 等处。

(以及他所预期的读者)而言,这是一种更高的和更真实的存在。英国文艺复兴时期的杰出诗人代表锡德尼(Philip Sidney, 1554—1586)在《为诗辩护》(*An Apology for Poetry*, 1581)中特别申明:诗人以想象之力创造了一个新的、同时也是更好的自然;事实上,诗人直接摹仿理念(Idea)本身(而非下理念一等的现实)并使之具体呈现,可以说自然的"世界是黄铜的,唯有诗人带来了一个黄金的世界"①。在这里,锡德尼运用柏拉图的哲学理念——善(ἀρετή)是真实之美或美的真相(αὐτὸ τὸ καλόν),而美是善的显现和接引之方(ἐπαναβασμοῖς)(*Symposium*, 210e–212a)——反驳了柏拉图的诗学主张。

莎士比亚的作品以一种更加微妙和深刻的方式向我们揭示了这一点。《爱的徒劳》中的乡村教师霍洛夫尼斯在品评俾隆写给凯瑟琳的"短歌"(3. 2. 105:"Let me supervise the canzonet.")情诗时大赞"奥维狄斯·奈索"(Ovidius Naso)即奥维德的诗人才华和本领(106—110):

> 这诗勉强合格,然而说到诗歌的优雅、流畅和音调的抑扬顿挫,则尽付阙如。奥维狄斯·奈索才是真正的诗人。然奈索之所以为奈索,不正是因为他嗅到了想象的芬芳,也就是创作的激情吗?摹拟(Imitari)一无可取。

所谓"想象的芬芳"(the odoriferous flowers of fancy)、"创

---

① G. Gregory Smith (ed.): *Elizabethan Critical Essays*, vol. 1, Oxford University Press, 1950, p. 156.

作的激情”(the jerks of invention),盖指诗人的灵感而言。如前文所说,诗人的灵感是一种神圣的疯狂(或者说疯狂的爱欲),被灵感(同时也是爱欲)攫取的诗人游戏于幻觉世界之中而上演了幻觉的游戏。

莎士比亚本人对此具有充分的自觉。例如,他在诗人主体呈现(和表演)的十四行诗中反复感叹本身盲目的爱使人盲目幻视而看不清真实的世界:

> 盲目的爱神啊,你对我的眼睛做了什么
> 让它们对自己看到的景象视而不见?①

> 唉,爱把什么眼睛装在了我的头中?
> 它们看到的与真实的景象并不相符,
> 即便相符,我的判断力也已经逃逸
> 而对它们正确看到的一切产生误判。②

爱欲产生了迷离惝恍、似是而非的幻觉③,而幻觉进一步制造了“错误的喜剧”或“仲夏夜之梦”般的游戏。从《错误的喜剧》(*The Comedy of Errors*, 1593)到《两个高贵的

---

① *Sonnet* 137, 1–2: “Thou blind fool love, what dost thou to mine eyes / That they behold and see not what they see?”

② *Sonnet* 148, 1–4: “O me! What eyes hath love put in my head, / Which have no correspondence with true sight, / Or if they have, where is my judgement fled / That censures falsely what they see aright?”

③ Cf. *Twelfth Night*, 202–203: Orsino: “One face, one voice, one habit, and two persons, / A natural perspective, that is and is not.” *Troilus and Cressida*, 5. 2. 141: Troilus: “This is, and is not, Cressid.”

亲戚》,几乎所有的莎士比亚喜剧——也许不仅仅是喜剧——均不同程度地表达了这一主题,而《仲夏夜之梦》即是高度自觉和全景再现这一主题的经典之作(并因此成为莎士比亚喜剧的一个元戏剧和本体模型[matrix])。

在《仲夏夜之梦》开始的地方,拉山德和赫米娅(Hermia)这对恋人因将面临生离死别的选择而陷入了绝望(1. 1. 141–149):

> 赫米娅　可怕啊,要用别人的眼光来选择爱人!
>
> 拉山德　或者,即便两情相悦,战争、死亡和疾病也会侵扰它,让它像一个声音、一片影子、一场梦、黑夜中的一道闪电那样稍纵即逝,在一念之间(in a spleen)展示了天地万物,但不等人说"快看",黑暗的巨口就吞噬了它。光明的事物就是这样迅速地走向混沌(confusïon)。

拉山德认为爱情像梦幻泡影一样不能持久,并将此归咎于外来力量的破坏,如"战争、死亡和疾病"(我们还可以加上世俗的法律和道德,这在剧中特别体现为父亲的意志)。其言可悯,但这不是事情的真相,至少不是全部的真相:爱的敌人,与其说来自外部,不如说来自内部,即爱欲本身。例如在同一场,我们看到赫米娅的好友海伦娜[①]因自己的恋人狄米特律斯移情别恋——他爱上了赫

---

① 如海伦娜后来透露,她和拉米娅在少女时代曾是情投意合、(转下页注)

米娅——而暗自神伤(1. 1. 234–241)：

> 爱情不是用眼睛而用心灵去看的，因此长着翅膀的丘比特被画成是瞎眼的。同时爱的心灵没有任何理性判断的能力……所以人们说爱神是一个孩子，因为他在选择中经常会出错。

这番话与上一部喜剧《爱的徒劳》终场时俾隆的自我辩解(事实上这也是他代表作者本人发出的爱情宣言)——爱"像孩子一样反复无常"(5. 2. 726："All wanton as a child")，它是眼睛(视觉)的产物，并且像眼睛一样灵动变化而表现出各种"奇异的样式、习性和形态"(729："Full of strange shapes, of habits, and of forms")，"我们的爱属于你们，因此我们为爱而犯的错误也属于你们"(737–738)——前后呼应并相互发明，同时也预示了整部《仲夏夜之梦》的戏剧主题和情节走向。

爱欲的本质是疯狂，也就是一种非理性的迷恋(doting)。在莎士比亚的"仲夏夜之梦"中，这主要体现为"迷情花"的魔力：如精灵王奥伯龙所说(2. 1. 155–172)，它是爱神丘比特之箭未能射中"西方宝座"上的那位"童贞圣女"(158："a fair vestal thronèd by the west" & 163："the imperial vot'ress")——莎士比亚在此适时地恭维了伊丽莎

(接上页注)亲如姐妹的知交好友(3. 2. 199–215："Is all the counsel that we two have shared—/The sisters' vows ... O, is all forgot?/All schooldays' friendship, childhood innocence?" etc.)。

白一世女王(Elizabeth I, 1533–1603)——后带着“爱不得的伤痛”跌落凡尘变形生成的紫色小花(166–167:“It fell upon a little western flower—/ Before, milk-white; now, purple with love's wound”),“它的汁液如果滴在睡着的人的眼皮上,无论男女醒来都会疯狂地迷上他们第一眼看到的活物”(170–172)——果不其然(或者说事与愿违),在睡梦中被施了魔法的拉山德和狄米特律斯醒来后分别移情别恋/回心转意爱上了海伦娜:拉山德向她表白“男人的意志”也就是他的欲望“受制于他的理性,而理性说你是更值得我追求的姑娘”(2. 2. 117–128);狄米特律斯则正告情敌“如果我爱过她(赫米娅),这爱也都消失了。我的心只是像过客一样在她那里暂作停留,现在它回到了它的家,这就是海伦娜”(3. 2. 171–174)。“迷情花”魔力之大,甚至连精灵王后提泰尼娅也未能幸免:如我们所见,她因此爱上了一头毛驴——这头驴由织工波顿(Nick Bottom)扮演或变形而成,确切说是一个驴头人或半驴人;但在此时已经中魔的提泰尼娅看来,对方“聪明而俊美”,正是让她一见倾心的良人佳偶①。

① 3. 1. 284: Titania: “Thou art as wise as thou art beautiful.” 277–279: “So is mine eye enthrallèd to thy shape; / And thy fair virtue's force perforce doth move me / On the first view to say, to swear, I love thee.” 292–296: “I will purge thy mortal grossness so / That thou shalt like an airy spirit go” etc. 此处的提泰尼娅令人想起奥维德《变形记》第8卷中谈到的克里特国王米诺斯的王后帕西法厄(Pasiphaë)——她与公牛做爱而生下了牛头人米诺陶(Minotaur),以及阿普列乌斯(Apuleius, c. 125–180)在《变形记》(一名《金驴记》)第10卷第19—22章中描写的那位喜欢兽交而与变形为驴的主人公(Lucius)做爱的贵妇人(matrona quaedam pollens et opulens)。

然而,“迷情花”不过是戏剧诗人故弄狡狯、欲盖弥彰的障眼法。事实上,“花不迷人人自迷”:使我们变得疯狂、失去自我、进入梦幻、发生变形的不是什么“迷情花”,而是我们自身的爱欲——欲望-幻觉-游戏三位一体的爱欲。借助“迷情花”这一虚拟实物,莎士比亚向我们隐喻再现了爱欲的魔幻力量和效果。而为了更好地演示和证明这一点,他还同时运用了两项类似“盗梦空间”或特异变形的戏剧装置——“波顿的梦”(Bottom’s Dream)和波顿等行会工人排练演出的“戏中戏”(它在剧中先后被称为“最可悲的喜剧,皮拉摩斯和提斯柏最残酷的死”[1. 2. 9–10: Quince: “Marry, our play is *The Most Lamentable Comedy and Most Cruel Death of Pyramus and Thisbe*”]、“皮拉摩斯和提斯柏的喜剧”[3. 1. 170–171: Bottom: “There are things in this comedy of Pyramus and Thisbe that will never please.”]、“甜蜜的喜剧”[4. 2. 32: Bottom: “I do not doubt but to hear them say a sweet comedy.”]以及最后演出时定下来的题目“关于年轻的皮拉摩斯和他的爱人提斯柏的冗长短剧:非常悲哀的乐事”[5. 1. 56–57: Theseus: “A tedious brief scene of young Pyramus / And his love Thisbe: very tragical mirth.”],很可能内涵影射了托马斯·普雷斯顿[Thomas Preston, 1537—1598]的《冈比西斯:一部充满欢乐情节的悲剧》[1572][1])。事实上,“波顿的梦”

---

① 该剧全名为“*A lamentable tragedy mixed ful of pleasant mirth*,(转下页注)

正是这场“戏中戏”的“戏前戏”和“戏外戏”，二者叠加映照而共同构成了《仲夏夜之梦》——莎士比亚通过语言的魔咒为我们所有人营造出的爱欲之梦的太虚幻境——的戏仿镜像。

我们先来看“波顿的梦”。在第4幕第1场，精灵王奥布朗为提泰尼娅解除了“迷情花”的魅惑，后者这时如梦初醒地向他坦白：“我的奥布朗！我看到了怎样的幻象(visions)啊！我想我爱上了一头驴子。”(4.1.532–533)与此同时，罗宾也为拉山德解除了魔法，他与爱人赫米娅言归于好，而(继续中魔的)狄米特律斯也对海伦娜旧爱重燃(4.1.631–632：“Now I do wish it, love it, long for it, / And will for evermore be true to it.”)——尽管他们现在仍然感到有些恍惚(4.1.643–649)：

狄米特律斯　这些事情显得细微难辨，就像远山看上去变成了云层一样。

赫米娅　我觉得自己像是在用分歧的眼光(with parted eye)看这些事物，一切都变成了双重的。

(接上页注)conteyning the life of Cambises king of Percia from the beginning of his kingdome vnto his death, his one good deed of execution, after that many wicked deeds”，在莎士比亚时代已成为老式夸张表演(*hoary old-fashioned overacting*)和文体驳杂不纯(*generic impurity*)的代名词(*Jonathan Bate*：How the Classics Made Shakespeare, *p.* 76)。

海伦娜　我也这样想,我得到了狄米特律斯,就像一件珍宝,既是我的,又不是我的。

狄米特律斯　我觉得我们好像还睡着,还在做梦一样(yet we sleep, we dream)。

他们走后,波顿也在林中悠悠醒转,并有如下反思独白(4. 1. 657–668):

老天爷!你们都跑了,留下我一个人睡在这里?我看到了非常奇异的幻象(visions)。我做了一个梦,人们就是想破头也说不清这是个什么梦。如果他想要解释这个梦,那他就是一头驴子。我好像……没有人能说清这件事。我好像……我觉得……如果有人要说明我是怎么想的(what methought I had),那他就是个傻子(a patched fool)。我做的这个梦呀,人的眼没听说过,人的耳没看到过,人的手尝不出、人的舌头想不出、人的心也说不出来这是个什么梦。我会让彼得·昆斯写一首关于这个梦的歌,名字就叫"波顿的梦"(Bottom's Dream),因为它让人参不透(it hath no bottom);我要在一出戏快演完的时候当着公爵的面唱这首歌。或者我在她死的时候唱,这样会更好。

波顿的这段话戏仿了《新约·哥林多前书》第2章第9节"上帝为爱他的人所预设的,是眼睛未曾看见,耳朵未曾听见,人心也未曾想到的"和第 10 节"只有上帝凭着圣灵向我们显明了,因为圣灵参透万事,就是上帝深奥的事(the bottom of God's secrets)也参透了"这两段文字①,看似一个人头脑不清的胡思乱想,其实暗含深意,可以说构成了全剧卒章明义的"高光时刻"(the supreme moment)②——虽然在《关于年轻的皮拉摩斯和他的爱人提斯柏的冗长短剧》这部"戏中戏"正式演出时,"波顿的梦"(它大概就是波顿在表演即将结束时向忒修斯提到的那首"收场诗")被取消,而代之以贝格摩舞(Bergamask dance)③;但在《仲夏夜之梦》正剧结束后,罗宾-莎士比亚确实为观众献上了一首收场诗,其中说到(5. 2. 53-58):

要是我们这辈影子,有拂了诸位的尊意,
就请你们这样思量,一切便可得到补偿:

---

① 《圣经》(新标准修订版/新标点和合本),中国基督教协会,1995 年,第 271 页。莎士比亚可能同时参考了 1568 年的主教版《圣经》和 1557 年的日内瓦版《圣经》(后者源自 1525 年的廷代尔[William Tyndale, c. 1594-1536]译本)文本:主教版《圣经》引文原文为"the eye hath not seen, and the ear hath not heard, neither have they entered into the heart of man, the things which God hath prepared for them that love him. But God hath revealed them unto us by his spirit: For the spirit searcheth all things",日内瓦版《圣经》引文此后多出"yea, the bottom of God's secrets"一句(*The New Oxford Shakespeare: Modern Critical Edition: The Complete Works*, p. 1123; Marjorie Garber: *Shakespeare After All*, p. 233)。

② Harold C. Goddard: *The Meaning of Shakespeare*, Volume I, p. 79.

③ 5. 1. 334-341: Bottom: "Will it please you to see the epilogue or to hear a Bergamask dance between two of our company?" Theseus: "No epilogue, I pray you … / But come, your Bergamask. / Let your epilogue alone."

这种种幻景的显现，不过是梦中的妄念；
这一段无聊的情节，真同诞梦一样无力。①

我们猜测并有理由认为，这应该就是波顿先前提到的那首“波顿的梦”。莎士比亚到底还是替他——同时也是为自己——当着全场观众（和所有读者）的面把这个“底”说了出来。

罗宾的收场诗同时是《仲夏夜之梦》和《关于年轻的皮拉摩斯和他的爱人提斯柏的冗长短剧》的收场诗——他一开头说“要是我们这辈影子，有拂了诸位的尊意，就请你们这样思量，一切便可得到补偿”（5. 2. 53–54：“If we shadows have offended, / Think but this, and all is mended”），后面又说“先生们，请不要见笑！倘蒙原宥，定当补报”（59–60：“Gentles, do not reprehend. / If you pardon, we will mend.”）云云，这与昆斯（Quince）在开演“戏中戏”前的致辞（5. 1. 108–117：“If we offend, it is with our good will. / That you should think, we come not to offend/ But with good will.”）如出一辙并前后呼应（虽然昆斯的致辞颠三倒四、不知所云而引发了台下观众的群嘲［118–125］）；而在看戏过程中，希波吕忒和忒修斯这对身份特殊的观众——他们同时是自己婚礼的主角–被观看者和婚礼演出的对象–旁观者——也发表了他们的意见（5. 1. 205–210）：

① 朱生豪译文，《莎士比亚全集》第1卷第386页。

希波吕忒 这是我听到过的最愚蠢可笑的戏文。

忒修斯 这类人中最好的也不过是些影子,而最差的如果用想象来弥补(amend)一下,也不会太差。

希波吕忒 那得是你的想象,不能是他们的想象。

忒修斯 如果我们像他们想象自己一样来想象他们,那么他们也算是杰出人才了。

在此之前,典礼官(Philostrate)曾预告这出戏"一无是处"(5. 1. 78:"it is nothing, nothing in the world"),因为"全剧没有一个字是合适的,没有一个演员是称职的"(64–65);但是忒修斯在了解了演员的基本情况——他们都是勤劳质朴的工人,为庆祝他的婚礼而专门排演了这出戏——后心生感动,表示愿意看这出戏,"因为纯朴和忠诚(simpleness and duty)总是不会错的"(82–83);希波吕忒对此不以为然,于是二人又有以下对话(85–105):

希波吕忒 我不喜欢看到能力低下的人被委以重任,结果忠诚反而坏了事。

忒修斯 爱妻,这种事不会发生的。

希波吕忒 他说他们根本不会演戏。

忒修斯 我们并无所得而感谢他们,这会更显得我们仁厚(kinder)。我们可以取笑他们的失误,但是对于忠诚的付出,即便做得不够好,也当根

> 据他的能力而非成绩做出考量……因此,沉默的爱(love)和木讷的单纯在我看来胜过了千言万语。

演出结束后,忒修斯礼貌地表示这出戏——尽管它“明显粗糙”(346:“This palpable-gross play”)——演得不错(340:“very notably discharged”),但是“收场诗就免了吧,因为你们的戏不需要任何解释”(336:“No epilogue, I pray you; for your play needs no excuse.”)。波顿原本计划在戏快演完的时候当着“公爵”也就是忒修斯的面演唱“波顿的梦”——这个梦无法“解释”(expound),因为它是无底的(it hath no bottom);结果意兴阑珊的忒修斯宣布取消了这出“戏中戏”的“底”(bottom),即被波顿命名为“波顿的梦”的收场诗,这样“戏中戏”本身成了一个无“底”的梦——没有“波顿”(Bottom)的“波顿之梦”;而这就是我们每个人的爱欲之梦①。

现在莎士比亚为我们制作-展示了这个梦:一个关于爱欲、幻觉和游戏的“仲夏夜之梦”,亦可称之为“莎士比亚的梦”。我们都看到了这个梦,或者说莎士比亚让我

① 哈罗德·布鲁姆(Harold Bloom)尝言“波顿就是莎士比亚的每个人(Everyman)”(此指英国15世纪晚期道德剧《每个人》[*Everyman*]中的主人公),也是他“发明人性的早期成功之例”(*Shakespeare: The Invention of the Human*, p. 150)。我们还可以再补充一句:波顿也是莎士比亚《驯悍记》中的斯赖(Sly)这个人物的进一步发展,并在《亨利四世》上下两部中的福斯塔夫(Falstaff)——后者自称“赶走胖杰克,就赶走了整个世界”(1 *Henry IV*, 2. 4. 393:“banish plump Jack, and banish all the world”)——身上获得了最高和最后的完成。

们见证-分享了同一梦境,也就是说成了莎士比亚之“仲夏夜之梦”的“梦中人”。作为同梦中人,我们该如何理解这个梦呢？理解意味着解释;然而这个梦需要解释吗？它能够解释吗？如果不能,我们又该如何看待这个梦呢？

波顿本人认为这个梦“让人参不透”,因此是无解的:“如果他想要解释这个梦,那他就是一头驴子”,“如果有人要说我是怎么想的,那他就是个傻子。”(4. 1. 559-562)在这里,莎士比亚仿佛预见到了后世学者(如弗洛伊德、荣格等人)的“精神分析”乃至更一般意义上的“解释”(如伽达默尔所说的“诠释”,甚至是德里达意义上的“解构”或福柯意义上的“知识考古”),并预先嘲笑了他们——或者说我们(“说的就是你!”①)——的努力。但是另一方面,莎士比亚本人也向我们讲述和解释了这个梦——伟大的“仲夏夜之梦”:它蕴涵了“波顿之梦”这个本身无底的梦,同时它被更伟大的戏剧-人生之梦所蕴含并暗示构成了它的无底之底;他是否也认为自己是一头强作解人而大放厥词的“驴子”和在舞台上插科打诨和言不及义的“傻子”呢？也许“无底”并不意味着绝对无解(不可理解),而是有无穷的“底”和无穷的解释可能？在这个意义上,解释并不是绝对不可能的,也不一定是愚蠢可笑的:恰恰相反,它因此“无解”而可能,并见证了解释者“知其不可而为之”的生命智慧和善良

① Horace: *Satires*, 1. 1. 69-70: “quid rides? mutato nomine de te fabula narrator.”(“你笑什么？只是换了名字,故事说的就是你!”)

意志。

的确,这是一种生命智慧:忒修斯说"疯子、恋人和诗人都是想象的产物","我绝不会相信这些古怪的说辞和见神见鬼的传闻"(5. 1. 2-3:"I never may believe / These antique fables, nor these fairy toys."),因为想象没有真实的存在和确定的意义;但是希波吕忒认为"疯子、恋人和诗人"的想象(幻想)——无论它显得多么离奇和耸人听闻(27:"howsoever, strange and admirable")——都有效地影响和改变了人类心灵对世界的感受,因此它不完全是虚幻的,而是"真有其事"(26:"something of great constancy")。事实上,忒修斯在看完波顿等人演出的"戏中戏"后发表评论说"这类人中最好的也不过是些影子,而最差的如果用想象来弥补一下,也不会太差"——所谓"弥补",也就是观众-读者通过想象(imagination)配合补足和优化完成演员-作家的想象,使之成为(主观)真实而(客观)有效的经验存在①——他的说法也正"弥补"和印证了希波吕忒对想象(幻想)的理解:根据这一理解,想象本身是对存在的"弥补"和赋值,而不是对它的扭曲和遮蔽(并因此需要理性的否定和祛除)。

就此而言,想象/幻想也是一种要求将我们的生活-世界想象为存在的戏剧(或者说幻觉游戏)的善良意志:忒修斯在"戏中戏"演完后总结说"这类人中最好的也不

---

① Cf. *Love's Labour's Lost*, 5. 1. 821-3: Rosaline: "A jest's prosperity lies in the ear / Of him that hears it, never in the tongue / Of him that makes it."

过是些影子,而最差的如果用想象来弥补一下,也不会太差",而罗宾在正剧演出结束后再次登台,代表《仲夏夜之梦》这场幻觉游戏中的"影子"吁请观众(包括未来读者)的友善对待,并许诺做出"补偿"或"补报"(5. 2. 53–54:"If we shadows have offended, / Think but this, and all is mended"; 60:"If you pardon, we will mend" & 67–68:"Give me your hands, if we be friends, / And Robin shall restore amends.")即更多更好的演出(无论是在舞台上还是在纸面上,而二者皆是需要想象介入和完成的幻觉游戏①)。忒修斯的评论是一种委婉的劝导或建议,而罗宾的致辞则是直接面向观众的喊话和吁请,他们在剧中(包括昆斯在"戏中戏"演出前的发言)再三致意,共同表达了戏剧诗人莎士比亚的"作者之意"。或许有人(例如德里达这样的怀疑主义者)认为这是一种尽管善良但是强人所难的权力意志,然而我们也可以说这是一种心存善念、意在成全的权力意志:对于理解——更好地理解——存在的梦幻-戏剧来说,这甚至是一种必不可少的

---

① 这一主题后来在《亨利五世》(*Henry V*, 1599)中再度出现,规模空前而蔚为大观(Cf. Prologue 1–34: Chorus:"Piece out our imperfections with your thoughts: / Into a thousand parts divide one man, / And make imaginary püissance" etc. 3. 0. 1–35: Chorus:"Thus with imagined wing our swift scene flies / ... Still be kind, / And eke out our performance with your mind." 4. 0. 1–53: Chorus:"Now entertain conjecture of a time / ... / Minding true things by what their mock'ries be." 5. 0. 1–46: Chorus:"I humbly pray them to admit th'excuse / Of time, of numbers, and due course of things, / Which cannot in their huge and proper life / Be here presented." Epilogue 1–14: Chorus:"In your fair minds let this acceptance take" etc.),此不具论。

自我肯定的生命意志，即如尼采在讲述他作为“复活者”和“热爱命运”之人的“快乐知识”或对“永恒的生存喜剧”怀有的信念时所说：

> 我突然从酣梦中醒来，可是仅仅意识到，我是在做梦，我必须继续做梦，为的是不会灭亡……外观对我来说，就是活动者、生活者本身，它们的自嘲在于让我感觉到，这里除了外观、磷火以外再没有别的东西——在所有这些梦幻者中间，也有我，这位认知者，在跳着我的舞蹈。（《快乐的知识》第 1 卷第 54 节）①

① 《尼采全集》第 3 卷，杨恒达等译，中国人民大学出版社，2018 年，第 304 页。参见《快乐的知识》第 2 版前言第 1 节、正文第 1 节、第 276 节，同书第 248 页、第 273 页、第 381 页。

第二幕
匣子、指环和契约

按照惯例，莎士比亚喜剧《威尼斯商人》的主人公应是剧中某位"威尼斯商人"。然而谁是这位威尼斯商人呢？安东尼奥(Antonio)、巴萨尼奥(Bassanio)乃至夏洛克(Shylock)都是可能的人选，特别是安东尼奥：他是我们在戏剧人物表中看到的第一个角色，其身份说明是"一名威尼斯商人"①，并在剧中第一个出场和发言；更重要的是，"商人"(merchant / merchants)一词在剧中出现了十三次，其中十次为单数形式，而这十次中有九次都指向安东尼奥。相反，巴萨尼奥的身份是"威尼斯贵公子，安东尼奥之友，鲍西亚的追求者"；至于"犹太人夏洛克"，他只是

---

① 皇莎本的人物介绍是："a merchant of Venice" (Jonathan Bate and Eric Rasmussen (ed): *The RSC Shakespeare: The Complete Works*, Red Globe Press, 2007, p. 418)。新牛津本更加简洁："a Venetian merchant" (Gary Taylor, John Jowett, Terri Bourus, Gabriel Egan (ed.): *The New Oxford Shakespeare: Modern Critical Edition: The Complete Works*, Oxford University Press, 2016, p. 1211)。阿登本相对冗长："a Christian merchant of Venice and friend of Bassanio" (Ann Thompson, David Scott Kastan, H. R. Woudhuysen (ed.): *The Arden Shakespeare Third Series*, 2021, London: The Arden Shakespeare, 2021, p. 950)。按：下文征引莎剧文字与分行皆以皇莎本为准。

“威尼斯的一名放高利贷者”。“放高利贷者”(usurer)不是“诚实本分的”商人——安东尼奥就这样认为,并与之势同水火。就连鲍西亚(Portia)在法庭上(此时她乔装为律师“巴尔萨泽”)也明知故问:“这里谁是那个商人,谁是那个犹太人?”(IV. i. 171)这样看来,安东尼奥就是那位“威尼斯商人”,即《威尼斯商人》一剧的主人公。

但也只是标题或名义上的主人公。据统计,安东尼奥前后出场六次,有 47 行台词,仅占全剧 7%的戏份,位居鲍西亚(22%)、夏洛克(13%)、巴萨尼奥(13%)以及葛来西安诺(Gratiano, 7%)、洛伦佐(Lorenzo, 7%)之后①,名列第六。这是量化的分析。就人物情节的相关度和重要性而言,安东尼奥亦非全剧的中心。莎士比亚在《威尼斯商人》中重点讲述了三个故事,它们分别是安东尼奥-巴萨尼奥的故事、巴萨尼奥-鲍西亚的故事、鲍西亚-安东尼奥-夏洛克的故事。这三个故事互为表里因果,共同讲述了一个“威尼斯商人的故事”。这个故事的主角不是安东尼奥,不是夏洛克②,更不是巴萨尼奥,甚至也不是他们

---

① 其中鲍西亚出场 9 次,有 117 行台词;夏洛克出场 5 次,有 95 行台词;巴萨尼奥出场 6 次,有 73 行台词;葛来西安诺出场 7 次,有 58 行台词;洛伦佐同样出场 9 次,有 47 行台词(*The RSC Shakespeare*: *The Complete Works*, p. 418)。

② 尽管我们知道,莎士比亚当时所在的宫内大臣剧团于 1598 年 7 月 22 日登记出版《威尼斯商人》时申报的标题即是“《威尼斯商人》,一名《威尼斯的犹太人》”(“a book of the Merchant of Venice or otherwise called the Jew of Venice”)。但在两年后它正式出版时,标题则已改为今名(参见 *The RSC Shakespeare*: *The Complete Works*, p. 413 以及 *The New Oxford Shakespeare*: *Modern Critical Edition*: *The Complete Works*, p. 1210)。

三人的合体,即安东尼奥-巴萨尼奥-夏洛克。这个故事有三个——确切说是三组——象征性的“客观对应物”:匣子(the casket)、指环(the ring)和契约(the bond)。它们都与鲍西亚有关,事实上是密切相关:鲍西亚起初被它们封印束缚,但她通过三场斗争战胜了对手,并由此成为自身命运——同时也是自身故事——的主人。

匣子的故事 I

我们就从贝尔蒙特(Belmont,直译“美丽山”)的女主人鲍西亚说起。鲍西亚生长在巨富之家①,现作为孤

① 鲍西亚继承的家业有多么巨大,我们可以从她听到安东尼奥将违约受罚的消息后向巴萨尼奥讲的一番话中略知端倪:“什么,就这些吗?给他六千金元,一笔勾销这契约。六千的两倍,再翻三倍都行……你可以带上偿还这点儿债务(this petty debt)二十倍的钱去。”(III. ii. 305-314)鲍西亚随时可以拿出六万金元——1 金元(Venetian ducat)等于 3. 545 克 99. 47%的纯金(Joel Mokyr et al. (ed):*The Oxford Encyclopedia of Economic History*, New York: Oxford University Press, 2003, Volume I, p. 112),六万金元等于 212700 克或 212. 7 公斤黄金——现金,其实际产业当远不止此数(作为参考,威尼斯共和国鼎盛时期——以 1423 年为例——的城市年度财政总收入大约为 75 万金元,人均年收入在 75—100 金元之间,参见费尔南·布罗代尔:《十五至十八世纪的物质文明、经济和资本主义》第三卷,顾良、施康强译,商务印书馆,2018 年,第 135 页)。她拥有的财富与安东尼、夏洛克等人显然不在一个数量级上,可以说是超级富豪。她的财产(确切说是她父亲的财产,或他们的家族财产)来源不明,是谜一样的存在,其拥有者也因此成了一个神话——被洗白和美化的商业资本主义神话。按:关于“资本主义”,参见布罗代尔(他援引马克思的判断而反驳韦伯的观点):“欧洲资本主义始于 13 世纪的意大利”,同时“资本主义所取得的最早的成就,资本主义最早对经济世界的出色控制,应归功于城市”(同书第 54 页、第 365 页)。

女和唯一继承人而待字闺中。于是她成为众多男性热烈追求的对象，其中即包括她芳心暗许的巴萨尼奥：在后者看来，“美丽的鲍西亚”（fair Portia）是一件可以帮助自己偿还债务、改变命运和回报友情的尤物奇货，如他向契友安东尼奥讲述其“秘密朝觐”（I. i. 122：“a secret pilgrimage”）——其实是征服或狩猎——计划时所说（I. i. 132-136 & 171-178）：

> 无论是在钱财方面还是友情（love）方面，我都欠您太多；正是仗着这份友情，我才敢将还清这一切债务的想法和计划如实相告。（略）她两鬓的金发就像传说中的金羊毛一样吸引了众多伊阿宋前来追求她。啊，我的安东尼奥！但有足够的财力和他们中的任何一人匹敌，我自信一定能成为最幸运的那个人。

在众多求婚者眼中，贝尔蒙特的女主人不过是有待攫取的“金羊毛”①，即其爱情冒险游戏的奖品或猎物。“金羊毛”本人——确切说是她的父亲（在剧中他以无名-不在场的形象出现）——对此心知肚明，预先设计了金、银、铅三个匣子的筛选试验。这既是对人性和爱情的筛选测试，也是两代人和两性之间的合约博弈：根据游戏规则，成功者将成为鲍西亚的丈夫，而失败者不得再向其他

---

① Cf. III. ii. 245：Gratiano：“We are the Jasons，we have won the fleece.”

女子求婚。这是一部严苛的、体现父亲意志和力量的约法。作为女儿的鲍西亚首先感到了它的束缚:“说真的,尼莉莎,我这渺小的身体已经厌倦这个大千世界了。”(I. ii. 1)这是她在剧中说的第一句话,而她厌倦人世的原因正是:“我既不能选择我喜欢的人,又不能拒绝我不喜欢的人;于是,一个活着的女儿的意志受制于一个死了的父亲的意志。”(15–17)爱情不能自主,却又非此不可:此事确实难为(17–18)。可以说,鲍西亚被她的父亲封印了,即如她后来向巴萨诺奥介绍三个匣子的测试程序时所说:“我就锁在其中的一个匣子里。”(III. ii. 42)

鲍西亚被自己的匣子封禁了。事实上,她同时被封禁在了金、银、铅三个匣子中①,或者说这三个匣子同时代表了她的三种身份。她是金匣子,因为(如其铭文所说)“选我的人将获得大众欲求之物”(II. vii. 5:“Who chooseth me shall gain what many men desire.”)。这里说的是欲望,大众——确切说是男性大众(many men)——的欲望:对她的诸多求婚者②(包括巴萨尼奥)来说,鲍西亚既是大众欲望的对象客体,也是他们满足欲望的手段和工具。

其次,鲍西亚也是银匣子,因为她/它许诺“选我的

① Marjorie Garber: *Shakespeare After All*, New York: Anchor Books, 2005, p. 288.

② II. vii. 38–47: Morocco: “[A]ll the world desires her. / From the four corners of the earth they come / To kiss this shrine, this mortal-breathing saint” etc. Cf. I. i. 169–170: Bassanio: “Nor is the wide world ignorant of her worth; / For the four winds blow in from every coast / Renowned suitors” etc.

人将取得他应得之物”（II. vii. 7：“Who chooseth me shall get as much as he deserves.”）。这里说的是权利，“我”的权利：从求婚者的角度看是丈夫-男性的权利，从鲍西亚的角度看则是妻子-女性的权利。即如《李尔王》中考狄利娅（Cordelia）坦言她对父亲的爱时所说：“我按照子女的本分爱您，不多也不少”（I. i. 84–85：“I love your Majesty / According to my bond; nor more nor less”）；“如果我结婚了，那个和我缔结婚约的男人将分得我一半的爱、一半的关切和情分”（93–95：“when I shall wed, / That lord whose hand must take my plight shall carry / Half my love with him, half my care and duty.”）①。将“女儿-父亲”换为“妻子-丈夫”，这句话同样成立。现在，父亲——“一个死了的父亲”——对女儿的束缚②变成了父亲对女儿——作为另一个男人的妻子——的保护；换言之，女儿对父亲的义务捍卫了她作为妻子的权利。

最后，鲍西亚是铅匣子：“选我的人将付出并冒险失去他所有的一切”（II. vii. 7：“Who chooseth me must give and hazard all he hath.”）之言表明她/它就是爱——需要

---

① Cf. III. ii. 252–254：Portia：“I am half yourself, / And I must freely have the half of anything / That this same paper brings you.”

② Cf. III. ii. 55–64：Portia：“Now he goes / With no less presence, but with much more love, / Than young Alcides when he did redeem / The virgin tribute paid by howling Troy / To the sea-monster. I stand for sacrifice” etc. 鲍西亚自比被父亲特洛伊国王拉俄墨冬（Laomedon）捆绑在海边礁石上献祭给海怪的女儿（“the virgin”）赫西俄涅（Hesione），而将巴萨尼奥视为有望将她从死亡命运中解救出来的英雄海格力斯，即表达了她的真实心声。

全身心付出、借助信仰飞跃(leap of faith)才能抵达的爱情(romantic love)。巴萨尼奥以错误的推理得出了正确的结论(III. ii. 75–109):

> 外观往往和事物的本身完全不符,世人却容易为表面的装饰所欺骗。(略)寒碜的铅,你的形状只能使人退走,然而你的质朴却比巧妙的言辞更能打动我的心,我就选了你吧,但愿结果美满!(朱生豪译文)①

他在这里思考的似乎不是爱情,至少不是以爱人的方式在思考②。但无论如何,他通过了艰难的测试,收获了预期的(甚至是超乎预期的)爱情。与此同时,鲍西亚的封

---

① 《莎士比亚全集》(增订本),译林出版社,2013 年,第 1 卷第 436—437 页。

② 如今人所见,在此巴萨尼奥以典型清教徒/英国清教徒的方式拒斥了“骄傲的”黄金、“庸俗的”白银,通过选择“谦卑的”铅而破解了一个“威尼斯的游戏”(Sergio Costola & Michael Saenger:“Shylock's Venice and the Grammar of the Modern City”, in Michele Marrapodi (ed): *Shakespeare and the Italian Renaissance*: *Appropriation*, *Transformation*, *Opposition*, Surrey: Ashgate, 2014, p. 149)。所谓“典型清教徒”的方式,用韦伯的话说就是内心或“世间的禁欲”(inner-worldly asceticism),即“对每一个想要确信自己的至福的人的一种苛求”(《新教伦理与资本主义精神》,林南译,译林出版社,2020 年,第 150 页),它“抵制了审美享受与‘纵情享受’造成的对美感的陶醉”(同书第 315 页)——这很像霍克海默和阿多诺后来解释的作为启蒙幻象原型的“奥德修斯困境”:面对海妖的诱惑,“他把自己牢牢绑在桅杆上,去听那歌声,这诱惑之声越是响亮,他越是把自己绑得更紧——这种情形就像后来资产者在自身权力膨胀的同时,越要坚决否认自己的享乐一样”(《启蒙辩证法》,渠敬东、曹卫东译,上海人民出版社,2006 年,第 27 页)。

印——她和父亲的契约——也被解除了。

指环的故事 I

巴萨尼奥(真)爱鲍西亚吗?这是一个无定解的问题,正如"薛定谔的猫",真相或在有无之间。不过,鲍西亚肯定(更)爱巴萨尼奥,而不是相反:她当年初见巴萨尼奥即心生好感而(如巴萨尼奥所说)向他眉目传情(I. i. 165–166:"Sometimes from her eyes / I did receive fair speechless messages"),后来也向贴身女伴坦承这个"文武全才的威尼斯人"是最值得她托付终身的佳偶(I. ii. 74–79);但当巴萨尼奥果然前来求婚时,她又柔肠百转,生怕意中人选择失败而再三劝阻挽留(III. ii. 1–24);巴萨尼奥开始挑选匣子时,她自感如同神话中献祭给命运怪物、面临死亡威胁的少女牺牲,紧张观望并用歌声暗中引导这位"年轻的勇士"(young Alcides)做出正确的选择(45–74)①;巴萨尼奥挑战成功后,她如释重负、心花怒放(110–116:"O love, be moderate, allay thy ecstasy / ... / I feel too much thy blessing" etc.),并不顾少女的矜持,真诚而卑微地向爱人表白(160–168):

---

① 这首歌的前三行歌词分别以"bred"、"head"和"nourishèd"结尾(III. ii. 65–67),与铅匣子的"铅"(lead)同韵。在此鲍西亚巧妙地向爱人暗示了答案,同时也履行了她对父亲许下的誓言,从而成功地化解了她的两难处境(Cf. III. ii. 10–14: Portia: "I could teach you / How to choose right, but then I am forsworn. / So will I never be. So may you miss me. / But if you do, you'll make me wish a sin, / That I had been forsworn.")。

> 我一无是处，充其量不过是个懵懂无知的野丫头；幸而她不是很老，还可以学习；更幸运的是，她脑子不算笨，还能够学习；最有幸的是，她天性柔顺，愿听从您的指教，将您作为她的主人、总督和君王。

说罢，她将一枚指环作为定情信物交到对方手中（170-177）：

> 方才我还是这所华宅、这些仆人和我自己的主人和女王；但是现在，就是现在，这个家、这些仆人和我本人都属于您了，我的主人。我用这枚指环把他们移交给您：您如果舍弃或遗失了这枚指环，或是将它送人，那将意味着您的爱情的毁灭，我可是要向您追责的。

巴萨尼奥接过了这枚代表鲍西亚人格/身（self）、所有（property）和爱情-婚姻之约的指环，也郑重起誓（186-188）：

> 如果这枚指环离开了我，我的生命也将离我而去；那时您尽可以说巴萨尼奥已经死了！

这一幕深具象征意味：鲍西亚看似（事实上也是）向她的丈夫——她的新主人——行封臣的效忠礼（这时指环

在她手中,而她的手在巴萨尼奥手中),同时也是作为领主——“美丽山”庄园产业的主人——分封丈夫巴萨尼奥(现在她亲手将指环交予对方)为她的封臣。① 质言之,通过指环这一信物(它同时代表了领主的权利和封臣的义务),连同他们“死生契阔、与子成说”的誓言,鲍西亚和巴萨尼奥缔结了各自心想事成的爱情-婚姻契约。

契约的故事 I

这同时也是一份新的人生契约或“爱的新约”。鲍西亚和巴萨尼奥缔结的“新约”取代并完成了她和父亲的“旧约”——她之前感叹“一个活着的女儿的意志受制于一个死了的父亲的意志”(I. ii. 16-17),第二个“意志(will)”一语双关,兼有“意愿”和“遗嘱”之意,“父亲的意志”即父亲和她签订的契约:这项契约涉及他的财产

---

① 关于欧洲中世纪封建主义时代的臣服礼,参见马克·布洛赫《封建社会》(1939—1940)第11章第2节“封建时代的臣服礼”、弗朗索瓦·冈绍夫《何谓封建主义》(1944)第三部分“典范时代的封建主义”第1章2—3节。如冈绍夫所说,臣服仪式上“封臣双手相合放入封君掌中”(se commendare / se committere)——鲍西亚宣布巴萨尼奥成为自己的丈夫时即说到“her gentle spirit / Commits itself to yours to be directed / As from her lord, her governor, her king”(III. ii. 163-165)——并手抚圣物(如《圣经》)发出效忠誓言(最为常见的句式是“主人,我是/成为您的人了”[Cf. III. ii. 169-170: Portia: “Myself and what is mine to you and yours / Is now converted.”]),而“封君则将对方的双手紧握在自己手中”,同时宣布“我接纳你为我的人”(张绪山、卢兆瑜译,商务印书馆,2016年,第93—95页)。

和女儿(后者也是他财产的一部分),以及另一个男人——他女儿未来的夫婿;"父亲"(第一个男人)的意愿(同时也是"女儿"的意愿)能否实现,有待这个男人(第二个男人或另一个男人)的介入(engagement)。如今这个人出现了:他通过了"父亲"的爱情测试而被"女儿"承认为"她的主人、总督和君王"。丈夫和妻子的"新约"于是完成并取代了父亲和女儿的"旧约"。

另一方面,巴萨尼奥和鲍西亚缔结的"新约"并未取消他和挚友安东尼奥的旧盟。在第五幕第一场(也是全剧最后一场),安东尼奥初会鲍西亚(此时他尚不知自己在法庭上见到的青年律师"巴尔萨泽"即为对方所扮),巴萨尼奥这样向爱人介绍安东尼奥:"请向我的朋友表示欢迎。他就是我说的那个人,他就是安东尼奥。我受过他无穷的恩惠(so infinitely bound)。"鲍西亚的回应皮里阳秋:"你的确亏欠他很多(much bound),因为我听说他为你付出了很多(much bound)。"①虽然各怀心事,但他们说的都是实情:正是巴萨尼奥和安东尼奥的友谊(确切说是安东尼奥对他的友谊)使他和鲍西亚有机会喜结良缘。换言之,巴萨尼奥和鲍西亚的"新约"乃是以巴萨尼奥和安东尼奥的"旧约"为基础,并以其成功而进一步证成了后者——同时也面临了它的挑战(反之亦然:鲍西亚与巴萨尼奥的"新约"也对安东尼奥与巴萨尼

① V. i. 143–147: Bassanio: "Give welcome to my friend. / This is the man, this is Antonio, / To whom I am so infinitely bound." Portia: "You should in all sense be much bound to him, / For, as I hear, he was much bound for you."

奥的“旧约”构成了挑战）。

正如爱情/婚姻是一个男人和一个女人的友谊，友谊是两个男人之间的爱盟。男性之间的欢好或友爱（而非男女之爱）一度被视为人类之爱（φιλία）的典范，并主导奠定了古代城邦（例如雅典和斯巴达）政治-社会的情感结构和自我认同①。作为近代商业城市共和国的杰出代表（特别是在莎士比亚笔下），威尼斯也建立在这一友爱政治或爱欲理想基础之上，并以区分敌我——敌人和朋友、他者和自我——为前提和辅助条件：安东尼奥与巴萨尼奥的关系属于前者（友爱政治），而他（们）与夏洛克的关系则属于后者（敌我区分）。在这个意义上，安东尼奥和巴萨尼奥可以说是一对“威尼斯的爱人”②，正如巴萨

---

① 即如亚里士多德所说，“一切友爱都意味着某种共同体的存在”，人类共同体的最高形式是城邦，而友爱即是“把城邦联系起来的纽带”，其重要性甚至超过公正（《尼各马可伦理学》1161b & 1155a，廖申白译本，商务印书馆，2013 年，第 251 页、第 228—229 页）。这意味着友爱——男性之间的情爱——是一种政治情感，它以爱欲（ἔρος）为基础并指向城邦这一男性主导的共同体生活。换言之，如果我们承认友爱是一种爱欲（Plato：*Laws*，837a），那么爱欲——它使个体超越自我、走向“他者”并化“他”为“我”——正是一种潜在的政治德性，或者说政治——古代城邦政治，即男性主导的共同体生活——根本是爱欲的产物（参见路德维希：《爱欲与城邦：希腊政治理论中的欲望和共同体》，陈恒译，华东师范大学出版社，2013 年）。将“政治”或“城邦生活”换成“文明”，我们不难理解弗洛伊德晚年在《文明及其不满》[1927]中表达的“今人”观点：“文明是服务于爱欲的过程，爱欲的目的陆续把人类个体、家庭、种族、民族和国家都结合成一个大的统一体，一个人类的统一体。”（《一种幻想的未来 文明及其不满》，严志军、张沫译，上海人民出版社，2007 年，第 181 页）

② 这也是剧中人的共识：安东尼奥和巴萨尼奥共同的朋友萨莱尼奥（Solanio）坚信安东尼奥“只是为了他”即巴萨尼奥“才爱这个世界的”（II. viii. 51：“I think he only loves the world for him.”），鲍西亚（转下页注）

尼奥和鲍西亚是一对新世界——在剧中这个新世界以“美丽山”(Belmont)之名出现——的爱人,而夏洛克则是他们的共同敌人。由于这个人的出现,“威尼斯商人的爱情故事”开始变得微妙和紧张起来。

契约的故事 II

安东尼奥为资助巴萨尼奥的求婚事业而向犹太人夏洛克借债,与往日宿敌签订了一项契约协议。夏洛克表示,为了“结交你这个朋友并得到你的爱(love)”,他将不收取任何利息,但有一条(他声称这“不过是作为玩笑”):如果安东尼奥到期不能还钱,他将有权从对方身

(接上页注)也承认“这个安东尼奥”(this Antonio)是“我夫君的知心爱人”(III. iv. 17:“the bosom lover of my lord”)。事实上,正如在他们“爱的新约”中鲍西亚更爱巴萨尼奥一样,在他们“爱的旧盟”中也是安东尼奥更爱巴萨尼奥而非相反。他对巴萨尼奥的爱兼有父爱、友爱和情爱的成分:对于前两种爱(父子之爱和朋友之爱),当事人心中明白,也说在了明处;但对于第三种爱,他们却因“身在庐山”而“不识不知”,或是“冷暖自知”而“尽在不言”了。比较安东尼奥和鲍西亚的出场发言(I. i. 1:Antonio:“In sooth I know not why I am so sad.” I. ii. 1-2:Portia:“By my troth, Nerissa, my little body is aweary of this great world.”),便可窥知大概:他们都是因为爱情失望/无望而厌倦了人生。有学者认为安东尼奥和鲍西亚的“厌倦”(ennui)源于他们生活的富足、空虚和自我封闭(Marjorie Garber: *Shakespeare After All*, p. 286),还有学者认为他们的“倦怠”(boredom)——特别是安东尼奥的“抑郁”(melancholia)——反映了“正在到来的资本主义[社会]的黑暗”(Harold C. Goddard: *The Meaning of Shakespeare*, Volume I, Chicago & London: University of Chicago Press, 1951, p. 112 & pp. 115-116)——弗洛伊德会说这是一切文明为进步付出的代价,即普遍的“负罪感”,而这种负罪感将发展为“自我”的受虐倾向和对“超我”的性欲依附(《一种幻想的未来 文明及其不满》,第198—202页),似乎文不对题,至少是有些大而化之了。

上任何部位（后来明确为心口位置）割走一磅肉作为补偿（I. iii. 129–143）。与安东尼奥和巴萨尼奥的契约（爱之旧约 I）、鲍西亚和父亲的契约（爱之旧约 II）、鲍西亚和巴萨尼奥的契约（爱之新约）都不同，夏洛克和安东尼奥的契约——割肉/还钱的契约——是真正的法律契约，同时也是一份"伪约"：它是仇恨（尽管它伪装为"爱"）的产物而与爱——无论是朋友之爱、天伦之爱还是情侣之爱——相去甚远。

这本来或许只是"威尼斯商人的爱情故事"中的一段插曲，然而它很快成了安东尼奥和巴萨尼奥共同的噩梦。就在他求婚成功的当日，巴萨尼奥接到了他"最爱的朋友"（III. ii. 298："the dearest friend to me"）安东尼奥的来信（id, 322–326）：

> 亲爱的（Sweet）巴萨尼奥：我的船都遇难了，债主催逼，家事凋零，我和犹太人的契约（bond）已逾期判罚。按约偿还，殆无生理，你我之间所有的债务（debts）从此两清，只要我死前能见君一面。但是不必勉强：如果你的爱打动不了你，这封信也随它去吧。[①]

① Cf. III. iii. 35–39: Antonio: "These griefs and losses have so bated me, / That I shall hardly spare a pound of flesh / To-morrow to my bloody creditor. / Well, jaoler, on. Pray God, Bassanio come / To see me pay his debt, and then I care not."

信中说的“你的爱”(your love)一语双关:它既指巴萨尼奥对安东尼奥的“爱”(友爱),也暗指巴萨尼奥的“爱人”鲍西亚。事实证明,巴萨尼奥不愧是安东尼奥“最爱的朋友”:他见信大惊失色,准备马上前往威尼斯,并向爱人鲍西亚解释了前因后果。聪明如鲍西亚,马上看出了事情的严重性和复杂性:这封信与其说是安东尼奥写给他“最爱的朋友”的诀别信,不如说是他向对方重申-确认往日旧盟的情书,甚至是一封发向巴萨尼奥的“爱”——他的爱人鲍西亚和他们的爱情“新约”——的战书①。可以预想,如果安东尼奥不幸因为巴萨尼奥的“爱”而命丧夏洛克之手,那么他对巴萨尼奥的爱和他为此“爱”而死的事实和记忆必将成为巴萨尼奥(以及鲍西亚)永远亏欠和无法偿还的感情债务,届时他将像夏洛克成功割取自己身上/心上的一磅肉那样割取鲍西亚与巴萨尼奥夫妻爱情“新约”共同体身上/心上的“一磅肉”。②

---

① Harry Berger Jr.:“Sprezzatura and Embarrassment in The Merchant of Venice”, Michele Marrapodi (ed): *Shakespeare and the Italian Renaissance: Appropriation, Transformation, Opposition*, p. 23 & p. 24.

② 即如阿兰·布鲁姆所见,安东尼奥“通过为巴萨尼奥而死,他证明自己的伟大的爱,并以此在朋友的负罪感里建造起永恒的纪念碑”(《莎士比亚的政治》,潘望译,江苏人民出版社,2009 年,第 25 页;Allan Bloom: “Shakespeare on Jew and Christian: An Interpretation of The Merchant of Venice”, *Social Research*, Vol. 30, No. 1 (Spring1963), p. 18);在这个意义上,我们说“安东尼奥就是鲍西亚的夏洛克”(Harry Berger Jr.:“*Sprezzatura and Embarrassment in The Merchant of Venice*”, Michele Marrapodi (ed): *Shakespeare and the Italian Renaissance: Appropriation, Transformation, Oppositio*, p. 28)。

此刻,鲍西亚面临一项艰难的选择,其艰难程度也许不亚于巴萨尼奥方才对三个匣子的选择,而选择的结果将在很大程度上决定她未来的爱情-命运:她或是得到她一切想要的(金匣子),或是只得到她应得的(银匣子),或是冒险失去一切(铅匣子)。她做出了明智的选择:为了保护她和巴萨尼奥的爱情新约(契约 I)的胜利,她必须战胜安东尼奥,通过完成而取消他和巴萨尼奥的友爱旧盟(契约 II);而为了战胜安东尼奥,她又必须首先帮助安东尼奥战胜夏洛克,履行-废除他和对方的契约(契约 III)。这几乎是不可完成的任务,但她(如我们在法庭一场所见)居然奇迹般地完成了。

指环的故事 II

鲍西亚乔装改扮,化身罗马青年律师巴尔萨泽来到威尼斯法庭现场,出手解救了安东尼奥,并以蓄意谋害威尼斯公民的罪名判罚夏洛克的全部家产。经安东尼奥求情,法庭改判罚没夏洛克半数家产,另一半家产由安东尼奥代管,并在夏洛克死后移交给“最近偷取了他女儿的那位绅士”(IV. i. 391–392:“the gentleman / That lately stole his daughter”)①,条件是他立即改信基督教,同时当

① 当事人洛伦佐并不否认这一点,他甚至为此感到洋洋得意而向同伴吹嘘。Cf. II. vi. 24–25:Lorenzo:“play the thieves for wives” etc. II. iv. 30–31:Lorenzo:“She hath directed / How I shall take her from her father's house” etc.

庭立约承诺死后将其“全部所有”赠予“他的女婿和女儿”(393–397)。夏洛克面若死灰,在表示“满意”(401:“I am content”)后仓惶离去,并从此消失①。

安东尼奥得救了。主持审判的威尼斯公爵离席前特别点明:“安东尼奥,你得感谢这位先生;依我之见,你欠了他很大一个人情。”(415–416:“Antonio, gratify this gentleman, / For in my mind you are much bound to him.”)安东尼奥随后真诚致谢“巴尔萨泽”,声称“大恩大德,我等没齿难忘”(422–423:“[We] stand indebted, over and above, / In love and service to you evermore”);巴萨尼奥也由衷地感谢“巴尔萨泽”以其聪明才智“为我和我的朋友免除了可怕的刑罚”(417–419:“I and my friend / Have by your wisdom been this day acquitted / Of grievous penalties”),并主动提出将原欠夏洛克的三千金元转赠对方作为酬劳。“巴尔萨泽”礼貌地拒绝了。巴萨尼奥终究心意难平,又请对方“赏脸从我们这里拿两件东西”作为赠品和纪念(430–433:“Take some remembrance of us as a

---

① 作为寄居的犹太人,夏洛克内在疏离于威尼斯主流社会;而作为寄生的高利贷者,他又不见容于威尼斯商业社会。作为双重意义上的异己和边缘人(alien),他只能与犹太同胞“抱团取暖”,在犹太教的共同信仰和生活共同体中获取生存的慰藉和心灵的救赎。另外,财产是他在世生存的物质保障(Cf. IV. i. 382–384: Shylock: “You take my house when you do take the prop / That doth sustain my house. You take my life / When you do take the means whereby I live.”)。现在夏洛克不但失去了女儿(他妻子已逝,膝下无子,唯有此女),更被“仁慈地”判罚一半家产,并被迫改宗基督教(这意味着他犹太身份的丧失,即其作为犹太人或犹太社区公民的死亡),他未来——如果他还有未来的话——的命运可想而知。

tribute, / Not as fee. Grant me two things, I pray you" etc.)。鲍西亚趁势索要他手上的指环。巴萨尼奥大为尴尬,只好如实相告这是他和妻子的定情之物,因有约在先,未便转赠他人。鲍西亚佯作不快,冷笑而去(不过她此时想必心中甚喜)。这时安东尼奥发话了(id, 458-460):

> 巴萨尼奥少爷,就把这个指环给他吧。他的功劳,还有我对你的爱(my love),加在一起也足以抵消你违背尊夫人诫命(commandment)的罪过了。

闻听此言,巴萨尼奥再无二话(虽然他心中也许另有想法),立刻摘下指环派人送去。

对于巴萨尼奥,这又是一次重大的人生选择,其重要性或不亚于他之前对三个匣子的选择:为了他和安东尼奥的友爱旧盟,巴萨尼奥毁弃了他与鲍西亚的爱情新约。但与上次不同,这一次是他被动做出的选择(尽管从鲍西亚的角度看他是主动的):如果没有安东尼奥的提示或者说"诫命"(commandment),他是不会这样做的。巴萨尼奥为了安东尼奥而亏负了(bound for)鲍西亚,正如安东尼奥当初为了他而亏负了夏洛克一样。现在,鲍西亚成了他们——安东尼奥和巴萨尼奥的友爱旧盟——的"夏洛克"(而在此之前,安东尼奥是她和巴萨尼奥的"夏洛克"):她完全有权索还她——她与巴萨尼奥缔结的爱情新约——的那"一磅肉",即巴萨尼奥向她许诺的之死靡它的忠诚。

此后的剧情完全在鲍西亚的预料之中而展开(在这个意义上,鲍西亚成了自身——她的自我戏剧——的“诗人-作者”[ποιητής])①。巴萨尼奥与安东尼奥一行回到贝尔蒙特,并向鲍西亚引荐了自己的朋友。两对爱人——确切说是巴萨尼奥的两个爱人:他们都爱巴萨尼奥,但是互为情敌——正式见面了(之前他们已在威尼斯的法庭上见过对方,不过那时鲍西亚是以“律师巴尔萨泽”的面目出现,因此鲍西亚见到了安东尼奥,而安东尼奥却没有见到鲍西亚)。一开始,他们的对话显得波澜不惊(虽然暗流涌动)(143–148):

> 巴萨尼奥 请向我的朋友表示欢迎。他就是我说的那个人,他就是安东尼奥。我受了他无穷的恩惠。
>
> 鲍西亚 你的确欠了他很多,因为我听说他为你付出了很多。
>
> 安东尼奥 没什么,事情都解决了。(No more than I am well acquitted of.)

---

① 因此,鲍西亚属于哈罗德·布鲁姆所说的“自由的自我艺术家(free artists of themselves)”(Harold Bloom: *Shakespeare: The Invention of the Human*, New York: Penguin Group, Inc., 1998)——例如凯撒(p. 110)、哈姆雷特(p. 693)以及理查二世、伊阿古、爱德华、麦克白(p. 268),或汉娜·阿伦特所说的与“劳动者”、“工作者”相对而言的“行动者”(《人的境况》,王寅丽译,上海人民出版社,2015 年,第 1—3 页、第 138—141 页)。

话音刚落,尼莉莎便“发现”——这想必是她们事先安排好的桥段——丈夫葛来西安诺手上的指环不见了(事实上,这是她效法女主人作为“律师巴尔萨泽”的书记员向丈夫索去的“战利”①),并当众喧嚷起来。鲍西亚假意责备男方,并表示(这显然是说给巴萨尼奥和安东尼奥听的)她坚信巴萨尼奥绝不会这样做(175–184):

> 恕我直言,你把妻子送你的第一件礼物轻易给人,这就是你的不是了。(略)我也送给我爱人(my love)一个指环,并让他发誓永不与它分离:他就站在这里。我敢替他发誓:就算把全世界的财富给他,他也不会把它丢开或者从他手上摘下来。

葛来西安诺为自证清白而供出了巴萨尼奥。巴萨尼奥无比尴尬地承认了自己确实已将指环送人的事实,并忙加解释说:他是将指环送给了一位民法博士(而不是什么女人),因为“他救了我好朋友(my dear friend)的命”;“他拒绝了我三千金元的酬谢,却索要我的这枚指环”;“我没有给他,任他负气而去”,后来“碍于情面”才“被迫派人将指环送去”,“以免被人说忘恩负义而使我的名誉②受损”(221–234)——在此他虽然没有明言,但是

① IV. ii. 15–16. Cf. V. i. 153, 171–175 & 191–194.

② 巴萨尼奥在此谈到个人的“名誉”(my honour);“honour”一词亦可译为“荣誉”、“信誉”甚至是“信用”:即如我们在后世(例如18世纪)所见,这时现代的商业人战胜了古典的政治人,物权成为“现代人”实践德性的方式,古典–贵族式的“荣誉”亦随之转向现代–商业化的(转下页注)

“被迫”(enforced)、“碍于情面”(beset with shame and courtesy)云云,已经暗示此事责任在安东尼奥,他本人其实是无辜的(或至少不是主犯)。

巴萨尼奥自感亏负了鲍西亚,他的解释实为变相的道歉,而他的道歉也暗含了某种谴责——对安东尼奥过分之举(即勉强他将爱人的指环报恩送人)的谴责。现在,爱的天平开始向“新约”一方倾斜了。鲍西亚佯作不解,继续表演她对爱人的“失望”和“愤怒”,甚至于威胁说:

> 叫那博士永远不要走近我家门。既然他得到了我的珍宝——这可是你发誓要为我保存的东西,我也会像你一样大方,他要什么我就给什么,就是要我的身体和丈夫的睡床,我也会给他。你放心吧,我一定会跟他在一起的。(235-241)

(接上页注)“信用”(参见波考克:《德行、商业和历史:18 世纪政治思想与历史论辑》,冯克利译,三联书店,2012 年,第 65 页、第 75 页、第 105—107 页等处)。此就西方世界整体而言;在英国(英格兰),这一转型始自 13 世纪,远早于通常认为的 16 世纪(艾伦·麦克法兰:《英国个人主义的起源:家庭、财产权和社会转型》,管可秾译,商务印书馆,2015 年,第 215—217 页、第 254—255 页)。在这方面,《威尼斯商人》为我们提供了观望和了解欧洲(特别是英国)现代早期(16 世纪晚期,或 18 世纪的史前时代)商业精神与公民德性之间关系的文学镜像和历史证词。Cf. I. iii. 9-18: Shylock: “Antonio is a good man.” Bassanio: “Have you heard any imputation to the contrary?” Shylock: “Ho, no, no, no, no! My meaning in saying he is a good man is to have you understand me that he is sufficient” etc.

如其所说,她将毁弃她和巴萨尼奥的爱情–婚姻契约,既然巴萨尼奥已经毁约在先。尼莉莎也跟着推波助澜,情势更趋紧张。安东尼奥深感不安,打圆场自责说:“都是我不好,惹得你们生气。”鲍西亚的回答不冷不热:“您别介意,您来我们无论如何(notwithstanding)是欢迎的。”情急之下,巴萨尼奥当众——其中包括安东尼奥,他“最爱的朋友”——赌咒发誓(252–254 & 261–262):

> 鲍西亚,原谅我被迫犯下的错误。当着这些位朋友的面,我向你发誓……我以我的灵魂起誓,我再不会违反和你的誓约(oath)了。

安东尼奥也为他求情(263–267):

> 我曾为了他的幸福用我的身体作抵押,要不是拿走您丈夫指环的那个人,我早就没命了。我敢再立一张契约(be bound),以我的灵魂来担保,保证您的丈夫再不会有意识地背信弃约了。

在这里,他亲口承认“拿走您丈夫指环的那个人”是自己的救命恩人,同时也在暗示对方:他为巴萨尼奥付出甚多,甚至不惜自己的生命,而巴萨尼奥也为友情做出了牺牲;原谅他等于帮助他偿还友情(巴萨尼奥之有负于安东尼奥,正如安东尼奥有负于“律师巴尔萨泽”;因此帮助安东尼奥报答“巴尔萨泽”,即等于帮助巴萨尼奥报答安东尼奥)并承认他们的友爱“旧盟”是自己爱情“新约”的基础(没有安东尼奥将自己的身家性命作为抵押的友爱之举,就没有她和巴萨尼奥的幸福爱情)。

眼看时机已到,鲍西亚向他们揭开了谜底:原来,她就是“拿走您丈夫指环的那个人”;换言之,他们——安东尼奥和巴萨尼奥——实际亏负和需要报答的是同一个人!现在,作为她的爱和救恩(grace of salvation)的证据,这枚指环就在她的手上(268–271):

> 鲍西亚　那就请您为他担保吧。给他这个指环,让他保管得比上次那个更好些吧。
>
> 安东尼奥　拿着,巴萨尼奥少爷,发誓说你会永远保存这个指环。
>
> 巴萨尼奥　天呐,这正是我给那个博士的指环!

未等大家反应过来(280:“You are all amazed.”),鲍西亚又向他们出示了两封信,其中一封来自她的表兄贝拉里奥(Bellario),即那位配合她演戏、力荐她出庭为安东尼奥辩护的大律师本人(281–286):

> 在这里,你们将会得知鲍西亚就是那位博士,尼莉莎就是那位书记员。这里的洛伦佐可以作证:你们一走,我也出发了,现在刚回来,还没进家呢。[1]

---

[1] Cf. III. iv. 48–55 & v. 58–87.

第二封信则是写给安东尼奥的,但是机缘凑巧——至于是如何的“机缘凑巧”(292:“by what strange accident”),鲍西亚并未解释①——落在了她的手里(287–293):

> 安东尼奥,欢迎您的到来。另外我还为您带来了您意想不到的好消息。打开这封信,您将看到您有三艘商船已经满载着货物突然返回了。

安东尼奥最初的反应是哑口无言(294:“I am dumb”);等他看完信,这才恍然大悟,不由得又是欢喜又是感激地说:“贤德的夫人,您拯救了我的生命,也拯救了我的生活。”(301–303:“Sweet lady, you have given me life and living.”)②

这是他的肺腑之言。其实,被鲍西亚拯救或者说“照亮”(95–97:Portia:“That light we see is burning in my hall. / How far that little candle throws his beams! / So shines a good deed in a naughty world.”)了“生命和生活”

① 无论如何,这里透露的信息令人印象深刻,甚至是心生敬畏:她到底是什么人,竟如此神通广大? 巴萨尼奥将她和古罗马大将加图的女儿、布鲁图斯的妻子鲍西亚相提并论(I. i. 167–168),犹是皮相之见。哈罗德·布鲁姆认为她是威尼斯“万事皆可为”(anything goes,或译“怎么都行”)精神的化身(Harold Bloom: *Shakespeare: The Invention of the Human*, p. 177),亦非正解知言。

② 即如 Marjorie Garber 所见,《威尼斯商人》剧中的许多人——安东尼奥、夏洛克和鲍西亚——均将“财产”(我之所有)与“自我”(我之为我)视为同一(*Shakespeare After All*, p. 308)。就此而言,他们都是“威尼斯商人”。Cf. IV. i. 383–384: Shylock: “You take my life / When you do take the means whereby I live.”

的又何止是安东尼奥一个人：她同时为洛伦佐夫妇带来一份特殊的馈赠（307：“a special deed of gift”）——夏洛克已经画押的财产转让证明，也“照亮”了他们（特别是杰西卡）的“生命和生活”①。但这只是顺便的工作和附

---

① 洛伦佐称之为“赈济饥民的吗哪”（V. i. 310-311：“you drop manna in the way / Of starved people”），也就是将鲍西亚视为救苦救难、起死回生的天使或神灵（“吗哪”的典故，参见《旧约·出埃及记》第16章）。作为丈夫和家主，洛伦佐无疑是“夏洛克遗产”或“鲍西亚馈赠”的主要受益人（关于文艺复兴时期丈夫对妻子财产的权利，参见玛格丽特·金：《文艺复兴时期的妇女》，刘耀春、杨美艳译，东方出版社，2008年，第62—63页、第65页、第68—69页），但其前提是作为夏洛克的“女婿”即杰西卡的丈夫和爱人（前者就其法律关系而言，后者就其实质感情而言）。洛伦佐自称深爱“聪明、美丽和真诚的”杰西卡（II. vi. 54-59：Lorenzo：“Beshrew me but I love her heartily. /... / And therefore, like herself, wise, fair, and true, / Shall she be placed in my constant soul.”），但他们在新婚燕尔柔情蜜意地打情骂俏时说到四对/位著名的古代情侣（V. i. 3-17）：特洛伊罗斯（Troilus）和克瑞希达（Cressida）、提斯柏（Thisbe）（和皮拉摩斯[Pyramus]）、狄多（Dido）（和埃涅阿斯[Aeneas]）、美狄亚（Medea）（和伊阿宋[Jason]），而这四位女性最后的结局都很悲惨。葛来西安诺曾向人（Salarino）预言洛伦佐对杰西卡的爱情未必能久长（II. vi. 9-20），当是经验之谈，并非危言耸听；朗斯洛特（Lancelet）后来和杰西卡戏谑玩笑说她将来注定要下地狱（III. v. 1-14），或是因为父亲的罪孽，或是因为母亲的罪孽，而杰西卡的回答是“我会被我的丈夫拯救”，因为“他已经把我变成了一个基督徒”（15），看似有恃无恐，实为铤而走险：她为爱情而抛弃了原生家庭和亲情（不仅仅是父亲，也包括她已去世的母亲——她私奔离家时偷走了母亲当年赠给父亲的定情之物，一枚绿松石指环，后来用它换了一只猴子[III. i. 78-81]）——乃至自己的民族和文化信仰；如果洛伦佐始乱终弃或是移情别恋，她也将像她的父亲夏洛克那样走向一无所有的人生绝境。现在，父亲夏洛克的遗产（虽然是被迫的馈赠）将成为杰西卡未来幸福——如果爱情失败，至少是她未来“生命和生活”——的重要保障：被抛弃的父亲（Cf. II. viii. 15-17：“My daughter! O my ducats! / Fled with a Christian! O my Christian ducats! / Justice, the law, my ducats, and my daughter!”）——可以确信，他将在伤心、绝望和孤独中迅速死去——最终保护了背叛他的女儿。

带的成果;她真正要拯救并且拯救了的,是巴萨尼奥——确切说是她和巴萨尼奥两个人——的爱情“生命和生活”。

现在,她将这枚象征着他们爱情“新约”的指环重新授予了巴萨尼奥。

匣子的故事 II

这一刻也见证了鲍西亚对“威尼斯商人”世界的胜利。作为欧洲中世纪最早的商业殖民帝国,威尼斯在13世纪末(确切说是1297年“大议会终结”后)从开放的共和宪政转向封闭的贵族寡头统治,并一直持续到17世纪40年代①。这是一个由男性——少数男性:他们是父亲和丈夫,同时也是工商业主和有产者——掌控的世界,即“威尼斯商人”的主权世界。这也是鲍西亚最初面对的世界:她(如其所说)对这个世界感到“厌倦”,因为她被封闭其中,生活(特别是在选择爱人/丈夫这件人生大事上)“受制于一个死了的父亲的意志”而不得自由,就像是密封在暗室匣子中的珍宝,光华灿烂却不见天日。她渴望爱情,而爱情——真正的爱情——意味着解放和自由。

① 詹姆斯·汤普逊:《中世纪晚期欧洲经济社会史》,徐家玲等译,商务印书馆,2018年,第342—343页。参见玛格丽特·金:《欧洲文艺复兴》,李平译,上海人民出版社,2015年,第58—63页;塞缪尔·芬纳:《统治史》第2卷,王震译,华东师范大学出版社,2015年,第406—407页。

现在,巴萨尼奥出现了。他通过了三个匣子的测试(父亲对女儿未来丈夫的考验①),收获了鲍西亚的爱情和财产(丈夫的权利),同时解除了她的封印(父亲的契约和女儿的义务)。鲍西亚对此心怀感激:作为一名被解放的"新人",她将象征爱情主权的指环授予对方,与之签订了"爱的新约"。她足够真诚(甚至有些浪漫)地接受巴萨尼奥为她的"主人、总督和君王"(III. ii. 168)②,但是她也十分明智和现实地保留了对于契约——她和巴萨尼奥的爱情契约——的最终解释权和决定权:"您如果舍弃或遗失了这枚指环,或是将它送

---

① 三个匣子的爱情测试(或者说求婚契约)规定:求婚者如果失败(这是一个类似于买彩票未能中奖的大概率事件),将不得再向其他女子求婚(II. i. 40–44 & ix. 10–15)。这个要求过于严苛和不近人情(如果它确实得到执行的话),反映了它的"作者"的奇特心理:他似乎兼有古代神话传说中阿卡迪亚国王伊阿索斯(Iasus)之女亚特兰大(Atlanta,她要求婚者和自己赛跑,胜者成为她的丈夫,而失败者将被她刺死)、阿尔戈斯国王达那俄斯(Danaus,他要自己的五十个女儿在新婚之夜杀死她们的丈夫,即其孪生兄弟的五十个儿子)和美狄亚的父亲、科尔基斯国王埃厄忒斯(Aeëtes,他为寻找金羊毛的英雄规定了几乎不可能完成的任务)的人格面向,表现出恐婚、厌男和性嫉妒——出于报复,失败者将被剥夺生殖的权利——等病态心理症候。

② 她这样说想必是真诚的,但是事实并非如此:如我们所见,莎士比亚喜剧(有时也包括悲剧)中的女主角总是更加聪明能干,行事(特别是在爱情问题上)更加积极主动(因此更像基雅维里所说的命运女神钟爱的"青年"[参见《君主论》第25章末段]),而她们的情人或丈夫则未免相形见绌(Harold C. Goddard: *The Meaning of Shakespeare*, Volume I, p. 45)。这就是为什么哈罗德·布鲁姆认为莎剧中的女主角总是"下嫁"(marry down):那些男人配不上她们(*Shakespeare: The Invention of the Human*, p. 221)——例如罗瑟琳(Rosalind)之于奥兰多(Orlando)。鲍西亚和巴萨尼奥的爱情婚姻亦可作如是观。不过,"子非鱼,安知鱼之乐?"何况鲍西亚足够明智和成熟——她选择的正是她需要的和适合自己的。

人,那将意味着您的爱情的毁灭,我可是要向您追责的。”(III. ii. 175–177)[①]换言之,巴萨尼奥作为这个爱情世界的主人可以得到他一切想要的——只要他忠于他们的爱情。他欣然接受(他本来就是为此而来),如愿以偿地进入了(确切说是被放置进了)“美丽山”的“金匣子”。鲍西亚本人也会屈尊但是快乐地待在(或者说重新回到)这里——为了爱情,也仅仅是为了爱情。

就在这时,她发现了安东尼奥的存在。这个人是她爱人的爱人(他们因此互为对方二人世界中的第三者),也是他们的恩人:是他帮助巴萨尼奥获得了鲍西亚的爱情和财富,而鲍西亚也由此得到了她所要的爱情和自由。现在,为了巴萨尼奥(以及鲍西亚)的缘故,他受制于夏洛克并面临生命危险;如果他竟然因此(情/爱)而死(如其在致巴萨尼奥的信中所说),那么他将成为巴萨尼奥永远的痛和爱。因此,鲍西亚面临的特殊挑战是:为了救赎她和巴萨尼奥的爱情(爱的新约),她必须首先成全她的敌人(安东尼奥)和她的爱人(巴萨尼奥)的友爱(爱的旧盟);而要做到这一点,她必须首先战胜他们共同的敌

① Marjorie Garber 提醒读者(*Shakespeare After All*, p. 292)注意“在这里是女方给予(男方)指环”,而 1559 年颁布、莎士比亚时代流行的《公祷书》(*Book of Common Prayer*)规定婚礼中当由男方“将指环交予女方”并发誓“我以这枚指环和你结为夫妻”(“with this ring I thee wed”)、“我将我在此世所有的全部财产都交给你”(“with all my worldly goods I thee endow”)云云。鲍西亚的女方“授权”行为明显挑衅和戏仿了传统的男权主义婚姻话语(具体而言则是她在此所说的“将您作为她的主人、总督和君王”这一兼有象征和表述意义的语言行为)。

人(夏洛克)。

鲍西亚化身罗马律师巴尔萨泽来至威尼斯,出其不意而大快人心地战胜了她(和他们)的敌人①。这是安东尼奥的胜利,也是巴萨尼奥的胜利,更是鲍西亚的胜利。首先,鲍西亚战胜了夏洛克,将他关进了灰暗的人生"铅匣子"——铅匣子预言选他的人"将冒险失去他所有的一切",而夏洛克这个"犹太魔鬼"(II. ii. 16-17:"the Jew is the very devil incarnation")果然因为冒险向基督徒复仇而失去了一切:他的女儿、他的财产和他的宗教信仰,就连他的爱情记忆——他去世的妻子利亚(Leah)结婚前送他的绿松石戒指(III. i. 79-80),这很可能是他晚年生活的唯一慰藉——也遭到了亵渎(78-79)。经此一役,鲍西亚成功化解了安东尼奥三千金元外加(心口位置)"一磅肉"的债务和生命危机,同时也(这是更重要的一点)代为她的爱人巴萨尼奥偿还了亏欠爱友(对鲍西亚来说则是情敌)的感情债务。

在法庭上,自分在劫难逃(当然这事后证明是他的错觉)的安东尼奥与爱友深情道别(V. i. 269-270 & 277-281):

把你的手给我,巴萨尼奥。再见了!不要因为

① 正如巴萨尼奥此前充当了鲍西亚"契约囚徒困境"的解围神(*deus ex machina*),现在鲍西亚充当了安东尼奥"契约囚徒困境"的解围神。Cf. IV. i. 223:Shylock:"A Daniel still say I, a second Daniel!" 346:Gratiano:"A Daniel still say I, a second Daniel!"

> 我为你落得如此下场而感到悲哀……代我向尊夫人致意。告诉她安东尼奥是怎么死的。跟她说我多么爱你;我不在了,就为我美言几句吧。故事说完后,请她评论一下安东尼奥是否曾经拥有爱(a love)。

巴萨尼奥也不禁真情流露(286–291):

> 安东尼奥,我有一个我爱如生命的妻子,可是我的生命、我的妻子乃至整个世界,在我心中都不如你的生命重要。为了救你,我愿失去所有这一切,把他们都献给这个魔鬼。

这时鲍西亚在旁边发表评论说(安东尼奥的愿望提前实现了,但是以反讽的形式):“尊夫人要是在此听到您这样说,不见得会领情吧!”(292–293)

鲍西亚的反应足够大度乃至反常。当然,在公共场合(并且是在伪装他人身份的情形下),她大概也只能这样表态了。不过,她的反应如此温和与克制(甚至是好整以暇的调侃戏谑),或许其中另有奥妙。我们猜想,巴萨尼奥对友爱的忠诚誓言——“为了救你,我愿失去所有这一切”——纵然令人不快(话说任何妻子都不会为此感到愉快),但是也能理解:毕竟他的挚友为他而死,生离死别之际,不如此说,情何以堪!事实上,这也反映了他的心地和人品,不愧是可以托付终身的良人①,而他无意间(向他以为不在场的爱人)的爱情表白——“我有一个我爱如生命的妻子”,亦足温暖人心。

更重要的是,鲍西亚在这里发现了安东尼奥情感世界——他对巴萨尼奥的爱,或者说“安东尼奥之爱”——的秘密(或者说破绽)。在剧中,安东尼奥被表现为一个希腊式的爱人(ἐραστής),而巴萨尼奥则扮演了爱侣(ἐρώμενος)的角色——有学者因此断言“巴萨尼奥是双

① 即如 Harold C. Goddard 所见,“正是现在,而不是他站在铅匣子跟前的那一刻,巴萨尼奥证明他是配得上这个铅匣子的”(*The Meaning of Shakespeare*, Volume I, p. 108)。事实上,正是在他向友谊——他和安东尼奥的“友爱旧盟”——表达最高敬意的时刻,鲍西亚心情复杂(或许感到受伤,但也不无欣慰)地发现——亚里士多德意义上的“发现”(ἀναγνώρισις),即从不知到知的转变(μεταβολή)(*Poetics*, 1452a)——巴萨尼奥是一个值得爱的人:他配得上自己的爱,正如(或者说正因为)他无负于安东尼奥的爱。(顺便说一句,Bassanio 的希腊语词源“βάσανος”即意谓“试金石”[touchstone]或对真实成色的“测试/考验”[test, trial of genuineness]。)为说明这一点,我们可将鲍西亚对巴萨尼奥的态度与卢梭《爱弥尔》[1762]第5卷中苏菲对爱弥尔的态度做一比较:爱弥尔失约未来,苏菲为此深感愤怒,次日爱弥尔向她解释说自己是为急救伤者和他的孕妇妻子而爽约,最后语气坚定地告诉对方:“苏菲,你是我的命运的主宰,你一点你是很清楚的。你可以使我伤心而死,但是你不可能使我忘掉仁爱的权利;我认为,这种权利比你的权利是更加神圣的;我绝不能够因为你就把这种权利完全抛弃了。”听到这话,苏菲站起来拥吻了他,向他伸手并充满柔情地说道:“爱弥尔,握着这只手,它是属于你的。你什么时候愿意,你什么时候就可以做我的丈夫和我的主人,我要尽我的力量来享受这个荣誉。”(李平沤译本,商务印书馆,2009年,第673页)笔者撰写本注时受到阿兰·布鲁姆的启发(如其所见,爱弥尔在此“展现了最高的情感,他主动的同情,而这成了体现在他身上的人的尊严”或人性的光辉:“这个女人爱他,因为他是一个有原则的人,一个遵从其内在之光的人”[《爱的设计:卢梭与浪漫派》,胡辛凯译,华夏出版社,2018年,第142—143页]),特此致谢声明。

性恋,而安东尼奥不是"[1](言外之意他是同性恋)。事实上,安东尼奥和巴萨尼奥的"友谊"兼有父子、兄弟和情侣之"爱";他们仿佛心照不宣,但又不甚了了。特别是安东尼奥:当他因为巴萨尼奥可能"移情别恋"而声称"我不知道我为何如此抑郁(sad)……抑郁(sadness)让我失去了理智,我都不认识自己了"(I. i. 1–7:"I know not why I am so sad. / ... / And such a want-wit sadness makes of me / That I have much ado to know myself.")而被朋友(Solanio)取笑"那您一定是恋爱了"(47:"then you are in love")时,他的回答是"得了,得了!"(48:"Fie, fie!")——他确实没有很好地认识(或者是拒绝认识)自己。他能接受的(事实上也是他期待的)是这样的表述,如巴萨尼奥向他讲述自己的求婚计划时所说(I. i. 132–133 & 146–149):

> 无论是在钱财方面还是友爱(love)方面,我都欠您太多……我提起这件儿时往事(childhood proof),是因为我下面要说的全然出自赤诚(pure innocence)。我欠您太多,而且就像一个任性的孩子(a wilful youth),把欠您的钱都花光了。

在这里,巴萨尼奥自比基督教《圣经》故事中那个少不更事的浪子(the Prodigal Son),并以"赤子"(innocent child)

① Harold Bloom: *Shakespeare: The Invention of the Human*, p. 179.

之名呼吁"父亲"的原谅和拯救。《圣经》中浪子的父亲欣然接受了归来的浪子,并许诺"我一切所有的都是你的",因为这是他"失而复得"的爱子(*Luke* 15:11–32);同样,安东尼奥也向巴萨尼奥表示"我的钱、我自己、我的一切资源,只要你需要,都向你敞开"(I. i. 140–141:"My purse, my person, my extremest means, / Lie all unlock'd to your occasions.")。对于巴萨尼奥,他不仅仅是朋友和爱人,也是慈父、恩人和救主——他简直就是上帝。

他是在效仿基督(*imitatio Christi*)吗?他超乎寻常的牺牲意识和殉道精神(甚至是受虐求死的爱欲冲动)①似乎都指向了这一点。然而,无论是就其主观意志还是客观效果而言,这都是一种危险的僭越(ὕβρις)。这个安东尼奥预示了《第十二夜》(c. 1601)中的那个安东尼奥(又一个安东尼奥!)和《雅典的泰门》(c. 1606)中的泰门(Timon)。作为例证,后者——虽然他是博爱主义者

---

① Robin Headlam Wells:"Shakespearean Comedy: Postmodern Theory and Humanist Poetics", Michele Marrapodi (ed): *Shakespeare and Renaissance Literary Theories: Anglo-Italian Transactions*, Surrey: Ashgate, 2011, p. 51. 安东尼奥在法庭上劝阻他"最爱的朋友"——这时巴萨尼奥表示"我就是让这个犹太人拿走我的肉、我的血、我的骨头和一切,也不能让你为了我而流一滴血"——营救自己时声称:"我是一头没用的病羊(a tainted wether),在羊群中最该死去。最软弱的果子最先掉落,就让我这样走了吧;继续活下去并撰写我的墓志铭,巴萨尼奥,这是你能为我做的最好的事。"(IV. i. 113–120)安东尼奥的"为爱牺牲"令人想起耶稣基督的"为爱牺牲"(mercifixion)。比较"病羊"(按"wether"尤指经过阉割的公羊)与基督教传统的"替罪羊/上帝的羔羊"意象以及友人的"墓志铭"与使徒的"福音书"的隐喻关系。

而安东尼奥不是(我们几乎可以肯定他只爱[至少是真爱]巴萨尼奥一个人)——也许更有说服力:泰门的朋友称赞他是“世上少有的人物,他活着就是为了不知疲倦、持之以恒地行善”(I. i. 13-14)①,而泰门本人也十分真诚地(同时不无自我感动地)向他的朋友宣称(I. ii. 84-92):

> 神灵在上,我们何必要有朋友呢,如果我们永远不需要有朋友?他们将是最无助的生灵,如果我们对他们永远没有用处……我们生来就是为了行善;我们的财产就是朋友的财产,还有比这更好、更恰当的说法吗?能有这么多的人像兄弟一样分享各自的财富,这是多么难得的美事啊!哦,快乐尚未萌生就融化了:我忍不住要落泪了。②

但这只是一种自欺欺人的幻觉。被朋友-兄弟抛弃后的泰门从感情泛滥的爱人者(philanthrope)变成了愤世嫉俗的憎人者(misanthrope),并郁郁而终。安东尼奥也因爱友“移情别恋”而郁郁寡欢,甚至一心求死。他和泰门

① 比较巴萨尼奥对安东尼奥的描述(III. ii. 298-302):“一个宅心最为仁厚、天性最为善良的人,他助人为乐不知疲倦,古罗马人的高贵荣光(honor)在他身上比今天任何一个意大利人身上都多。”

② 比较夏洛克对安东尼奥的评价:“他借钱给人不收利息(gratis),生生压低了我们这行人在威尼斯放债的利率。”(I. iii. 31-32)安东尼奥的驳斥:“何曾有人借钱给朋友还收过利息?”(123-124)以及他对巴萨尼奥的表态:“我的钱、我自己、我的一切资源,只要你需要,都向你敞开。”(I. i. 140-141)

都因过于依赖朋友-兄弟-爱人对自己的依赖而成为了不自主的存在,即被自身感情需要支配的奴隶。

这就是安东尼奥的困境:他需要(并享受和迷恋)被爱人需要的感觉。在这里,他也同样面临三个“匣子”的选择:他希望(且一度认为)完全拥有巴萨尼奥的爱(金匣子),但这超过了他实际应得的(银匣子)而有可能失去他所有的一切(铅匣子)。对他来说,失去爱人-朋友是无法弥补的痛苦(“他只是为了他才爱这个世界的”),而唯有死亡能够解脱这一痛苦:在案情发生反转(对安东尼奥而言,这同时也是一次生命经验的反转)前,他的“临终”遗言是“不要因为你将失去我这个朋友而感到懊悔,他并不懊悔替你还债。如果这个犹太人割得够深,我马上就可以用我的心还债了”(IV. i. 284-285:“Repent but you that you shall lose your friend, / And he repents not that he pays your debt. / For if the Jew do cut but deep enough, / I'll pay it instantly with all my heart.”),即是这一潜意识(爱别离/求不得=生命失去意义=死亡=解脱)的真实表达。

鲍西亚拯救(确切说是拯救-改造)了他:在三重意义上,她拯救了安东尼奥的“生命和生活”,同时也拯救-改造了他对/和巴萨尼奥的爱欲。首先,鲍西亚拯救了安东尼奥的“生命”(life):如果不是她化身“律师巴尔萨泽”粉碎了夏洛克要从安东尼奥身上(而且是胸口处)生生割走一磅肉的阴谋,安东尼奥殆将命丧夏洛克之手。不过这样一来,安东尼奥的隐秘愿望——成为巴萨尼奥心中永远的痛和爱,从而拥有爱友心上最柔软的那“一磅肉”——也随之落了空。不仅如此,他甚至因为鲍西亚出手相救而欠下了新的人情。现在,鲍西亚成了另一个“夏洛克”,一个更为明智的“夏洛克”:通过保住安东尼奥的那“一磅肉”(心头肉),鲍西亚保住了她的爱人巴萨尼奥心头的那“一磅肉”,从而也保住了她的那“一磅肉”——巴萨尼奥对她的爱情,以及她和巴萨尼奥的爱情“新约”。现在,她和巴萨尼奥的爱情“新约”与安东尼奥和巴萨尼奥的友爱“旧盟”两不相欠了。

其次,鲍西亚拯救了安东尼奥的“生活”(living)或者说“生意”。戏剧最后,鲍西亚报告给安东尼奥一个好消息:“您有三艘商船已经满载着货物突然返回了。”(V. i. 290–291)细节她没有多说(信中会有解释),不过我们猜想很可能正是她手下的商队(不要忘了鲍西亚可是一个超级富豪!)救助了安东尼奥的商船。不仅如此,她还授予安东尼奥一项特别的权利和使命:负责接管夏洛克的一半家产,并在他死后将其交给洛伦佐和杰西卡夫妇。这是鲍西亚、夏洛克和安东尼奥的契约,也是安东尼奥和洛伦佐–杰西卡的契约:正如洛伦佐“偷走”了夏洛克的女儿,鲍西亚也“偷走”了安东尼奥的爱人;现在,鲍西亚送还他一双“儿女”作为补偿,他由此(在牺牲夏洛克财产–人格的基础上)拥有——在失去巴萨尼奥后重新拥有——了父亲(确切说是父亲和朋友,但不是爱人)和准监护人的身份。先前他仅仅是因为巴萨尼奥(或者说他对/和巴萨尼奥——他的朋友、儿子和情人——的爱)才觉得生活有意义;现在有了洛伦佐(作为巴萨尼奥的替身),他可以继续活下去了——尽管不是那么幸福,但也差强人意(因为他被人需要,而他需要这种需要),至少不必像夏洛克那样在极度的羞辱和痛苦中挣扎。如果说故事最后巴萨尼奥被鲍西亚装进了生活的"金匣子"——他得到了他想要的一切(当然前提是他忠于爱情,即"指环"的约束①),夏洛克被装进了生活的"铅匣子"——他失去了他珍爱的一切,那么安东尼奥则是被装进了生活的"银匣子"——他得到了正当的、恰如其分的报应(就其本义而言,即古人理解的"无往不复"的"命运"[μοῖρα]或"天道好还"的"正义"[δίκη])②。

就这样,鲍西亚也拯救-改造了安东尼奥对/和巴萨尼奥的爱欲。方法和过程已如上述,其中关键的一点是:这是爱欲的矫正和净化,而非粗暴的铲除和消灭。安东尼奥最后半是惭愧、半是欢喜地感谢鲍西亚说"您拯救了我生命,也拯救了我的生活",既是友爱"旧盟"向爱情"新约"的宾服致敬(submission),也是安东尼奥作为爱

① 否则他的命运不堪设想:夏洛克就是他的前车之鉴。Cf. III. v. 54-58: Jessica: "It is very meet / The Lord Bassanio live an upright life, / For, having such a blessing in his lady, / He finds the joys of heaven here on earth. / And if on earth he do not merit it, / In reason he should never come to heaven."

② 参见弗朗西斯·康福德:《从宗教到哲学:西方思想起源研究》,曾琼、王涛译,上海三联书店,2014年,第16—17页、第39页、第176—178页。哈夫洛克:《希腊人的正义观——从荷马史诗的影子到柏拉图的要旨》,邹丽、何为等译,华夏出版社,2016年,第217页、第221页。基督教所谓"神意"、"审判"、"公正",庶几近之。参见《罗马书》12:19:"主说:'伸冤在我,我必报应。'"("Vengeance is mine, I will repay, says the Lord.")

欲同人的退隐皈依(conversion)。有论者指出:夏洛克当初向安东尼奥提出在他"喜欢的任何身体部位"(I. iii. 143:"In what part of your body pleaseth me")割取"一磅肉"的动议,他的初衷并不是想杀人(如其所说这只是个"玩笑"),而是想赎买(160:"To buy his favour, I extend this friendship")安东尼奥的"爱"(129:"I would be friends with you and have your love"),或者说得到他的心,甚至是在潜意识中希望为安东尼奥施行割礼——象征性的割礼(保罗所谓"心灵的割礼"①),使之成为"我们"犹太人中的一员②。夏洛克的"手术"失败了:他不但没有伤害对方,反而被对方伤害——他失去了一切,甚至被迫改信基督,成了一名真实而虚假的犹太人。但是鲍西亚的"手术"成功了:她割损了安东尼奥的爱欲,同时也成全了他的爱欲。对此,安东尼奥大可像《亨利八世》中的红衣主教伍尔习(Wolsey)那样感谢对方(在伍尔习是亨利八世,在安东尼奥则是鲍西亚)的切除和治愈(III. ii. 444–449):

---

① *Romans*, 2:28–29:"For he is not a Jew, which is one outwardly; neither is that circumcision which is outward in the flesh: But he is a Jew, which is one inwardly; and circumcision is that of the heart, in the spirit, and not in the letter; whose praise is not of men, but of God." (*King James Bible*)

② Cf. Harold C. Goddard: *The Meaning of Shakespeare*, Volume I, p. 97; Marjorie Garber: *Shakespeare After All*, p. 309. 关于割礼和犹太人的关系,参见《旧约 · 创世记》第 17 章:(耶和华与亚伯拉罕立约)"你们所有的男子都要受割礼;这就是我与你并你的后裔所立的约","但不受割礼的男子必从民中剪除,因他背了我的约"(第 9—14 节)。

> 我现在认识自己了,并且内心平静,感到了超越一切世俗尊荣的祥和安宁。国王治好了我,我谦卑地感谢他的恩泽:他为我卸下了肩上的重担……

在这里,他们(安东尼奥和巴萨尼奥、葛来西安诺和尼莉莎、洛伦佐和杰西卡;一言以蔽之,威尼斯和“美丽山”的新旧居民)和我们(当时的观众——威尼斯的观众与伦敦的观众,以及后代的读者)共同见证了贝尔蒙特女主人的胜利。这是鲍西亚和巴萨尼奥爱情新约的胜利,这胜利同时预示了一个新爱欲时代或爱欲新世界——这个世界以贝尔蒙特(确切说是“美丽山”新世界对威尼斯旧世界的征服和联姻)为原型——的崛起和君临。这个新世界许诺的爱欲愿景是如此美丽动人,以至于我们往往相信(或者说倾向于相信)这是一个金匣子的世界而忽略了其他可能。

第三幕
考狄利亚的选择

莎士比亚的《李尔王》①是一部伟大的悲剧——也许是最伟大的一部②,同时也是一部奇异的经典(即如哈罗德·布鲁姆所说:"奇异性是经典文学最重要的品

---

① 《李尔王》1608 年第一四开本的标题是《李尔王和他的三个女儿的故事》(*True Chronicle Historie of the life and death of King LEAR and his three Daughters*),1623 年第一对开本的标题是《李尔王的悲剧》(*The Tragedy of King Lear*),两版文字互有参差。今天通行的版本(如 *The RSC Shakespeare* 即所谓"皇莎本")多以第一对开本为底本,同时参校以第一四开本,而统一命名为《李尔王》。

② A. C. Bradley: *Shakespearean Tragedy*, London: The MacMillan Press Ltd., 1974, p. 198. 布莱德利在此指出"《李尔王》一再被说成是莎士比亚最伟大的作品",但他本人则认为该剧"演出效果欠佳"(imperfectly dramatic),因此可以说是"莎士比亚最伟大的作品",却非"他最好的戏剧"(p. 202)。布莱德利是在 20 世纪之初(按本书初版于 1904 年)说这番话的;20 世纪末,哈罗德·布鲁姆也宣称《李尔王》是"所有(莎士比亚)悲剧中最具悲剧性的一部"(this most tragic of all tragedies)——这个说法令人想起亚里士多德对古希腊悲剧诗人欧里庇得斯的评价(*Poetics*, 11453a):"虽然在其他方面手法不甚高明,欧里庇得斯是最富悲剧意识的(τραγικώτατός)诗人"(亚里士多德:《诗学》,陈中梅译,商务印书馆,1996 年,第 98 页)——因此"我们应当反复重读《李尔王》而回避其拙劣的舞台呈现"(Harold Bloom: *Shakespeare: The Invention of the Human*, New York: Penguin Group, Inc., 1998, p. 482 & p. 476)。

质"①):不同于其他同类作品,它几乎从一开始——第1幕第1场——就进入风暴中心、越过不可逆的命运节点而见证了悲剧的实质发生。根据剧情发展,本场戏大致可以分为5个部分共12个情节单元,如下所示(括号内的数字表示行数②):

1. 大臣肯特与格洛斯特候朝闲谈(1—24)
a. 二人谈论李尔的分封计划(1—4)
b. 格洛斯特向肯特谈论并引荐其私生子埃德蒙(5—24)
2. 李尔宣布并实施其归政和分封计划(25—186)
a. 李尔宣布他的计划(25—44)
b. 他的计划顺利进行(45—74)
· 李尔听取长女贡纳瑞的表白后宣布分封(45—58)
· 李尔听取次女里甘的表白后宣布分封(58—74)
c. 他的计划意外受挫(74—186)
· 李尔不满考狄利亚的表白而取消了原定的分封(74—120)
· 李尔将考狄利亚的封地分给两个女婿并宣布归政退休(120—133)
· 李尔不听肯特的劝谏并将他放逐(134—186)
3. 李尔向求婚者宣布结果并商定考狄利亚的婚事(187—274)

① 哈罗德·布鲁姆:《影响的剖析:文学作为生活方式》,金雯译,译林出版社,2016年,第127页。

② 场次分行皆据"皇莎本"(Jonathan Bate and Eric Rasmussen (ed): *The RSC Shakespeare: The Complete Works*, Red Globe Press, 2007)。下文征引同书不再特别注明。

(续表)

a. 勃艮第公爵对结果感到失望而选择退出(187—257)
b. 法兰西国王了解原因后宣布迎娶考狄利亚(258—274)
4. 考狄利亚向两位姐姐道别并敦促她们善待父亲(275—292)
5. 贡纳瑞和里甘密谋全面夺权(293—310)

剧情初始,大臣肯特与格洛斯特轻松愉快地谈论李尔的分封计划(同时也是他的荣休庆典),暗示了这是一项明智(对于李尔本人来说)而符合预期(对于李尔的国家或他的"政治身体"来说)的决策。随后李尔上朝宣布他的计划(确切说是这一计划的公开版本)以及他"更隐秘的想法"(30:"our darker purposes"),那就是他将根据女儿们的爱心表白分封领土,同时为(事实上他先提到了这一点)小女儿考狄利亚选定夫婿(她的封地就是她的嫁妆)。根据李尔的计划,分封仪式不仅是他本人的荣休庆典(在此他将把权力移交给下一代),也是一场求婚仪式的前奏,三者将联合奠定不列颠王国未来长治久安的基础。

虽然看似荒谬,这却是李尔为解决"不列颠问题"所能提出并保证实施的最佳方案:毕竟他已年逾八十①,后继无人(男性继承人,包括私生子),只有三个女儿——她们都已嫁人(奥本尼和康沃尔②)或是准备嫁人(勃艮

① IV. iv. 63-64:Lear:"I am a very foolish fond old man, / Fourscore and upward" etc.

② 按"奥本尼"(Albany)是苏格兰的旧称,在此代表(不列颠的)"北方";"康沃尔"(Cornwall)在英格兰西南,在此代表"南方"。Cf. Harry V. Jaffa: "The Limits of Politics: An Interpretation of *King Lear*, Act 1, Scene 1," in *The American Political Science Review*, Vol. 51, No. 2 (Jun., 1957), p. 411.

第或法兰西)，在他死后(甚至也许不必等到那时)不列颠殆将面临内战分崩和/或被外国(如法兰西)吞并的危险。诚然，分封有可能带来分裂——查理曼帝国(以及后来"神圣罗马帝国")的命运①就是前车之鉴②，但是也有可能——更有可能——形成制衡而保证王权的统一。关键在"中原"得人，所谓"苟非其人，道不虚行"。不列颠的"中原"就是英格兰：谁掌握了英格兰，谁就控制了不列颠。然而这个人会是谁呢？

这个人——李尔意中的继承人选——就是考狄利亚。李尔宣称他将平分国土给三个女儿(和她们的丈夫)③，但他在分封仪式现场临时增加了一项条款(I. i. 39–44)：

---

① 查理曼的继承者虔诚者路易死后，他的三个儿子——长子(也是他的继承人)洛泰尔、次子日耳曼人路易和四子秃头查理——兵戈相见，最后签订《凡尔登条约》(843 年)三分了查理曼帝国，今天的意大利、德国和法国即由此发展而来。事实上，查理曼帝国的命运是古罗马帝国命运(例如戴克里先时代的"四帝分治"(Tetrarchy)、君士坦丁时代的东西并立，特别是公元 395 年之后帝国的分裂)的重演，并在很大程度上预示了后来欧洲的历史。

② 李尔王的故事初见于 12 世纪英国教士蒙默思的杰弗里(Geoffrey of Monmouth, c. 1100–c. 1155)的《不列颠诸王史》(c. 1136)。根据他的讲述，特洛伊英雄埃涅阿斯的玄孙布鲁图斯(Brutus)来到阿尔比恩(Albion)建立了以其名字命名的不列颠王国；他去世之后，他的三个儿子罗克林(Locrinus)、奥本尼(Albanactus)和坎伯尔(Kamber)三分国土，即今天的英格兰、苏格兰和威尔士(*Historia Regum Britanniae*, edited by Jacob Hammer, Massachusetts: The Mediaeval Academy of America, 1951, p. 23 & p. 41)。杰弗里声称他们是古以色列先知撒母耳(Samuel)和古希腊诗人荷马的同时代人(p. 43)，而罗克林的第六代传人李尔则是古罗马建国者罗穆路斯和瑞慕斯的前两代人(p. 51)，远在查理曼时代之前。照此说来(当然他的说法完全不可信)，罗马帝国和查理曼帝国的命运反倒是李尔不列颠的"后车之鉴"了。

③ Cf. I. i. 2–4: Gloucester: "[N]ow in the division of the kingdom it appears not which of the dukes he values most, for qualities are so weighed that curiosity in neither can make choice of either's moiety."

> 告诉我，女儿们……我能说你们谁最爱我，我就给她最大的封赏，作为对她孝心的奖励。

李尔要他的女儿向他当众表白，作为他封赏的依据：这意味着她们的表白不仅仅是亲情的表达，同时也是她们（以及她们的丈夫奥本尼和康沃尔）的效忠誓言。而他在看似一视同仁地封赏了贡纳瑞和里甘[①]（她们由此分别得到了北方和南方的领土）之后，又满怀喜悦和期待地当着众人向考狄利亚单独喊话（74–78）：

> 现在，我的宝贝（our joy）……你会怎么说来赢取一份比你两个姐姐更富庶的土地呢？说吧。

原来，他为考狄利亚保留了不列颠最富庶和最重要的"中原"领地——英格兰。现在我们知道了，这就是李尔的"秘密计划"：他将和他最爱的[②]——同时也是最爱他的（李尔对此深信不疑）——小女儿生活在一起，以父王之尊安享晚年，同时"发挥余热"训练和帮助女儿成为英格兰乃至整个不列颠（以及勃艮第）的新主人[③]。

---

① Cf. I. i. 71–74: Lear: "To thee and thine hereditary ever / Remain this ample third of our fair kingdom, / No less in space, validity and pleasure / Than that conferred on Goneril."

② Cf. I. i. 296–297: Goneril: "He always loved our sister most" etc.

③ 对于考狄利亚的两位求婚者，李尔显然更中意勃艮第公爵（后者亦对此心领神会）：通过与勃艮第联姻，不列颠将实现对宿敌法兰西的战略优势而实现本国的长治久安。See Harry V. Jaffa: "The Limits of Politics: An Interpretation of *King Lear*, Act 1, Scene 1," in *The American Political Science Review*, Vol. 51, No. 2 (Jun., 1957), pp. 413–415.

李尔向考狄利亚发出了权力的邀请：这份邀请同时也是他作为父亲和国王的爱心表白和未来嘱托。考狄利亚会怎么说呢？她还会怎么说——作为父亲的意中人（他最心爱的女儿和中意的继承人），她想必能理解父亲的想法，配合表演而给出恰如其分和令人满意的答案吧！

结果出乎所有人的预料，考狄利亚拒绝了父亲的邀请，声称自己"无话可说"（79–81）：

考狄利亚　我无话可说（Nothing），父王。
李　　尔　无话可说？
考狄利亚　无话可说。

考狄利亚的这一表态——她的"直言"（παρρησία）——构成了《李尔王》戏剧宇宙坍塌的起点。始料未及的李尔让她"重新讲过"，而她的回答是"我是您的女儿，只能像女儿一样来爱您"（82–85）。李尔强压怒火，第三次给她机会，提醒（甚至是恳求）她对刚才说的话"稍作修补，否则你会毁了你的好运"（86–87："Mend your speech a little, / Lest you may mar your fortunes."），言外之意不求她说得多么好听，只要像她平时表现得那样如实表达她对父亲的爱——从而证明李尔本人决策的正确和英明——就可以了。但是考狄利亚依然不为所动，直言女儿出嫁后就不可能全心爱她的父亲了，同时她还讥讽（或者说是提醒父亲注意）两位姐姐的言不由衷和口是心非："如果她们就爱您一个人，她们为什么还要有丈夫呢？"（88–

96）

事情至此，已无转圜余地。李尔的计划——这本是一个多么伟大和巧妙的设计！——现在成了一个笑话：正是他最爱的女儿——也是他的意中人——愚蠢而无情地辜负了他的厚爱，使他深谋远虑和志在必得的宏图伟业功败垂成。盛怒之下，李尔宣布他与考狄利亚断绝父女关系，并将后者的封地和嫁妆——也就是英格兰——分别赠与了奥本尼夫妇和康沃尔夫妇。这一刻，李尔丧失了理智；与此同时，不列颠的良心或者说"国家理性"（raison d'état）也开始崩坏。悲剧就此发生。

这不仅是李尔本人的悲剧，也是他身边所有人乃至整个国家的悲剧：

> 君主的薨逝不仅是个人的死亡，它像一个漩涡一样，凡是在它近旁的东西，都要被它卷去同归于尽；又像一个矗立在最高山峰上的巨轮，它的轮辐上连附着无数的小物件，当巨轮轰然崩裂的时候，那些小物件也跟着它一齐粉碎。（《哈姆雷特》第3幕第3场16–23行）①

对于这一切，考狄利亚无论如何难辞其咎：正是她真诚而不合时宜的"无话可说"——所谓"无话可说"，并不是真

① 朱生豪等译：《莎士比亚全集》，译林出版社，2013年，第5卷第347—348页。

的不说话(表示同意),而是以“不说”为说,向君父的权力意志明确说“不”(这本身也是一种以言行事的话语实践和表演)——使李尔的计划意外生变而毁于一旦。她成功了,但是代价惨重,并引发了灾难性的后果。此且不论(毕竟人生在世,往往事与愿违①),就说当时:在当时的情境下,考狄利亚为何要这样说-做呢?

对此人们有各种解释。这些解释大致可以分为三类,即道德的解释、神话的解释和政治的解释。道德的解释是最常见的一种解释,它将考狄利亚视为真诚、爱或良知(甚至是真理)的化身——事实上考狄利亚(Cordelia)的名字已经暗示了这一点:“Cor”是拉丁语“心/心灵”的意思,“delia”则源自希腊语“delos (δῆλος)”,意为“明显”,“Cordelia”意即“坦诚的心灵”②。考狄利亚人如其名,同时她的性格(ἦθος)也决定了她的命运(δαίμων):当贡纳瑞向李尔言辞热烈地表达爱心时,她在一旁默然自语(I. i. 53):

> 考狄利亚该说什么呀?爱以沉默,什么都不说吧(Love and be silent)。

---

① Cf. *Hamlet*, III. ii. 182-184: Player King: “Our wills and fates do so contrary run / That our devices still are overthrown: / Our thoughts are ours, their ends none of our own.”

② Murray Levith: *What's in Shakespeare's Names*, The Shoe String Press, Inc. 1978, p. 57. 一说“Cordelia”源自法语“狮心”(coeur de lion),即“王者之心”或“勇敢的心”,二说各得一体而均有所见,不妨并存。

接下来里甘也如法炮制向李尔表达爱意，这时考狄利亚又有内心活动(68–70)：

> 然后就是可怜的考狄利亚了：但也不必如此，因为我相信我的爱比我的话更有分量。

而当她向父亲表示“无话可说”并吐露心曲(84–85：“I love your majesty / According to my bond, no more nor less.” 89–90：“You have begot me, bred me, loved me：/ I return those duties back as are right fit”)后，父女二人又有如下对话：

> 李　　尔　这些话都是你发自内心的吗？
> 考狄利亚　是的，父王。
> 李　　尔　如此年青而如此强横(untender)？
> 考狄利亚　如此年青而真实，父王。

这就是考狄利亚：一个真诚——不仅对自己诚实(不自欺)，也对他人诚实(不欺人)——的爱人。仿佛来自另一世界(IV. vi. 50：Lear：“You are a spirit, I know” etc.)，这个高贵的灵魂无法认同世俗世界的游戏规则——即便它由自己的父亲主导，即便它对自己有利——而本能地、执拗地加以拒斥：这是她的必然(ἀνάγκη)，也是她的命相(δαίμων)。德国诗人海涅的赞词“考狄利亚缄默的温柔立刻感动了我们，那现代的安提戈涅，她的诚挚更胜过她古代的姊妹"①不知道出了多少人的心声！而当年迈的李尔抱着死去的考狄利亚走过舞台-战场-人间——这一幕模仿再现了基督教"圣母哀悼耶稣"(Pietà)的主题意象——并发出"活不成了？为什么一条狗、一匹马、一只老鼠都有生命,你却没有呼吸？你再也不回来了,永远、永远、永远都不会回来了！"(V. iii. 321-325)的痛苦呼号时,我们也感到了同样的绝望和虚无:如此真诚和美好的生命竟被扼杀,悠悠苍天,此何人哉？

可是,考狄利亚为什么一定要死呢？这与她当初的选择——拒绝父亲的爱心表白要求和他的分封计划——有无/有何关系？它们都是一种命运的必然(ἀνάγκη)吗？难道说死亡是考狄利亚的命相,因此她必然会按照天性(同时也是她的良知或灵魂冲动)做出自我毁灭的选择？

弗洛伊德即作如是想,而为考狄利亚的选择(或者说她的命相)提供了他称之为心理分析的神话学解释。如其所见,在作为人类白日梦的神话、民间传说和文学作品中,"'哑'是'死'的惯常表现形式",或者说"哑"是"死亡"的象征,而"三姐妹"中的第三个女人往往是死神的化身,"哑"是她的标志性特征,同时决定命运的"选择必然落在第三个女人身上"——莎士比亚笔下的考狄利亚即是如此:沉默不语(这是"哑"和"死亡"的一种置换

① 海涅:《莎士比亚的少女和妇人》,绿原译,上海文艺出版社,2007年,第125页。

表达)的她"掩盖了自己的本质,像铅一样朴质无华"(弗洛伊德在此将《李尔王》第1幕第1场与《威尼斯商人》第3幕第2场比类相观,认为考狄利亚体现了铅匣子代表-指征的精神品性——"选我的人将付出并冒险失去他所有的一切"①,并因此隐喻和预示了死亡);作为三姐妹中的"第三个女人",她做出了本真的(同时也是致命的)选择;换言之"考狄利亚就是死神"——最后一幕中李尔抱着死去的考狄利亚上场乃是"死亡女神从战场带走英雄的身体"这一神话主题的反转和倒写:在这里,"永恒的智慧披着原始神话的外衣,吩咐这位老人拒绝爱而选择死,同死之必然交上朋友"(《三个匣子的主题思想》②)。③

弗洛伊德的解读别具一格(尽管后来流为程式)而引人入胜,但是也有牵强附会之处。不错,考狄利亚很少说话:她在剧中总共出现了4次,发言31次,台词占比3%,位居李尔(10/188/22%)、埃德加(10/98/11%)、肯特(12/127/11%)、格洛斯特(12/118/10%)、埃德蒙(9/

① *The Merchant of Venice*, II. vii. 7: "Who chooseth me must give and hazard all he hath."

② 弗洛伊德:《论创造力与无意识》,孙凯祥译,中国展望出版社,1986年,第64—68页、第73页。按:"死之必然"原译"死之需要",今据原文(der Notwendigkeit des Sterbens,英译"the necessity of dying")修改。

③ 当代美国学者 Marjorie Garber(1944—)认为"在许多方面《李尔王》是一部关于接受死亡的戏剧"(*Shakespeare After All*, New York: Anchor Books, 2005, p. 691),她的这一判断呼应并且发展了弗洛伊德的观点,同时构成了它的一个升级版本和后期镜像。

79/9%)、弄人(6/58/7%)、贡纳瑞(8/53/6%)、里甘(8/73/5%)、奥本尼(5/58/5%)之后①(就此而论,她的确不是一个重要的角色②);但是沉默不一定意味着喑哑无声。首先,考狄利亚在第1幕第1场中的沉默堪称"于无声处听惊雷"(这时它以人物内心独白的形式"前景"呈现,并为观众/读者所听闻),而她后来对李尔的"告白"更是语出惊人,不仅从根本上反转了李尔的戏剧,也彻底改写了所有人的命运。其次,沉默未必表示死亡——在莎士比亚笔下,它有时(甚至更多)指向深沉真挚的爱情,如他在《十四行诗集》第23首中所说(1–14):

> 学会阅读沉默的爱的表达吧:
> O learn to read what silent love hath writ:
> 听之以目,这是爱人的高超本领。
> To hear with eyes belongs to love's fine wit.

再如他笔下的罗马英雄克里奥兰纳斯亲昵地称他的妻子为"沉默的娇娘"(*Coriolanus*, II. i. 174:"My gracious silence"):这里的"沉默"都意味着超越言辞的爱③。另一

---

① *The RSC Shakespeare: The Complete Works*, p. 2007.

② 在哈罗德·布鲁姆看来,《李尔王》中有四个重要角色(great roles),他们分别是李尔、弄人(the Fool)、埃德蒙和埃德加,而女性角色——如贡纳瑞和里甘,特别是考狄利亚(虽然她的命运引发了我们的巨大同情)——皆无预焉(*Shakespeare: The Invention of the Human*, pp. 479–480)。

③ 事实上,"沉默的爱(人)"也是当时流行的一个诗歌主题(topos),斯宾塞、锡德尼、雷利等人都曾反复吟咏。兹举数例,以为谈助:Edmund Spenser: *Amoretti* III:"The sovereign beauty which I do admire (转下页注)

方面,莎士比亚笔下代表死亡的人物形象——例如《尤里乌斯·凯撒》中凯撒的鬼魂(四幕三场)、《哈姆雷特》中老哈姆雷特的鬼魂(一幕五场、三幕四场)、《理查三世》中亨利六世父子等人的鬼魂(五幕三场)——并非总是沉默不语(《麦克白》三幕四场中班柯的鬼魂是个例外),相反他们有时还很健谈。

不过这并非关键所在:更重要的是弗洛伊德的神话解释忽略了《李尔王》中的现实政治(realpolitik),即迫在眉睫的权力继承和主权安全问题。有鉴于此,美国学者雅法(Harry V. Jaffa)另辟蹊径,对李尔的计划和考狄利亚的选择(以及李尔与考狄利亚发生冲突的根本原因)提出了第三种解释,即政治的解释。在他看来,李尔的分封计划是他为自己和考狄利亚量身打造,其核心目的在于通过跨国联姻实现权力制衡——李尔带领她坐镇中原而掌控全局,同时考狄利亚与勃艮第的结合将成为英格兰(不列颠)对抗大陆强权法兰西、阻断后者与苏格兰结盟作乱的关键举措——而维护不列颠的主权统一和国家安全。李尔认为考狄利亚——这是他最心爱的女儿,也是他的分封计划的最大受益人——一定会心怀感激地接

(接上页注)/ … / Yet in my heart I then both speak and write / The wonder that my wit cannot endite." Sir Walter Raleigh: *The Silent Lover*: "Passions are liken'd best to floods and streams: / The shallow murmur, but the deep are dumb; / So, when affection yields discourse, it seems / The bottom is but shallow whence they come. / They that are rich in words, in words discover / That they are poor in that which makes a lover." Philip Sidney: *Astrophil and Stella*, 54: "Dumb swans, not chattering pies, do lovers prove; / They love indeed, who quake to say they love."

受这一馈赠，并心照不宣地配合表演完成他的计划。

然而事与愿违，考狄利亚拒绝了父亲的爱心馈赠和他许诺的愿景。表面上看，这是一个非常不成熟和不理智的选择，但是雅法认为考狄利亚另有深谋远虑的计划：

> 考虑一下她大胆妄为的后果：她被预定为"沼泽之地"勃艮第的新娘；但是当她失去了嫁妆，她就可以摆脱这个卑劣的爱人，同时得到一个更好的爱人：法兰西。法兰西不仅显示出高贵的品性（这使他配得上自己的新娘），而且他本身就是一位国王，同时（我们很快就会发现）他绝不打算放弃其新婚妻子的权利。于是，考狄利亚的选择不仅可以理解为她为个人幸福而牺牲了公共利益，也可以理解为她的一条妙计（a clever scheme）：她将由此成为法兰西和英格兰的女王而挫败李尔公正的为国家考虑的大政方针。贡纳瑞和里甘是肤浅的伪君子，李尔安知考狄利亚不是一个精明的同类？①

雅法的解读深谙政治并直指人心，为我们打开了新的阐释空间。不过平心而论，他的解读（特别是其中的阴谋论部分）也有言过其实和难以自圆其说的地方。首先，雅法倾向于认为考狄利亚是一个心机深沉的政治玩家，

---

① Harry V. Jaffa："The Limits of Politics：An Interpretation of *King Lear*，Act 1，Scene 1，" in *The American Political Science Review*，Vol. 51，No. 2（Jun.，1957），p. 420.

这一点在戏剧文本中并无体现;相反,我们在剧中看到的——或者说莎士比亚希望我们看到的——考狄利亚是一个真诚(确切说是过于真诚,以至于成为某种偏执的性格弱点[ἁμαρτία])的人:剧中人物(尤其是正面人物)的观察评论①和考狄利亚本人的自我表白②(特别是她的内心独白)都明白无误地指证了这一点。其次,即便雅法的判断成立,即考狄利亚是一个老谋深算的政客,她又如何能保证她的计划一定会成功呢?即便她和法兰西事先达成了默契(这显然不可能:李尔宣布他的惩罚决定后,法兰西最初的惊诧反应③和他了解情况后对考狄利亚的喜爱认可④均表明他们之前并无接触,遑论私下交好并结为同谋),她的临时反水和现场发难孤注一掷也过于冒险:如果李尔因此而恼羞成怒(这大有可能,事实上它也确实发生了),索性连她的婚姻计划一并取消,甚至作为惩罚将她囚禁流放(如屋大维之于他的女儿朱莉娅⑤、查理曼之于他的女儿们⑥、亨利八世之于他的女儿伊丽莎

① Cf. I. i. 146–149: Kent: "Answer my life my judgement: / Thy youngest daughter does not love thee least, / Nor are those empty-hearted whose low sounds / Reverb no hollowness." 181–182: Kent: "The gods to their dear shelter take thee, maid, / That justly think'st, and hast most rightly said."

② Cf. I. i. 228–238.

③ I. i. 217–227: "This is most strange" etc.

④ I. i. 258–269: "Fairest Cordelia, that art most rich being poor, / Most choice forsaken, and most loved despised, / Thee and thy virtues here I seize upon" etc.

⑤ Suetonius: *De Vita Caesarum*, *Divus Augustus* LXV.

⑥ 根据公元9世纪查理曼传记作者艾因哈德(Einhard, c. 770—840)的记载:查理曼妻妾众多,生育了多名(至少八名)女儿;查理曼不肯让她们出嫁,"既不许配给本族人,也不许配给外国人","直到他死,他一直把她们都留在家里"(《查理大帝传》,戚国淦译,商务印书馆,2018年,第23—24页、第25页)。

白),那么她的“妙计”岂不是弄巧成拙而作法自毙?

我们看到,以上三种解释——道德的解释、神话的解释和政治的解释——均有所见也各有偏蔽,尤其是它们都忽略了——或是有意屏蔽,或是语焉不详——《李尔王》的一个核心主题,即爱欲和政治的关系。有鉴于此,本文尝试提出第四种解释,作为前者的补充和进一步说明。

让我们再回到第1幕第1场中悲剧即将爆发的那个时刻。在这里,考狄利亚第四次回答李尔的问话(或者说请求),解释自己为什么在如此重要的场合居然“无话可说”并拒绝“稍作修补”(88–96):

> 父王,您生我、养我并爱我;作为回报,我服从您、热爱您并尊敬您,这是我应尽的义务(duties)。我的姐姐们说她们就爱您一个人,那她们为什么还要有丈夫呢?如果我哪天结婚了,和我发下婚姻誓约的那个人将分走我一半的爱、我一半的关心和回报的义务。如果我只爱父亲一个人,我肯定就不会像姐姐们那样去嫁人了。

而她在去国之前,又特意叮嘱(或者说警告)两位姐姐(277–280 & 289–291):

> 我知道你们是什么人,但是作为姐妹,我深不愿直言指斥你们的人品(faults)。好生爱我们的父亲吧:既然你们说爱他,那我就把他交给你们了……时

间将揭示出虚情假意掩盖下的真相:内怀奸邪的人,终将被人耻笑。愿你们繁荣昌盛!

从这两段话中,我们可以解读出以下信息:首先,考狄利亚在此提醒李尔爱有定分,女儿——即便是他最爱的女儿——只能恰如其分地爱她的父亲,或者说她只能给予父亲一半的爱,因为她的丈夫(将)拥有她另一半的爱。值得注意的是,考狄利亚在此提到了她的两个姐姐,但是明显语含讥讽,事实上是作为爱的反例而向父亲提出(此举亦可视为她的揭发和提醒);至于母亲或母爱,则完全缺席。其次,考狄利亚在此表达了她对两位姐姐的不满,认为她们的"虚情假意"(plighted cunning)或虚伪表态是一种双重的背叛:她们既背叛了自己的父亲——按照她们的公开表白(280:"your professèd bosoms"),她们就应只爱自己的父亲而不及其他,但是她们都"快乐地"或"适时地"(93:"Happily")嫁了人——因此她们都背叛了自己的誓言,甚至是背叛了自己:在考狄利亚临别时说的"我知道你们是什么人,但是作为姐妹,我深不愿直言指斥你们的人品"和"时间将揭示出虚情假意掩盖下的真相"这几句话中,我们感到了她对变节者——手足之爱或姐妹情谊(sorority)的叛徒——的鄙夷嘲讽和愤懑指责。

在《李尔王》的世界中,母亲是一个引人注目的缺席者(bright absentee)。母亲是她丈夫的妻子(或爱人),也(曾)是她父亲的女儿;可以说,母亲构成了人性和世界的原始真实纽带。一个没有母亲和母爱的世界是不可想象的——这将是一个非人的世界。然而在莎士比亚笔下,《李尔王》的世界似乎正是一个无母的世界:肯特没有妻子或爱人①,也没有子嗣,固无论矣;格洛斯特有正式的妻子(她从未在剧中出现,似乎已经去世),即其长子埃德加的母亲,也有过(至少一位)情人,即其庶子埃德蒙的母亲——她同样未在剧中出现②,很可能后来被遗弃(或是另外嫁人,或是已经死去);贡纳瑞和里甘都已经嫁人,但她们尚未成为母亲。李尔的妻子、考狄利亚三姐妹的生母又是谁呢?我们不得而知,只能从旁猜测③她已经去世④,而且去世很早,以至于考狄利亚三姐

① 他后来伪装身份、化名 Caius(Cf. V. iii. 296–299: Kent: "Where is your servant Caius? … I am the very man")向李尔介绍自己时说"我没那么年轻,因为唱歌就喜欢上一个女人,但也没有那么老,会不顾一切地宠爱一个女人"(Cf. I. iv. 32–33: "Not so young, sir, to love a woman for singing, nor so old to dote on her for anything"),似乎暗示了这一点。

② 她在剧中只被格洛斯特语带轻浮地提到过一次(I. i. 9–11: "Sir, this young fellow's mother could; whereupon she grew round-wombed and had indeed, sir, a son for her cradle ere she had a husband for her bed." & 14–16: "this knave came something saucily to the world before he was sent for: yet was his mother fair, there was good sport at his making and the whoreson must be acknowledged.")。

③ 当时戏剧中的女性角色均由男孩饰演,他们职业生涯短暂(因有发育和变声的问题)且数量有限,一剧之中不可能出现太多女性人物。《李尔王》中同时出现了三位女性,其他女性角色(如李尔的妻子、格洛斯特的妻子)的戏份如无必要只能尽量删减。另一方面,如果不考虑当时的演剧传统和外部条件而只关注故事本身,那么我们完全可以姑且或(如科勒律治所说)宁肯信以为真(*Biographia Literaria*, XIV: "so as to transfer from our inward nature a human interest and a semblance of truth sufficient to procure for these shadows of imagination that willing suspension of disbelief for the moment, which constitutes poetic faith" etc.)地接受剧中的人物情节设定并进行就事论事的分析解读。

④ 在某种意义上,我们可以把《冬天的故事》(1611)中西西里王后 Hermione 视为她的转世化身:这一次,身为妻子–母亲的王后没有死,并最终与她的丈夫和女儿在这个世界(而不是在天堂或彼岸世界)重逢。

妹——她们在剧中从未提起自己的母亲①——在一个没有母亲和母爱记忆的世界中长大成人②。在此期间她们经历了怎样的心路历程，我们完全不得而知。

当然她们还有父亲。李尔是否有（过）其他伴侣或爱人？我们无从知晓，只能默认（尽管存疑）他的唯一合法妻子就是考狄利亚三姐妹的亲生母亲③。李尔是一位

---

① 李尔本人也仅有一次提到他的妻子（II. ii. 300-304：Regan："I am glad to see your highness." Lear："Regan, I think you are. I know what reason / I have to think so: if thou shouldst not be glad, / I would divorce me from thy mother's tomb, / Sepulch'ring an adult'ress."），目的是强调父女之间的血缘和亲情（在这里，母亲只是父亲或父权的助缘，甚至是他开脱和推诿自身失败的替罪羊）。

② Cf. Harold Bloom："Maternal love is kept out of the tragedy"（*Shakespeare: The Invention of the Human*, p. 484）.

③ 根据蒙默思的杰弗里在《不列颠诸王史》中的记述，李尔应为公元前8世纪人，时间远在亚瑟王时代之前（因此剧中人有"这是未来梅林发布的预言，因我生活年代在他之前"［III. ii. 93-94：Fool："This prophecy Merlin shall make, for I live before his time."］这样时空穿越和自我解嘲的台词）。按古不列颠人和高卢人同属凯尔特民族（他们与日耳曼人、斯拉夫人一道被古罗马人视为蛮族）。根据凯撒的记载（*Bellum Gallicum*, 5. 14），公元前1世纪的不列颠人实行群婚制："妻子们是由每一群十个或十二个男人共有的，特别是在兄弟们之间和父子们之间共有最为普通"（《高卢战记》，任炳湘译，商务印书馆，2013年，第107页）；而根据塔西佗的记载（*Germania*, 16），公元1—2世纪的日耳曼人奉行一夫一妻制：除了"极少数的例外"，"他们大概是野蛮人中唯一以一个妻子为满足的一种人"（《阿古利可拉传 日耳曼尼亚志》，马雍、傅正元译，商务印书馆，2015年，第56—57页）。在新的蛮族（主要是日耳曼人）入侵并建立统治的欧洲中世纪，"从上到下各社会等级中再婚几乎是普遍存在的"（马克·布洛赫：《封建社会》，张绪山译，商务印书馆，2012年，第235页）——再婚不是重婚，但在实践中（特别是对于封建金字塔顶端的统治者来说）教会的重婚禁令形同虚设。如我们从查理曼的同时代人艾因哈德那里得知：法兰克人的国王查理曼曾经离婚而再婚，先后有三位妻子，另外还有至少五名侍妾，其中四名为同时拥有（《查理大帝传》，戚国淦译，第23—24页）。李尔王年过 （转下页注）

伟大的国王，但他未必是一位称职的父亲。以他手下大臣格洛斯特伯爵的家庭关系为例：他向肯特介绍自己的私生子埃德蒙时说"他在外面呆了九年，很快就又要出去了"（I. i. 23–24："He hath been out nine years, and away he shall again."）——这是莎士比亚时代贵族家庭的常态和惯例①，也是莎士比亚想象–戏剧再现古代世界的重要依据（尽管他或许对此并无自觉）。格洛斯特和埃德蒙（也包括埃德加）常年不在一起生活，他们父子间的关系和感情可想而知。他们实在是熟悉的陌生人——确切说是格洛斯特对他的儿子缺乏了解（否则他不会轻易听信

（接上页注）八旬，而他的女儿们才二三十岁（考狄利亚也许还不到二十岁），考虑到当时欧洲人的平均寿命、女性的婚育年龄以及王室的婚恋习俗，李尔王应该有（过）不止一位妻子（副室或情妇姑且不论），考狄利亚三姐妹的生母很可能不是李尔的第一位妻子，而是其中或最后一位。英国史学者劳伦斯·斯通（Lawrence Stone）的研究表明：1560—1640 年间的英国贵族家庭"由于丈夫或妻子的过早死亡，超过 1/3 的初婚维持不到 15 年，而在绝大多数情况下，幸存者迅速再婚，组建一个新家庭"（《贵族的危机：1558—1641 年》第 11 章"婚姻和家庭"，于民、王俊芳译，上海人民出版社，2011 年，第 269 页）。

① 根据劳伦斯·斯通的研究，1560—1640 年间的英国贵族家庭"远不像人们通常认为的那样稳定和持久"，其中的一个重要原因就是"子女与父母共同生活的时间很短。当子女还是婴儿时，他们就通常交给乳母抚养，而不是留在家中，在他们相对还是很小时，就被送出去，在 16 世纪早期时被送到另一个贵族家中做侍从，而在一百年后则被送入学校。只有女孩，可能还有长子，会在家庭教师的照看下在家中一直生活到 14 岁"（《贵族的危机：1558—1641 年》，前揭，第 269 页、第 270 页）。事实上，这种做法一直延续到了 18 世纪："在社会最高阶层——宫廷贵族和若干富有乡绅，在 18 世纪有许多家庭其中夫妇二人都太忙于政治、社会事务，以致无时间照养子女，小孩在头 6 到 8 年交给奶妈、保姆及家庭教师照顾。"（劳伦斯·斯通：《英国的家庭、性与婚姻：1500—1800》，刁筱华译，商务印书馆，2011 年，第 293 页）

埃德蒙的谗言放逐埃德加),而埃德蒙虽然了解却不爱(甚至是憎恨)他的父亲(和兄长:对于埃德蒙这个"自然之子"[natural son]或非婚生子来说,他们共同构成了父权文化的代表和障碍)并觊觎着取而代之①。

在很大程度上,格洛斯特一家的父子和兄弟关系折射反映了李尔一家的父女和姐妹关系。李尔作为一国之君,他对待女儿们的用心程度大概还不如格洛斯特对他的两个儿子的态度。李尔自认为是公正慈爱的父亲——格洛斯特也这样想②,但这并不妨碍他和儿子感情关系的实际疏远:李尔和考狄利亚三姐妹的关系(特别是后者实际感受和真实认知的父女关系)亦可作如是观。可以想见,在考狄利亚三姐妹的童年和少年时代,她们与自己的父王不会太亲近,而更多是敬畏和服从。特别是母亲去世之后,她们经历了前所未有的心理冲击和自我觉

① Cf. I. ii. 1-18: Edmund: "Thou, nature, art my goddess: to thy law / My services are bound. Wherefore should I / Stand in the plague of custom and permit / The curiosity of nations to deprive me / For that I am some twelve or fourteen moonshines / Lag of a brother? Why bastard? Wherefore base?" etc. 135-139: "A credulous father … Let me, if not by birth, have lands by wit: / All with me's meet that I can fashion fit."

② Cf. I. i. 13-16: Gloucester: "But I have a son, sir, by order of law, some year elder than this, who yet is no dearer in my account, though this knave came something saucily to the world before he was sent for" etc. 格洛斯特自称对两个儿子一视同仁(埃德蒙自己也承认父亲对非法出生的他和对合法出生的兄长一样好[I. ii. 17-18: "Our father's love is to the bastard Edmund / As to th' legitimate"]),其实不然:格洛斯特无疑更重视埃德加,因为这是他和他的家族的法定继承人,但他显然更喜欢埃德蒙——他对两个儿子"一样好"本身就说明了问题(因为果真"一样好"的话,那么内心自卑而敏感的埃德蒙一定会觉得父亲对自己不够好)。

醒:年长的贡纳瑞和里甘仿佛在一夜之间变得成熟——她们接受了命运(无论幸与不幸)的安排并开始规划自己的未来;而相对年幼的考狄利亚则下意识地将两位长姐视为母亲的替身,发自内心地依恋和信赖她们,并希望和她们(确切说是希望她们和自己)一起面对未来,特别是她们的父亲——因为对她们来说,父亲就是命运:他不仅决定了她们的过去和现在,也决定了她们的未来。

就这样,考狄利亚和她的两个姐姐达成了爱(确切说是少女之爱)的同盟。在莎士比亚笔下,类似的关系场景出现过若干次,其中最典型的一次发生在《两个高贵的亲戚》(*The Two Noble Kinsmen*, 1613)的第1幕第3场。在这里,古希腊少女伊米莉亚(Emilia)和她的姐姐、雅典英雄国王忒修斯(Theseus)的新婚妻子希波吕特(Hippolyta)谈论忒修斯与其挚友(希腊人所谓"ἑταῖρος",如帕特洛克罗斯[Patroclus]之于阿喀琉斯、皮拉德斯[Pylades]之于奥瑞斯忒斯[Orestes])庇里托俄斯(Pirithous)的友谊(希腊人所谓"φιλία"):希波吕特——她本人曾是骁勇善战的阿玛宗(Amazons)女王——由衷地赞叹他们拥有牢不可破的友谊或者说男子间的爱(42–54:"their knot of love / Tied, weaved, entangled, with so true, so long, / And with a finger of so deep a cunning, / May be outworn, never undone" etc.),伊米莉亚随即表示她当年也曾有一位这样的女友("那是弗拉维娜"[Flavina],希波吕特马上补充说),她们情投意合、彼此爱慕,只可惜她十一岁上就去世了。说到这里,伊米莉亚告诉新婚的姐姐："纯真的少女之爱也许超过了男女之爱。"(69–92)希波吕特不以为然，并打趣她说："你这么激动，无非是要说你和弗拉维娜一样不会爱上任何一个男人吧。"这本来是一句玩笑，伊米莉亚却当了真："我肯定不会的。"姐姐认为这是一种病态的欲望(101："a sickly appetite")，准备进屋为出征的丈夫(忒修斯)祈福；而妹妹也最后一次表明自己的立场："我不反对你的信念，但我坚持我的想法。"(93–110)①——然而她很快就同时爱上了帕拉蒙(Palamon)和阿赛特(Arcite)两兄弟②："我头脑发昏，完全不知道该怎么办了：少女守贞的想法已经离我而去……爱情多么像个孩子！两个玩具一样好看，他难以选择，只好哭喊着两个都要。"(IV. ii. 42–54)

《两个高贵的亲戚》是莎士比亚晚年与约翰·弗莱彻(John Fletcher, 1579–1625)合作撰写的最后一部喜剧③。无独有偶，在他早年创作的第一部喜剧《错误的喜剧》(*The Comedy of Errors*, 1593)中也出现了类似的情

---

① Cf. II. ii. 145：Emile："Men are mad things." 161–170："Of all flowers / Methinks a rose is best. [...] It is the very emblem of a maid" etc.

② 在此之前，帕拉蒙和阿赛特这一对自诩情比石坚的患难兄弟(II. ii. 9–128)也因他们在雅典的牢房中先后目睹伊米莉亚的芳容而同时陷入情网并为此反目成仇(id, 153–274)。

③ 本剧未收入1623年对开本，但出现在1634年的四开本中，作者署名为"约翰·弗莱彻先生与威廉·莎士比亚先生"；据今人考证，莎士比亚本人撰写了其中第1幕、第2幕第1场、第3幕第1—2场、第5幕第1场和第3—4场(*The RSC Shakespeare*：*The Complete Works*, p. 2358 & p. 2357)。

景。这一次是在古罗马帝国时代的以弗所(Ephesus)。在第2幕第1场,我们看到已经嫁为人妻的姐姐阿德里安娜(Adriana)和待字闺中的妹妹露西安娜(Luciana)在家中谈心:姐姐抱怨男性的专制统治,妹妹则认为男尊女卑符合自然规律,并劝姐姐忍耐接受现状(II. i. 26–31)。这时她们说到(38–42):

> 阿德里安娜　你因为没有狠心的丈夫折磨你,所以会劝人忍耐,说些没用的话来安慰人。要是你自己也被人这样欺负了,这种愚蠢的忍耐就会离你而去。
>
> 露西安娜　好吧,有一天我会嫁人,就是为了试试看。

在这里姐妹二人各持己见,都未能说服和改变对方。不过这是一出典型的喜剧,最后是皆大欢喜的结局:姐姐原来误会了自己的丈夫(孪生兄弟中的一位)和他们的婚姻,而妹妹也放弃了她当初的先入之见(对男女之事的厌恶①),准备享受她和丈夫(孪生兄弟中的另一位)的爱情生活。在某种程度上,她们都改变和修正了自己,也因此改变并优化了她们的人生。

《错误的喜剧》和《两个高贵的亲戚》中的姐妹对话场景②—— 它们都以女性的自我认识和她们对爱情–婚

---

① II. i. 26–27: Adriana: "This servitude makes you to keep unwed." Luciana: "Not this, but troubles of the marriage bed."

② 也许还应该包括《奥赛罗》第4幕第3场中苔丝狄蒙娜(Desdemona)与艾米利娅(Emilia)的对话。这个案例比较特殊,此处不展开论述,但仅提示一点:苔丝狄蒙娜心神不定地想起的那名被爱人抛弃(转下页注)

姻生活的理解为主题——为我们观察《李尔王》中考狄利亚三姐妹的关系、特别是考狄利亚本人的性格和命运(或者说命相)提供了喜剧的镜像密码。前面说到，考狄利亚一度(自以为)和她的两个姐姐达成默契同盟，共同面对未来和她们的父亲。然而事情很快就起了变化，她的两个姐姐先后(也有可能是同时)遵照父亲的意愿分别嫁给了她们并不爱的人——奥本尼公爵和康沃尔公爵[①]。在贡纳瑞和里甘看来，这是面对现实的明智选择；但在考狄利亚看来，这既是对姐妹之盟的真实背叛(因此她们先前的承诺是自觉或不自觉的虚伪表演)，也是对父亲-父权的机会主义投诚(同样是伪装或表演)。在喜剧世界中，最初显得厌恶异性(而依恋同性)和抗拒婚姻(或男女性爱)的纯情少女总会遇到她的真爱，一见钟情(或冰释前嫌)而实现更真实也更成熟的自我。这是爱情(romantic love)的奇迹，也是爱的转化-皈依(conver-

(接上页注)而伤心至死的少女芭芭丽(Barbary)正预示了她本人——以及许多纯情少女，如《哈姆雷特》中的奥菲利娅、《一报还一报》中的玛丽安娜、《两个高贵的亲戚》中狱守的女儿——的命运。

① 贡纳瑞和里甘后来疯狂地爱上埃德蒙(IV. ii. 27－30：Goneril："My most dear Gloucester! / O, the difference of man and man! / To thee a woman's services are due: / My fool usurps my body.")，为他争风吃醋(IV. iv. 34－39：Regan："My lord is dead: Edmund and I have talked, / And more convenient is he for my hand / Than for your lady's" etc.)，不惜(如贡纳瑞)谋害自己的丈夫(IV. v. 267－271："Let our reciprocal vows be remembered. You have many opportunities to cut him off" etc)或(如里甘)公然求娶示爱(V. iii. 75－79："General, To Edmund / Take thou my soldiers, prisoners, patrimony: / Dispose of them, of me: the walls is thine: / Witness the world that I create thee here / My lord and master.")，即无比真实地说明了这一点。

sion of love)。但在悲剧中,这一切要么没有发生,要么就是虽然发生,却不得其时或所遇非人(如李尔中意的人选勃艮第公爵显然不是考狄利亚的良缘佳偶,法兰西国王才是;但他们认出对方——两个相似灵魂(like souls)的知遇,却是在考狄利亚拒绝向父亲表达爱心和李尔向她发布"绝罚"命令之后,这时悲剧已经发生):对于考狄利亚来说,两个姐姐的选择证明了人性、爱情和婚姻的虚假甚至是丑恶。三姐妹中的贡纳瑞和里甘以其实际行动证明她们是真正的姐妹和同道中人,而考狄利亚——即如《两个高贵的亲戚》中的弗拉维娜①之于伊米莉亚-希波吕特姐妹,或是《奥赛罗》中的艾米利娅之于苔丝狄蒙娜-芭芭拉(Barbary)组合——则是她们中的异类和第三者。

在对两个姐姐——确切说是对她们的姐妹之爱——产生幻灭之后,考狄利亚极有可能重新定位了她与父亲的关系。毫无疑问,李尔是爱她的(尽管是以李尔自己的方式:一厢情愿、自以为是而不考虑对方的实际感受)——她不仅是父亲最小偏怜的女儿,也是最像父亲的女儿(因此我们也可以将 Cordelia 解读为"李尔之心"[cor / coeur de Lear])。从现在开始,她成了最爱父亲的女儿(相对她两个已经出嫁的姐姐而言),并希望得到父亲的爱——她需要的父爱和真实的父女之爱,而不是李

① 确切说是特别是第 4 幕第 2 场之后的弗拉维娜:在此之前,如我们在第 1 幕第 3 场希波吕特和伊米莉亚的姐妹对话中所见,恰是希波吕特构成了伊米莉亚和弗拉维娜这一对"姐妹"或少女爱盟的第三者。

尔自诩的(在她看来也是受蒙蔽的)父爱。为此她宁愿选择独身:如果她未来的丈夫无非是像勃艮第这样的贵族市侩(然而王室婚姻的本质就是政治交易,因此除非奇迹出现,她几乎别无选择),那么婚姻——没有爱情的政治婚姻——不要也罢![1]

我们相信,这就是考狄利亚在分封仪式现场奉命向父王表达爱心(和效忠誓言)时的真实想法。作为李尔的女儿,考狄利亚应该了解父亲的想法(毕竟她是最重要的当事人之一),也一定知道她的沉默会带来怎样的后果:沉默意味着拒绝,她将因此失去父亲为她准备的一切——土地、财富、权力和婚姻,甚至是父亲的欢心。但她在所不惜:对于上帝之子耶稣来说,万国的荣华算得了什么?[2] 对于"李尔的良心"考狄利亚来说,英格兰的王冠——更不用说那个乏味的勃艮第公爵夫人头衔——又算得了什么?她更看重的是真实的爱(现在它集中表现为父女之爱)或者说爱的真理。于是,对于父亲李尔提出的爱的测试(和潜在的馈赠),她不以为意,并以不答

---

① Cf. Harold C. Goddard: *The Meaning of Shakespeare*, Volume II, Chicago & London: University of Chicago Press, 1951, p. 138.

② *Matthew* 4:8–10. 我们可以继续反问:对于痴情的欧也妮·葛朗台来说,和她苦苦等候的爱人相比,父亲留给她的亿万家产算得了什么?如果说耶稣和欧也妮都不是政治人——他们一个是神子或神人,一个是世俗的资产阶级商人后代,那么我们再以莎士比亚笔下的罗马政治伟人安东尼为例:对于沉湎爱河的他来说,和他的"尼罗河小花蛇"克里奥佩特拉相比,罗马、帝国和世界又算得了什么(*Antony and Cleopatra*, I. i. 35–37: Antony: "Let Rome in Tiber melt, and the wide arch / Of the rang'd empire fall! Here is my space, / Kingdoms are clay" etc.)?

之答反转了父亲的提问,使之变成女儿的反向测试和爱的启示(或教育):什么是真正的爱?

什么是真正的爱?根据弗洛伊德的看法,《威尼斯商人》中三个匣子的故事——这是一个和爱有关的故事——与《李尔王》中李尔和考狄利亚三姐妹的故事——这也是一个和爱有关的故事——具有明显而神秘的对应关系。我们就从这里说起。

在《威尼斯商人》的故事中,女主鲍西亚的父亲生前立下遗嘱:女儿的求婚者必须从金、银、铅三个匣子中挑选出藏有女主小像的那个匣子,猜中者方可成为她的夫君。三个匣子上镌刻的格言(或者说谜题)为他们提供了行动的参考和命运的暗示:金匣子上的铭文是"选我的人将获得大众欲求之物"(II. vii. 5:"Who chooseth me shall gain what many men desire.")——这说的是欲望(desire);银匣子上的铭文是"选我的人将取得他应得之物"(II. vii. 7:"Who chooseth me shall get as much as he deserves.")——这说的是应分或正当的权益(right);最后铅匣子上的铭文是"选我的人将付出并冒险失去他所有的一切"(II. vii. 7:"Who chooseth me must give and hazard all he hath.")——这说的是爱(love)。与之相应,第一个求婚者摩洛哥亲王选择了金匣子,结果发现里面是死人的骷髅,此外还有一个卷轴,上写"很多人出卖了自己的一生,却只看到了我的外形"云云(II. vii. 66-74:"Many a man his life hath sold / But my outside to behold" etc.);第二位求婚者阿拉贡亲王选择了银匣子,里面是一个傻瓜的画像,上写“有的人亲吻幻影,只得到虚幻的幸福”云云(II. ix. 63–72:“Some there be that shadows kiss, / Such have but a shadow's bliss” etc.);第三个求婚者是男主巴萨尼奥,他相信“外观往往和事物的本身完全不符,世人却容易为表面的装饰所欺骗”(III. ii. 75–76:“So may the outward shows be least themselves,/ The world is still deceived with ornament” etc.)而毅然选择了铅匣子——这是唯一正确的选择,里面就是鲍西亚本人的写真小照,上写“你选择不凭外表,果然被你幸运猜中”等语(III. ii. 135–136:“You that choose not by the view/ Chance as fair and choose as true” etc.)。

我们再回到《李尔王》第1幕第1场。按照他高瞻远瞩的国家前景规划(不列颠未来地缘政治的权力平衡与长治久安)和临时宣布的游戏规则(“你们说谁最爱我,我就给她最大的封赏”),李尔王也为他的三个女儿(及其丈夫或未婚夫)准备了三种“命运盲盒”的选择:首先是心想事成的“欲望”金匣子——这是他为他最爱的小女儿考狄利亚(和他自己)准备的礼物;其次是代表正当权益的银匣子——这是他为另外两个女儿(和她们的丈夫)准备的礼物;最后是“选我的人将付出并冒险失去他所有的一切”的铅匣子——这样做违反人情常理,等于自取灭亡,因此绝无可能发生,或者说只是一种不可能的可能。

然而恰恰是不可能的事情发生了:考狄利亚偏偏选择了(李尔认为的)命运的铅匣,以爱——“如此年青而真实”的爱——之名拒绝了父亲的爱心测试和告白要求（当然，她的拒绝本身就是一种告白：她拒绝了父亲的馈赠，同时也就拒绝了父亲为她安排的婚姻，这样她便可以继续留在父亲身边——如其所说“如果我只爱父亲一个人，我肯定就不会像姐姐们那样去嫁人了”，因此不［肯］嫁人这一事实即可证明她“只爱父亲一个人”了）。现在形势反转，李尔本人面临三种爱的选择和考验：他或是选择许诺“选我的人将获得大众欲求之物”的金匣子，要求得到女儿全部的爱——它的代价是“出卖自己”，即扭曲和丧失真实的人性与感情；其次是选择声称“选我的人将取得他应得之物”的银匣子，要求考狄利亚做出符合时宜的爱心表白——但这不过是真实之爱的幻影，或者说自欺欺人的“虚幻幸福”；最后是选择预言“选我的人将付出并冒险失去他所有的一切”的铅匣子（对于李尔来说，这恰是他不可接受的“存在之轻”），接受爱的真理并与之为友（或者说成为真理的爱人而和真理生活在一起）——这时他将获得“李尔之心”考狄利亚的真爱并重新和真正认识自我。

李尔做出了（错误的）选择：他要求考狄利亚“重新讲过”——他的目标仍然是他预期的金匣子。考狄利亚的回答是“我只能像女儿一样来爱您”——她拒绝了父亲的金匣子（这对她来说无异于放弃真理和背叛自我）而选择了银匣子的命运，但她的表态在李尔听来更像是铅匣子发出的命运威胁：“选我的人将付出并冒险失去他所有的一切。”李尔最后一次提醒女儿“稍作修补，否则你会毁了你的好运”——所谓“稍作修补”,就是像她的两个姐姐那样做出符合期待然而违背本心的表白和表演。这意味着考狄利亚只能在金匣子(“获得大众欲求之物”)和铅匣子(“毁了你的好运”)之间进行选择:不存在第三条道路或银匣子的选择——考狄利亚认为的“正当”在李尔看来实属过分(并因此是不可承受的“存在之轻”,即对自身存在意义的清空和否定)①,反之亦然。

---

① 莎剧《李尔王》中的考狄利亚最后被害身亡,令无数读者扼腕叹息。然而,在几乎所有其他同题材作品中,考狄利亚都没有死(至少是当时没有死),而是和父亲一道取得了讨逆战争的胜利:在最早的版本如《不列颠诸王史》和长篇叙事诗《布鲁特》(*Layamon's Brut*)中,考狄利亚发兵帮助李尔成功复位并在父亲死后继续统治不列颠,五年后(这时她的丈夫法兰西国王渡海遇难身亡)方被两个外甥(贡纳瑞和里甘的儿子)推翻囚禁而自杀而死。在莎士比亚同时代而稍早的老版《李尔王》(*The True Chronicle Historie of King Leir and His Three Daughters*, c. 1588)中,最后的结局也是李尔成功复位,而考狄利亚安然无恙。在内厄姆·泰特(Nahum Tate, 1652—1715)1681 年的改编本中,李尔最后成功复位并将王位传给了考狄利亚,而全剧在考狄利亚的爱人(并将是未来丈夫)埃德加的赞颂声(2522-2524:“Thy bright Example shall convince the World / (Whatever Storms of Fortune are decreed) / That Truth and Vertue shall at last succeed.” [https://internetshakespeare.uvic.ca/doc/Tate-Lr_M/complete/index.html])中落下帷幕。泰特的改编深得人心而大获成功:它受到约翰逊博士的赞扬,并成为本特顿(Thomas Betterton)、加里克(David Garrick)、坎波尔(John Philip Kemble)、奇恩(Edmund Kean)等人演出的底本,在很长一段时间内取代了莎士比亚的版本——后者的完整版本直到 1838 年才重见天日(A. C. Bradley: *Shakespearean Tragedy*, p. 199)。莎士比亚笔下的考狄利亚为什么一定要死? 这似乎是不必要的牺牲,尽管它大大增强了悲剧的情调和感受(pathos):只有苦难,没有救赎——即如克蒙德(Frank Kermode)所说:“我们情不自禁地想它本来无需如此,然而我们无法避免这一普遍存在的(人生)真相”(*The Age of Shakespeare*, New York: Modern Library, 2005, p. 179)。不过我们同时也应该想到:考狄利亚对于李尔和她本人以及他们所代表的整个不列颠的悲剧来说并非全然无 (转下页注)

考狄利亚做出了选择：她选择了铅匣子代表的真理——“选我的人将付出并冒险失去他所有的一切”，或者说真实的爱。而当她做出这一选择时，她也选择了自己的命运，并通过这一选择见证了真实的自己。真实的心和勇敢的爱人（或者反过来说也一样：勇敢的心和真实的爱人），这就是考狄利亚的命相：为此她将在这个世界——一个前基督教的世界：没有彼岸救赎的理想，也没有来世重生的信仰——上承受诸多苦难和牺牲①，而无所畏惧②，并在所不惜③。

（接上页注）辜，在某种程度上甚至是咎由自取。古希腊的悲剧哲学（或者说神学）认为“天道好还”而“无往不复”，凡人恒因行事过度（ἄγαν）或是不能做到“正好”（δίκαιος）而遭受公正/正义的报应（νέμεσις）。一如索福克勒斯笔下的安提戈涅，考狄利亚过于执着爱的真理（这对她构成金匣子的致命诱惑，即对真实之爱的欲望）而不能反躬自省和推己及人（这对她构成了银匣子的反讽命运，即迷恋真实之爱的影像而忘记/逾越了自己作为不列颠之女——女儿、公主和女王——的尘缘本分或世俗正当），结果成为自身的Νέμεσις（复仇者）和Ἄτη（毁灭者）。在这个意义上，我们认为死是考狄利亚命相中的必然（或者说必然的命相）：她必须死，并通过死这一追偿机制实现了自我的净化和正义的完成。

① Cf. III. ii. 56–57：Lear：“I am a man / More sinned against than sinning.”

② Cf. V. iii. 6–7：Cordelia：“For thee, oppressèd king, I am cast down：/ Myself could else out-frown false fortune's frown.”

③ Cf. IV. vi. 77–80：Lear：“I know you do not love me, for your sisters / Have, as I do remember, done me wrong：/ You have some cause, they have not.” Cordelia：“No cause, no cause.” V. ii. 10–12：Edgar：“Men must endure / Their going hence, even as their coming hither：/ Ripeness is all.”

第四幕
尤利西斯的三次启蒙

一

诗人海涅曾经这样评论莎士比亚的《特洛伊罗斯与克瑞希达》："我如果要为我们的诗人出版全集的话"——他此时心中想到的范本大概是英国学者斯蒂文斯(George Steevens, 1736—1800)1793年编订出版的15卷本《莎士比亚戏剧集》——"同样会把那出题名《特洛伊罗斯与克瑞希达》的戏放在最前面"①，因其为莎士比

① 斯蒂文斯将《特洛伊罗斯与克瑞希达》编在莎士比亚历史剧(第二部分)和悲剧(第三部分)之间(标题为《特洛伊罗斯与克瑞希达的悲剧》,因此是悲剧之首),事实上遵循了海明与康德尔(John Heminges & Henry Condell)1623年编订出版的第一对开本(*Mr. William Shakespeares Comedies, Histories, & Tragedies*)传统。今天的"皇莎本"(*The RSC Shakespeare*)也沿袭了这一传统。至于1623年第一对开本将此剧放在悲剧之首,其实是因为出版权问题,《特洛伊罗斯与克瑞希达》(它的版权所有人Henry Walley可能一开始不同意授权)后来才获准加入(因此该剧未在总目录中出现),其原定位置(紧接《罗密欧与朱丽叶》之后)已被《雅典的泰门》占用,因此只好插入悲剧开头(详见戴维·斯科特·卡斯顿:《理论之后的莎士比亚》,陈星译,浙江大学出(转下页注)

亚“最独特的创作”——它“既不是一般意义上的悲剧，也不是一般意义上的喜剧”，甚至“不属于某一种确定的文学类型”，“要对它进行具体的评判，还有赖于那种尚未问世的新美学”①。的确，莎士比亚的《特洛伊罗斯与克瑞希达》同时是英雄悲剧和反英雄悲剧、浪漫喜剧和反浪漫喜剧，是一部难以归类并自成一类(*sui generis*)的作品②。如果说“奇异”(strangeness)是“最具经典性的文学品质”③，那么《特洛伊罗斯与克瑞希达》正是这样一部奇异的经典。

且让我们从一处细节说起。《特洛伊罗斯与克瑞希达》(以下简称《特与克》)结尾处是剧中人潘达罗斯(Pandarus)的一段独白(V. xii. 35-54)④，其中第40—43行和45—54行为韵体(抑扬格五音步，俗称“英雄体”)，其余为散体。在内容上，这段独白又可分为两个部分：在第35—43行，潘达罗斯自嘲劳而无功反遭鄙视(“O traitors and bawds, how earnestly are you set a-work,

---

(接上页注)版社，2022年，第91页)。质言之，这仅仅是历史的偶然(尽管事出有因)或将就的结果而非有意的安排。

① 海因里希·海涅：《莎士比亚的少女和妇人》，绿原译，上海文艺出版社，2007年，第41页、第44页。

② 或用乔纳森·贝特的话说，这是一部体现了“文类和文体混杂(generic and stylistic hybridity)”特性的“最高范例”(Jonathan Bate: *How the Classics Made Shakespeare*, Princeton University Press, 2019, p. 145)。

③ Harold Bloom: *The Anatomy of Influence: Literature as a Way of Life*, Yale University Press, 2012, p. 110.

④ 据新牛津本(*The New Oxford Shakespeare: Modern Critical Edition: The Complete Works*, edited by Gary Taylor, John Jowett, Terri Bourus, Gabriel Egan, Oxford University Press, 2016)。下引同。

and how ill requited! Why should our endeavour be so desired, and the performance so loathed?");自 44 行以降,他向台下的观众——"各位风月场上的朋友"(44:"Good traders in the flesh")和"行中的兄弟姐妹们"(49:"Brethren and sisters of the hold-door trade")——恶毒喊话:"我得了花柳病,再过两个月就得立遗嘱了…… 在那之前,我会想办法治疗减轻痛苦,到时也会把我的病传给你们哟。"(49–54:"Some two months hence my will shall here be made. /... / Till then I'll sweat, and seek about for eases, / And at that time bequeath you my diseases.")

这番致辞的形式十分怪异:它兼用诗体和散体①;而在诗体部分,总共 7 组英雄体对句(其韵律为 aa/bb/cc/dd/ee/ff/gg)——前 2 组和后 5 组诗句之间还插入了一句道白(44:"Good traders in the flesh, set this in your painted cloths")——构成了对传统十四行诗——无论是彼特拉克式(其韵式为 abba/abba/cde/cde)、斯宾塞式(其韵式为 abab/bcbc/cdcd/ee)还是莎士比亚式(其韵式为 abab/cdcd/efef/gg)——的戏谑模仿②。不仅如此,

① 在全部莎剧中,剧终致辞大多为诗体,且致辞人为男性(或默认为男性);仅有《皆大欢喜》的终场致辞为散体,且致辞人为女性(Rosalind)。

② "皇莎本"编者认为这是一首"蹩脚的十四行诗"(*The RSC Shakespeare: The Complete Works*, p. 1459);所谓"蹩脚"(broken),即指其"破体"表现而言。在某种程度上,它预示了后来以约翰·克莱尔(John Clare, 1793—1864)之名命名的"克莱尔十四行诗"(the Clare Sonnet)或七韵对句体十四行诗(the couplet sonnet)。

它表达的主题也很另类：在所有莎剧中，终场致辞①大多是以谦恭友好的姿态祈求观众的认可甚或原谅，如最早的《仲夏夜之梦》（在此剧中人罗宾［Robin / Puck］向观众致辞）：

要是我们这辈影子，有拂了诸位的尊意，就请你们这样思量，一切便可得到补偿……先生们，请不要见笑！倘蒙原宥，定当补报。万一我们幸而免脱这一遭嘘嘘的指斥，我们决不忘记大恩，迫克生平不会骗人。再会了！肯赏个脸儿的话，就请拍两下手，多谢多谢！（朱生豪译文）②

中期的《终成眷属》（在此剧中人“法国国王”向观众致辞）：

戏已演完，国王成了乞丐；
求婚成功，结果都还不赖。
我们努力要讨大家欢喜，

① 剧终出现正式致辞（Epilogue）的莎剧有9部，分别是《仲夏夜之梦》（1595）、《亨利四世下篇》（1598）、《亨利五世》（1599）、《皆大欢喜》（1599）、《终成眷属》（1602/3）、《推罗亲王伯里克利》（通译《泰尔亲王培瑞克里斯》，1607/8）、《暴风雨》（1611）、《亨利八世》（1612）和《两个高贵的亲戚》（1613）；其中《亨利八世》和《两个高贵的亲戚》由莎士比亚与青年作家弗莱彻（John Fletcher）合作撰写，其终场致辞均出自弗莱彻手笔，可另当别论。

② 《莎士比亚全集》，译林出版社，2013年，第1卷第386页。原文分行，今按散文排列（下同）。

日复一日，让各位满意。
现在我们来看，你们来表演：
请大家鼓掌，我们感激无限！

或是晚期的《暴风雨》（在此剧中人普罗斯帕罗［Prospero］向观众致辞）：

现在我已把我的魔法尽情抛弃，剩余微弱的力量都属于我自己……求你们解脱了我灵魂上的系锁，赖着你们善意殷勤的鼓掌相助；再烦你们为我吹嘘出一口和风，好让我们的船只一起鼓满帆篷……正如你们旧日的罪恶不再追究，让你们大度的宽容给我以自由！（朱生豪译文）①

唯独《特与克》不然，即如哈罗德·布鲁姆所见："任何一部莎剧都不曾［像它］这样以公然怨怼和直接辱骂观众的方式终场。"②类似的情绪宣泄亦见于《雅典的泰门》（1608），其激烈程度犹有过之③，但都不是在终场，并且

① 《莎士比亚全集》，第 7 卷，第 373—374 页。

② Harold Bloom: *Shakespeare: The Invention of the Human*, New York: Penguin Group, Inc., 1998, p. 343.

③ Cf. IV. ii. 23-32: Timon: "Thou cold sciatica, / Cripple our senators, that their limbs may halt / As lamely as their manners! Lust and liberty, / Creep in the minds and marrows of our youth, / That 'gainst the stream of virtue they may strive / And drown themselves in riot! Itches, blains, / Sow all th' Athenian bosoms, and their crop / Be general leprosy! Breath infect breath, / That their society, as their friendship, may / Be merely poison!" （转下页注）

它们(至少在表面上)针对的是当时的雅典人而非现场的观众(后者不仅是莎士比亚的同时代人,也是他的同胞和衣食父母)。无论是从内容还是从形式上看,《特与克》的终场都堪称是莎剧中的特例存在。

莎士比亚为什么要这样写?鉴于文学创作和戏剧表演是典型的以言行事(speech act),我们也可以这样问:莎士比亚为什么要这样做——他让剧中人潘达罗斯在终场时分"公然怨怼和直接辱骂观众"的动机和目的究竟何在?有学者(例如安东尼·伯吉斯[Anthony Burgess])认为泰门的"梅毒礼赞"(V. i. 150-163)反映了莎士比

(接上页注)(朱生豪译文:"加害于人身的各种瘟疫,向雅典伸展你们的毒手,播散你们猖獗传染的热病!让风湿钻进我们那些元老的骨髓,使他们手脚瘫痪!让淫欲放荡占领我们那些少年人的心,使他们反抗道德,沉溺在狂乱之中!每一个雅典人身上播下了疥癣疮毒的种子,让他们一个个害起癞病!让他们的呼吸中都含着毒素,谁和他们来往做朋友都会中毒而死!"[《莎士比亚全集》第6卷,第476—477页])V. i. 150-163: Timon: "Consumptions sow / In hollow bones of man, strike their sharp shins, / And mar men's spurring. Crack the lawyer's voice, / That he may never more false title plead / Nor sound his quillets shrilly. Hoar the flamen / That scolds against the quality of flesh / And not believes himself. Down with the nose, / Down with it flat; take the bridge quite away / Of him that his particular to foresee / Smells from the general weal. Make curled-pate ruffians bald, / And let the unscarred braggarts of the war / Derive some pain from you. Plague all, / That your activity may defeat and quell / The source of all erection." (朱生豪译文:"把痨病的种子播在人们枯干的骨髓里;让他们胫骨疯瘫,不能上马驰驱。嘶哑了律师的喉咙,让他不再颠倒黑白,为非分的权利辩护,鼓弄他的如簧之舌。叫那痛斥肉体的情欲、自己不相信自己的话的祭司害起满身的癞病;叫那长着尖锐的鼻子、一味钻营逐利的家伙烂去了鼻子;叫那长着一头鬈曲秀发的光棍变成秃子;叫那不曾受过伤、光会吹牛的战士也从你们身上受到一些痛苦:让所有的人都被你们害得身败名裂。")

亚本人的感受①；这可能是真的（不过也有人持不同意见②）——他的十四行诗（例如第 129 首、第 141 首、第 144 首）即提供了平行的证言。③ 循此思路，我们大可认为莎士比亚在潘达罗斯的终场致辞中借题发挥，抒发了他作为尘世中人（而不仅仅是戏剧诗人）的痛苦经验④，特别是在爱欲生活方面⑤。然而这只是关于（借用亚里士多德的术语）“物质因”和“动力因”的解释，即莎士比亚这样写作的可能原因和动机（真实的原因和动机也许永远无法知晓，即便有实证材料的加持，比如我们发现了莎士比亚的私人日记或病例），但不足以说明作家创作

① Harold Bloom：*Shakespeare：The Invention of the Human*，pp. 596–597.

② 例如《莎士比亚的荤段子》一书的作者埃里克·帕特里奇就坚持认为莎士比亚“从未染上过性病”，因为他“不可能和妓女有染”，他对性病的了解“肯定”来自他的男性朋友或异性相好云云（Eric Partridge：*Shakespeare's Bawdy*，London & New York：Routledge，2001，p. 21）。

③ 今天我们当然不会天真到认为这些诗是诗人的心灵日记：看似主体现身说法的“我”不过是作者的抒情面具和人格化身罢了。但无论如何，莎士比亚在此表达了——至少他希望我们认为他表达了——他内心的真实感受。

④ 作为平行参照的对象，莎士比亚在《哈姆雷特》三幕一场的著名独白和第 66 首十四行诗中也有类似的表达，而且情绪更加激烈，对整体世道人心都进行了批判。

⑤ 潘达罗斯在此提到的那名妓女（52：“Some gallèd goose of Winchester would hiss”）——很可能正是她将一身脏病传给了对方，否则潘达罗斯也不会在自知病入膏肓而来日无多（50：“Some two months hence my will shall here be made”）之际特别说起她来——令我们想起莎士比亚的“黑夫人”（Dark Lady）：和潘达罗斯一样，莎士比亚也暗示对方向他传染了性病（Cf. 141. 13–14：“Only my plague thus far I count my gain，/ That she that makes me sin，awards me pain.” 153. 13–14：“I，sick withal，the help of bath desired，/ And thither hied，a sad distempered guest，/ But found no cure；the bath for my help lies / Where Cupid got new fire：my mistress' eye.”）。

的形式因和目的因[①],遑论作品本身的意义(这一意义向读者的心灵呈现,并通过读者的解读而展开[②]),而后者才是我们关注的重点。

我们看到,通过剧中人物潘达罗斯的终场致辞,莎士比亚向观众讲述了自身的爱欲经验。这是一种痛苦的经验,一种类似于性病——所谓“我的病”(my diseases),莎士比亚-潘达罗斯用此意象结束了全剧——的经验;而潘达罗斯-莎士比亚在剧院这一公共空间讲述这一经验,无异向大众传播了一种病态的知识或精神的疾病。潘达罗斯不怀好意、幸灾乐祸的“临终赠予”(V. xii. 53-54:“Till then I'll sweat, and seek about for eases, / And at that time bequeath you my diseases.”),正是莎士比亚(戏剧将终,他也面临了某种“死亡”——作者的死亡)皮里阳秋、愤世嫉俗的“最后一课”。

如果说潘达罗斯是一名诱导、促成和败坏了爱欲的淫媒(pander),那么它的作者莎士比亚则是一名传授爱欲知识、揭示其秘密并为之祛魅的戏剧哲人。在这方面,剧中出现的“尤利西斯”——如阿兰·布鲁姆所见:莎士

---

① 即如荣格所说:“一部真正的艺术作品的意义正在于:它避免了个人的局限并且超越于作者个人的考虑之外”;因此,“诗人的个人生活对他的艺术是非本质的,它至多只是帮助或阻碍他的艺术使命而已”。(《心理学与文学》,冯川、苏克译,译林出版社,2011年,第74页、第107页)

② 参见伽达默尔:“通过文字固定下来的东西已经同它的起源和原作者的关联相脱离,并向新的关系积极地开放。像作者的意见或原来读者的理解这样的规范概念实际上只代表一种空位,而这空位需不断由具体理解场合所填补。”(《真理与方法》,洪汉鼎译,上海译文出版社,1999年,下卷,第505页)

比亚在《特与克》一剧中向我们展示了真爱(特洛伊罗斯为其唯一代表)、殷勤示好、事后的日常激情(潘达罗斯、海伦和帕里斯)以及单纯的放浪和淫荡(克瑞希达与狄俄墨得斯),“唯有尤利西斯与这一切都无关,但将一切都尽收眼底”①——无疑是更好也更深刻的人证代言。

二

尤利西斯(Ulysses)即奥德修斯(Odysseus)。柏拉图利用荷马的奥德修斯讲述了他——这个“他”往往以苏格拉底的形象出现②——的哲学(确切说是政治哲学),而莎士比亚则利用荷马-奥维德-恰普曼(George Chapman)的尤利西斯讲述了他对爱欲的认识(确切说是对爱欲的幻灭和解构)。

尤利西斯在《特与克》一剧中出场7次,发言80回,台词比重(14%)仅次于特洛伊罗斯(15%)而高于排名第三的潘达罗斯(11%)和排名第四的克瑞希达(8%)。③这是一个量化的分析。在情节-内容方面,《特与克》包含了两条主线:一者为战争(希腊人与特洛伊人的战争、

① Allan David Bloom: *Love and Friendship*, New York: Simon & Schuster, 1993, p. 351.

② 关于柏拉图对话录中的“苏格拉底-奥德修斯”关联和指涉,参见朗佩特:《哲学如何成为苏格拉底式的》,戴晓光、彭磊等译,华夏出版社,2015年,第26—27页、第40页、第265—286页、第340页、第355页、第453—454页等处。

③ Jonathan Bate and Eric Rasmussen (ed): *The RSC Shakespeare: The Complete Works*, Red Globe Press, 2007, p. 1459.

希腊英雄的内讧),一者为爱情(特洛伊罗斯与克瑞希达的爱情)。综合各方面的因素,特别是就其推动剧情发展、影响未来事态走向的能力和作用而言,尤利西斯的重要性还在特洛伊罗斯之上,可以说是事实上的(de facto)第一主角或隐含的"自我作者"①。

同时也是一名教谕者或启蒙者。如我们所见,尤利西斯在剧中三度现身说法(它们构成了剧中"尤利西斯启蒙"的三个时刻),深刻地影响了剧中人——他们或友或敌——的自我理解和人生愿景。

尤利西斯的第一次启蒙发生在第一幕第三场。当时特洛伊久攻不下(I. iii. 11:Agamemnon:"after seven years' siege, yet Troy walls stand"),希腊联军主帅阿伽门农认为这是天神的考验,老将涅斯托(Nestor)也随声附和。听众默然(而不是像往常那样大声欢呼表示赞成②),场面一时尴尬。这时尤利西斯请求发言:他先是

① 哈罗德·布鲁姆在讨论莎剧《理查二世》时说到以其自由意志"自作元命"的"自我作者"(free artists of themselves,他在此借用了黑格尔的术语),认为理查二世(而不是理查三世,因其缺乏所谓"内在性"[inwardness])是莎士比亚创造的第一个"自我作者"而预示了后来的凯撒、伊阿古、爱德华和麦克白(Harold Bloom:*Shakespeare: The Invention of the Human*, pp. 65–66, p. 268 & p. 110),更不用说还有哈姆雷特——他是所有这些自由的自我作者中"最自由的一个"(id, p. 693)。

② 参见《伊利亚特》第2卷第333—335行:"他(奥德修斯)这样说,阿尔戈斯人大声欢呼,称赞神样的奥德修斯,欢呼声在阿开奥斯人的船只周围不断回响,叫人畏惧。"(罗念生、王焕生译,人民文学出版社,2008年,第37—38页)第394—398行:"他(阿伽门农)这样说,阿尔戈斯人大声欢呼,有如波涛对着险峻的海角轰鸣,南风吹拂,使它们涌起来对着一片突出的峭壁冲击,那峭壁从来没有避开从各方面吹来的风。"

大大恭维了“伟大的阿伽门农”和“尊敬的涅斯托”一番（其中也许不无反讽），继而从天人合一（cosmic correspondence）[①]的政治神学高度指出联军作战失利的根本原因在于“纲纪”（degree）的紊乱失调（I. iii. 84–123）：

> 诸天的星辰，在运行的时候，谁都格守着自身的等级和地位，遵循着各自的不变的轨道，依照着一定的范围、季候和方式，履行它们经常的职责……可是众星如果出了常轨，陷入了混乱的状态，那么多少的灾祸、变异、叛乱、海啸、地震、风暴、惊骇、恐怖，将要震撼、摧裂、破坏、毁灭这宇宙间的和谐！纲纪是达到一切雄图的阶梯，要是纲纪发生动摇……威力将代替公理，没有是非之分，也没有正义存在。那时候权力便是一切，而凭仗着权力，便可以逞着自己的意志，放纵无厌的贪欲；欲望（appetite），这一头贪心不足的饿狼，得到了意志和权力的两重辅佐，势必至于把全世界供它的馋吻，然后把自己也吃下去。（朱生豪译文）[②]

他特别向阿伽门农——希腊人“纲纪”的顶点或中心——指明（128–135）：

---

① 参见蒂利亚德：《伊丽莎白时代的世界图景》，裴云译，华夏出版社，2020 年，第 118—119 页。

② 《莎士比亚全集》，第 2 卷，第 294 页。“Order”原译作“纪律”，今统一改为“纲纪”。

> 主帅被他属下的将领所轻视,那将领又被他的属下所轻视,这样上行下效,谁都瞧不起他的长官,结果就引起了猜忌争竞的心理,伤害了整个军队的元气。特洛伊所以至今兀立不动,不是靠它自己的力量,乃是靠着我们的这一弱点。(朱生豪译文)①

如其所说,问题的关键不在于天道而在于人事:正是阿喀琉斯的自以为是与桀骜不驯导致了希腊联军的整体失利。涅斯托首先心领神会地表示同意,阿伽门农随后也如释重负地接受了尤利西斯的判断。感谢尤利西斯,他们都从原先自欺欺人的"苦恼意识"②中走了出来。

现在迫切需要解决的任务是如何说服阿喀琉斯——他同时构成了希腊联军的"力量之手"(the Mighty Hand)和"阿喀琉斯之踵"——回心转意。尤利西斯对此已有谋划:在众人的配合下,他通过一系列伪装和表演,成功地转化(同时也强化和恶化)了阿喀琉斯的傲气雄心③。这是他的第二次启蒙:与前次不同,这次尤利西斯不是在集体议事的正式场合中借助老生常谈的大话和空话说出大家心知肚明但又羞于承认的事实真相,而是在伪装邂逅的私人交谈环境下通过看似真实的人生假象成功地诱

---

① 同前,第294—295页。

② 黑格尔:"苦恼的意识就是那意识到自身是二元化的、分裂的、仅仅是矛盾着的东西。"(《精神现象学》,贺麟、王玖兴译,商务印书馆,1997年,上卷,第140页)

③ Cf. II. iii. 71-72: Ajax: "Yes: lion-sick, sick of proud heart. You may call it melancholy if't will favour the man, but by my head it is pride."

捕-调教了对方。

在第三幕第三场(特别是从第 38 行开始),我们目睹了这场启蒙(或者说欺蒙)的全过程。按照尤利西斯事先的布置,阿伽门农等人陆续从阿喀琉斯面前经过,但都对他视而不见,或只是冷漠敷衍,与平日的热情表现判若两人。阿喀琉斯深感失落,同时也大惑不解。就在这时,他看到了尤利西斯——正在阅读和沉思的尤利西斯(89–90:"Here is Ulysses. / I'll interrupt his reading.")。

这是一处天才的神来之笔。我们知道,荷马作品中的人物从不读书,事实上也无书可读——当时只有蜡板(πίναξ):它仅在《伊利亚特》中作为书信出现过一次(6.169–170),而且很可能是时代的误植(anachronism),因为"荷马描写的是一个无书写的社会"①。莎士比亚在此也犯了同样的错误。但这是一个有意为之的错误:在莎士比亚笔下,戏剧人物看似静默虔诚的沉思阅读往往意味着虚伪的表演和欺诈,例如《理查三世》第三幕第七场中的理查,例如《哈姆雷特》第三幕第一场中的奥菲利娅——例如此时的尤利西斯。伪装阅读的"尤利西斯"或尤利西斯伪装的"阅读",正是尤利西斯本人为征服阿喀琉斯而特别准备的"特洛伊木马"。

阿喀琉斯果然上当。他好奇地询问对方在读什么,

① 奥斯温·默里:《早期希腊》(第 2 版),晏绍祥译,上海人民出版社,2008 年,第 85 页。参见莫里斯、鲍威尔:《希腊人:历史、文化和社会》(第 2 版),陈恒、屈伯文、贾斐、苗倩译,格致出版社,2014 年,第 118—119 页。

尤利西斯说他在读“一个怪人”(93:“A strange fellow”)写下的文字,大意是(他故作不解地告诉对方,仿佛是在向他请教)一个人的光华——也就是他的德性(virtues),古希腊人所谓“ἀρετή”——只有通过他人的反映-折射(reflection)才能得到真正的体现。阿喀琉斯不知是计,当下自作聪明地解答说(106–113):

> 这没有什么奇怪的,尤利西斯!一个人不会知道他自己的美貌,他的美貌只能反映在别人的眼里。眼睛,那最灵敏的器官,也看不见它自己,只有当自己的眼睛和别人的眼睛相遇的时候,才可以交换彼此的形象,因为视力不能反及自身,除非把自己的影子映在可以被自己看见的地方。(朱生豪译文)①

阿喀琉斯——确切说是莎士比亚——在此模仿了柏拉图《阿尔卡比亚德前篇》中“苏格拉底”对“阿尔卡比亚德”的教导(133b):

> 苏格拉底:如果眼睛要观看自己,眼睛自己就得观看[另一只]眼睛,而它观看[对方]的那个部分产生了眼睛的德性(ἀρετή),这就是视力。
>
> 阿尔卡比亚德:是这样的。
>
> 苏格拉底:那么,亲爱的阿尔卡比亚德,如果灵魂要

① 《莎士比亚全集》,第2卷,第334页。

> 认识它自己，它是否也需要自己观看灵魂，特别是观看灵魂中产生了德性——也就是智慧（σοφία）——的那个部分，以及其他与之相似的部分呢？

阿喀琉斯居然引用柏拉图！这和前面赫克托引用亚里士多德①一样荒谬可笑而又恰如其分：他们都蔽于自知而不知其所云。但是尤利西斯正中下怀，乘机将话题引向埃阿斯（121–139）：

> 他这番话很引起了我的思索，使我立刻想起了没没无闻的埃阿斯。天哪，这是一个多好的汉子！真是一匹逸群的骏马，他的奇才还没有为他自己所发现。天下真有这样被人贱视的珍宝！也有毫无价值的东西，反会受尽世人的赞赏！明天我们可以看见埃阿斯在无意中得到一个大显身手的机会，从此以后，他的威名将要遍传人口了。天啊！有些人会乘着别人懈怠的时候，干出怎样一番事业！有的人悄悄地钻进了反复无常的命运女神的厅堂，有的人

---

① III. ii. 165–166："Unlike young men, whom Aristotle thought / Unfit to hear moral philosophy." 参见亚里士多德《政治学》1095a（廖申白译注，商务印书馆，2013年，第7—8页）："青年人不适合听政治学……因为政治学的目的不是知识而是行为。一个人无论在年纪上年轻还是在道德上稚嫩，都不适合学政治学。他们的缺点不在于少经历了岁月，而在于他们的生活与欲求受感情宰制。他们与不能自制者一样，对于他们知等于不知。"

却在她的眼中扮演着痴人！有的人利用着别人的骄傲而飞黄腾达，有的人却因为骄傲而使他的地位一落千丈！（朱生豪译文）①

尤利西斯的这番说辞别有用心地改写了——确切说是扭曲和反转了——苏格拉底的教诲：苏格拉底劝说阿尔卡比亚德运用自身的理性（而不是他人的“反映-折射”即大众的意见）认识真实的自我（这意味着克制而非放纵自身的欲望），尤利西斯则诱导阿喀琉斯重视并依赖大众的意见、为获得他人的承认——这是他的终极欲望，同时也被视为他的“德性”或生命价值的真正体现——而奋斗。为了更好地说服对方，他甚至假装惋惜地提到阿喀琉斯对“普里阿摩斯的一个女儿”的爱情（阿喀琉斯惊讶失声：“啊，大家都知道了？”[193]）以及他将为此付出的巨大代价（190-211）：

阿喀琉斯，大家都知道你恋爱着普里阿摩斯的一个女儿……你和特洛伊人之间的关系，我们是完全明白的。可是阿喀琉斯，倘然是个真正的英雄，他就应该放倒赫克托，而不是放倒波吕克塞娜。要是现在小小的皮洛斯在家里听见了光荣的号角在我们诸岛上吹响，所有的希腊少女们都在跳跃欢唱“伟大的赫克托的妹妹征服了阿喀琉斯，可是我们伟大

① 《莎士比亚全集》，第2卷，第334—335页。

> 的埃阿斯勇敢地把他打倒”,那时候他的心里该是多么难受。(朱生豪译文)①

阿喀琉斯完全被说服了。他沮丧地发现(如其随后向挚友帕特洛克罗斯哀叹道)“我的声誉已经遭到极大的危险,我的威名已经遭到严重的损害”(225–226)②;他现在一心想念赫克托(235–237:“I have a woman's longing, / An appetite that I am sick withal / To see great Hector in his weeds of peace”),但不是因为爱,而是因为受伤的虚荣——柏拉图所谓“血气”(θυμός)、卢梭所谓“自尊”(amour-propre)、黑格尔所谓“自我意识–欲望”③的虚荣:只有战胜和杀死对方(作为他的异己存在或镜像自我),他才能(再次)印证和(重新)确立自身的存在。

三

尤利西斯的第一次启蒙——在此他向阿伽门农和全体希腊人发言——借助神学政治修辞或逻各斯的神

---

① 同前,第 336 页。译文略有改动。

② 同前,第 337 页。

③ 如其所说,“自我意识是一般意义上的欲望”(《精神现象学》,先刚译,人民出版社,2013 年,第 112 页);“一般意义上的欲望”即对互为镜像的另一自我也就是他者的承认的欲望,于是有生死相搏和相互转化的“二心之争”(主奴辩证法)。拉康的镜像主体和欲望学说——人的欲望总是对他人欲望的欲望——即由此而来。

话指出了真实存在的问题，即希腊联军作战失利的原因在于阿喀琉斯的桀骜不驯，确切说是他的虚荣或病态的自尊①。尤利西斯的第二次启蒙针对阿喀琉斯本人：在此他通过似是而非的谎言即逻各斯的幻象矫治了对方的虚荣，同时也败坏了他的爱欲。尤利西斯的第三次也是最后一次启蒙的对象是他们——阿伽门农、阿喀琉斯、尤利西斯以及他们率领的全体希腊人——共同的敌人特洛伊罗斯。在此期间，他几乎全程沉默（有几次发言也是为了阻止特洛伊罗斯说话），但以事实——正在发生的、不言自明的事实——而非言辞（*facta non verba*）向对方揭示了“爱情”的真相，同时也摧毁了他的爱欲和理性。

这一切都发生在第五幕第二场。当时赫克托应埃阿斯之邀来到希腊大营做客，特洛伊罗斯也陪同兄长一道前来。此前他与克瑞希达两情相悦，并在潘达罗斯的撮合下成就鸳盟；可惜好景不长，克瑞希达随后被她的父亲卡尔卡斯（他原为特洛伊人的祭司，后归降了希腊）通过人质交换赎回，于是他们被迫分离，但在分别时互赠爱情信物，相约永不负心。现在机缘凑巧，特洛伊罗斯也来到了希腊大营。他向东道主——此人恰好是尤利西斯——打听卡尔卡斯（他其实是想问克瑞希达）住在什么地方，尤利西斯“闻弦歌而知雅意”，欲擒故纵地回答说：“在墨

---

① Cf. I. iii. 141-144: Ulysses: “The great Achilles, whom opinion crowns / The sinew and the forehand of our host, / Having his ear full of his airy fame, / Grows dainty of his worth” etc.

涅拉俄斯的营帐里，尊贵的特洛伊罗斯，狄俄墨得斯今晚就在那儿陪他喝酒”——这不是重点，重点在后半句：“这家伙眼睛里不见天地，只是瞧着美丽的克瑞希达。”特洛伊罗斯继而恳求尤利西斯在会见结束后带他前去，尤利西斯一口答应，同时也明知故问地向他打听：“这位克瑞希达在特洛伊的名誉怎样？她在那边有没有什么情人因为跟她分别而伤心？”特洛伊罗斯心知被嘲而大感惭愧：“我真像一个向人夸示他的伤疤的人一样，反而遭到您的讥笑了。”但是他仍然相信爱情，声称“她曾经被人爱，她也爱过人，她现在还是这样”——尽管他也忐忑不安、甚至有些伤感地承认“甜蜜的爱情往往是命运嘴里的食物”（IV. vi. 279–294）。[1]

会谈结束后，尤利西斯指示特洛伊罗斯跟踪狄俄墨得斯——确切说是他的火把，因为这时天色已晚——一路来到卡尔卡斯驻地营外（忒耳西忒斯也尾随而至），暗中偷窥了克瑞希达和狄俄墨得斯在营帐前灯火下幽会的全过程。此时剧本中有两行舞台提示（V. ii. 4 & 8）：

特洛伊罗斯和尤利西斯从远处上（*Enter Troilus and Ulysses*, [*at a distance*]）

忒耳西忒斯从远处上（[*Enter Thersites*, *at a distance*]）

---

① 《莎士比亚全集》，第 2 卷，第 360—361 页。

这两行提示①——我们姑且认为它们出自莎士比亚的手笔，或至少他有这样意图明确的场景设定②——同时也提示我们以下发生的故事（如前所说，这是尤利西斯的第三次启蒙）将是柏拉图在《理想国》第 7 卷开篇处（514a–517c）讲述的“洞穴寓言”——作为一切启蒙神话语言实践的原型——的反转或倒写：在此，柏拉图的洞穴——假象的世界——从地下升到了地上，并出现在剧场和舞台（莎士比亚幻景）的中央，即克瑞希达和狄俄墨得斯准备幽会的地方，一个光影错落、明暗交织的地界；故事中那个走出洞穴的幸运儿——（被）启蒙的哲人——则下降–潜伏在暗处窥视克瑞希达和狄俄墨得斯逢场作戏的打情骂俏，而不是上行–来到地上观看阳光照耀下的真实世界；他在黑暗中看清了真实的人性（或者说人性的阴暗）和爱欲的虚假（同时也是爱欲的真

① 大多数版本为一行，如阿登（Arden）本作“*Enter* Troilus *and* Ulysses[*at a distance*; *after them* Thersites]. ”，皇莎本作“*Enter Troilus and Ulysses* [*at a distance*, *with Thersites following*]”，福尔杰（Folger）本作“*Enter Troilus and Ulysses*, *at a distance*, *and then*, *apart from them*, *Thersites.* ”。

② 莎士比亚作为作者具有明确的创作意图：否认这一点（无论是出于权力意志、“影响的焦虑”还是单纯的无知），也就否认了“莎士比亚文学宇宙”存在的前提和理解（以及批评乃至“解构”）的基础。即如法国学者勒内·基拉尔（René Girard）所见：“莎士比亚比我们意识到的更有喜剧性，他以一种尖锐的讽刺甚至愤世嫉俗的方式，比我们想象的更接近当代的态度。认为他的意图无法复原，这是一个误解。自从新批评派出现以来，阐述者一直认为诗人的意图是难以理解的，甚至是无关紧要的。就戏剧而言，这是灾难性的。一个喜剧作家心中有喜剧效果，除非我们理解这种效果，否则我们无法将它有效地搬上舞台。”（《莎士比亚：欲望之火》，唐建清译，南京大学出版社，2021 年，导论第 5 页）今之学者，当三复斯言。

相)——他先是感到震惊和伤心,特别是在他目睹克瑞希达将他亲手赠送的爱情信物袖套转送给对方时:

> 啊,美人,你的忠心呢?(64)

继而他(像柏拉图笔下那个初出地面见到阳光的穴居人一样①)试图说服自己这只是——或者应该是——一个幻觉(111–120 & 124–128):

> 我要把他们在这儿说的话一个字一个字地记录在我的灵魂里。可是我倘把这两个人共同串演的这一出活剧告诉人家,虽然我宣布的是事实,这事实会不会是一个谎呢?因为在我的心里还留着一个顽强的信仰,不肯接受眼睛和耳朵的见证,好像这两个器官都是善于欺骗,它们的作用只是颠倒是非,淆乱黑白。刚才出来的真的是克瑞希达吗?……为了女人的光荣,不要相信她是克瑞希达!(朱生豪译文)②

然而他的理智还有尤利西斯都告诉他这是真的:那就是克瑞希达(123:Ulysses:"Cressid was here but now.")。

---

① 参见柏拉图《理想国》515e–516a:"如果有人硬拉他走上一条陡峭崎岖的坡道,直到把他拉出洞穴见到了外面的阳光,不让他中途退回去,他会觉得这样被强迫着走很痛苦,并且感到恼火;当他来到阳光下时,他会觉得眼前金星乱蹦金蛇乱串,以致无法看见任何一个现在被称为真实的事物的。"(郭斌和、张竹明译,商务印书馆,1997年,第274页)

② 《莎士比亚全集》,第2卷,第368页、第370—371页。

他的意志——自我保护/自我欺骗的生命意志——终于崩溃而陷入了愤怒、绝望的暗夜和幻灭的痛苦迷狂（150-155 & 173-175）：

> 像上天本身一样坚强的证据，却证明神圣的约束已经分裂松懈，她的破碎的忠心、她的残余的爱情、她的狼藉的贞操，都拿去与狄俄墨得斯另结新欢了……负心的克瑞西达！你好负心！一切不忠不信、无情无义，比起你的失节负心来，都会变成光荣。（朱生豪译文）①

特洛伊罗斯的失态令尤利西斯感到惊奇（甚至是好笑）："尊贵的特洛伊罗斯竟会这样激动吗？"（156-157："May worthy Troilus be half attached / With that which here his passion doth express?"）此后克瑞希达又向他寄来情书，而他的反应是（V. iii. 111-114）：

> 空话，空话，只有空话，没有一点真心；行为和

① 同前，第368页、第371页、第372页。在这一刻，我们见证了特洛伊罗斯作为纯情爱人的死亡。阿格尼斯·赫勒在讨论莎士比亚笔下的悲剧人物时指出："一个人可以自我创造以及自我革新。他的个性逐渐崭露，但也可以一切重来。但在走到某个节点后（莎士比亚的每部悲剧中都有这样的节点），这一角色将进入自由落体的状态，经历加速度。一旦开始自由落体，便再也回不到从前"，而"悲剧主人公在这一过程中就已经死了"，或者说"他们和死了没有什么区别。"（《脱节的时代——作为历史哲人的莎士比亚》，吴亚蓉译，华夏出版社，2020年，第41页）这一论断也完全适用于特洛伊罗斯。

> 言语背道而驰。（撕信）去，你风一样轻浮的，跟着风飘去，也化成一阵风吧。她用空话和罪恶搪塞我的爱情，却用行为去满足他人。（朱生豪译文）①

现在特洛伊罗斯的爱欲已经死去，并转化为对敌人——首先是他的情敌狄俄墨得斯，其次是全体希腊人——的无尽仇恨（V. ii. 162–163："as much as I do Cressid love,/ So much by weight hate I her Diomed"）：他成了一名嗜血的复仇者和狂战士，即如尤利西斯先前向阿伽门农转述埃涅阿斯对他（特洛伊罗斯）的判断时所说（IV. vi. 106–109）：

> 他像赫克托一样勇敢，可是比赫克托更厉害；因为赫克托在盛怒之中，只要看见柔弱的事物，就会心软下来，可是他在激烈行动的时候，是比善妒的爱情更为凶狠的。（朱生豪译文）②

尤利西斯的启蒙似乎成功了。但他果真成功了吗？的确，他之前成功地启蒙（欺蒙）了阿喀琉斯，激起后者为荣誉（其实是虚荣）迎战赫克托的欲望雄心（此前它被阿喀琉斯对其特洛伊情人的爱欲压抑甚至化解），但他很

① 同前，第376页。
② 同前，第355页。

快又为爱情(阿喀琉斯本人的说法是他必须遵守他向爱人发下的“誓言”)而再次放弃了战斗①;如果不是赫克托杀死帕特洛克罗斯,阿喀琉斯也不会为了友爱——确切说是为爱友复仇的愤怒欲望②——斩断情丝毅然出战,而尤利西斯的启蒙(欺蒙)也将落空。倒是他对特洛伊罗斯的“启蒙”彻底摧毁了对方的爱欲,使之异化为仇恨爆发和血气充满的战争狂人③——这显然不是他想要的结果。

如果这是他有意采取的行动(尽管最初是应对方之请,而且后果始料未及,甚至适得其反),那么他这样做的目的究竟何在呢?很有可能,这是一次单纯的、为了自身目的而进行的启蒙游戏:尤利西斯向在此特洛伊罗斯展示了爱欲——克瑞希达和狄俄墨得斯这一对新欢的“爱情”——的真相,同时也向对方传达-分享了他对爱欲——人类一般爱欲——的认识。

这是一种反讽的、犬儒主义的、梅菲斯特式(Mephis-

---

① Cf. V. i. 31–36: “My sweet Patroclus, I am thwarted quite / From my great purpose in tomorrow’s battle. / Here is a letter from Queen Hecuba, / A token from her daughter, my fair love, / Both taxing me and gaging me to keep / An oath that I have sworn.”

② Cf. V. v. 30–32: Ulysses: “Great Achilles / Is arming, weeping, cursing, vowing vengeance. / Patroclus’ wounds have roused his drowsy blood” etc.

③ Cf. V. v. 37–41: Ulysses: “Troilus–who hath done today / Mad and fantastic executïon, / Engaging and redeeming of himself / With such a careless force and forceless care / As if that luck, in very spite of cunning, bade him win all.” V. vii. 26–27: Troilus: “Fate, hear me what I say. / I reck not, though thou end my life today.” V. xii. 12–14: “I do not speak of flight, of fear, of death, / But dare all imminence that gods and men / Address their dangers in.”

tophelean)的爱欲知识。如我们在“接吻比赛”这场戏中所见,尤利西斯首先建议克瑞希达“最好让我们大家都亲一下”(IV. v. 22),于是涅斯托、阿伽门农、帕特洛克罗斯(他亲了两次,“第一次算是墨涅拉俄斯的”)、墨涅拉俄斯(他表示不服,声称要亲三次)等人纷纷与克瑞希达接吻,但是轮到尤利西斯本人时,他却语带讥讽地宣布“等海伦重新变为处女,你再来亲我吧”(50-51)——既然“这一天永远不会到来”(53:“Never's my day, and then a kiss of you”),他等于是拒绝了对方(以及这场情色游戏)。他实在已经看透了克瑞希达,如其事后向涅斯托所说(56-64):

> 不要脸的东西!她的眼睛里,脸庞上,嘴唇边都有话,连她的脚都会讲话呢;她身上的每一处骨节,每一个行动,都透露出风流的情性。(朱生豪译文)①

在他看来,爱欲是一种淫荡和(就其倾向于败坏和自我毁灭而言)虚无的欲望:它构成了人生“腐烂不堪的核心”(V. x. 1: Hector:“Most putrifièd core, so fair without”)和战争——不仅是希腊人和特洛伊人的战争,更是一切人类战争——的原始动力。这是一种阴暗的和病态的知识,它像性病瘟疫一样在希腊人和特洛伊人中广泛

---

① 《莎士比亚全集》,第2卷,第353页。

流行——在本剧中，一贯毒舌的忒耳西忒斯不断诅咒："一切比拼和流血死人，都是为了一个婊子和一个王八！"（II. iii. 58–59："All the argument is a whore and a cuckold: a good quarrel to draw emulatious factions and bleed to death upon!"）"无非是奸淫！"（V. i. 84："Nothing but lechery!"）"奸淫，奸淫，永远是战争和奸淫！"（V. ii. 183–184："Lechery, lechery, still wars and lechery!"）狄俄墨得斯指斥帕里斯对海伦的淫荡爱情（IV. i. 63–64："You, like a lecher, out of whorish loins / Are pleased to breed out your inheritors"），同时悲叹海伦"淫贱的血液"和"不洁的肉体"断送了无数希腊人和特洛伊人的生命（IV. i. 69–72："For every false drop in her bawdy veins / A Grecian's life hath sunk; for every scruple / Of her contaminated carrion weight / A Trojan hath been slain."），都分明指向了这一点①。现在，尤利西斯将它传给了特洛伊罗斯，并由此毒害了这个原本单纯——也许是过于单纯（III. ii. 149–

① 事实上，莎士比亚本人在正剧开始前即向观众-读者指示了这一主题（Prologue 1–10）："一群心性高傲的希腊王子，怀着满腔的愤怒，把他们满载着准备一场恶战的武器的船舶会集在雅典港口……他们立誓荡平特洛亚，因为在特洛亚的坚强的城墙内，墨涅拉俄斯的王妃，失了身的海伦，正在风流的帕里斯怀抱中睡着——这就是引起战衅的原因。"（《莎士比亚全集》第 2 卷，第 277 页）在这里，他无意中效仿和呼应了希罗多德在《历史》开篇处的讲述：据说亚细亚的腓尼基人首先抢劫了希腊阿尔戈斯地区国王的女儿伊奥（Io），此后希腊人（克里特人）分别从腓尼基（推罗）和科尔启斯（今格鲁吉亚境内）两地劫走了欧罗巴（Europa）和美狄亚（Medea），而又一代人之后，特洛伊王子亚历山大（即帕里斯）从希腊（斯巴达）劫走了海伦，此即东方世界与西方世界交恶之始，并最终导致了希腊人与波斯人之间的战争。参见希罗多德：《历史》，王以铸译，商务印书馆，2013 年，第 1—3 页。

150:“I am as true as truth's simplicity, / And simpler than the infancy of truth.”)——和正派(IV. vi. 104-105:Ulysses:“gives he not till judgement guide his bounty, / Nor dignifies an impair thought with breath” etc.)、被国人寄予厚望(110-111:Ulysses:“They call him Troilus, and on him erect / A second hope as fairly built as Hector.”)的大好青年。

这一幕与潘达罗斯的终场致辞相映成趣,形成了主题-情节的呼应和共振①。尤利西斯的启蒙证明是一种危险的馈赠(bequest),它预表了潘达罗斯的希望或者说诅咒:正如后者的“馈赠”毒害了他人——不止是他说的“行内的朋友”——的身体和生命功能,尤利西斯的馈赠摧毁了特洛伊罗斯——他身为青年和爱人,象征了美好的青春和无辜的爱欲,一如《罗密欧与朱丽叶》中的罗密欧或《暴风雨》中的费迪南——的心智和爱欲灵魂。

而这一切真正说来都乃是作者莎士比亚的馈赠(bequest):正如在第五幕第二场中尤利西斯让特洛伊罗斯看到了爱人-爱欲的虚假-真相,而潘达罗斯最终向观众表达了他——作为一名失败的淫媒或爱欲的中间人——的绝望和诅咒,莎士比亚让我们在他制作和呈现的戏剧幻景中看到尤利西斯让特洛伊罗斯在克瑞希达与狄俄墨

---

① 对此诺斯罗普·弗莱(Northrop Frye)心有灵犀,可惜只是一语带过 Michael Dolzani (ed.):*Northrop Frye's Notebooks on Renaissance Literature*, Note 299:“Pandarus & Ulysses are both counsellors, & their parody-parallelism should be noted.”(Toronto: University of Toronto Press, 2006, p. 286)。

得斯不自觉的表演中看到了爱欲的虚假–真相，并最终通过潘达罗斯向我们（当时的观众和后代的读者）表达了他对爱欲——他个人的（一段）爱欲经历，例如他和那位“黑夫人”（Dark Lady）的感情纠葛——的惨痛记忆和真实怨念①。这是一份有毒的馈赠，或者说有意的传染：在很大程度上，整部《特洛伊罗斯与克瑞希达》——莎士比亚的仿–反古典主义“人间喜剧”——皆可作如是观，并可命名为“莎士比亚的启蒙”。在这里，尤利西斯和潘达罗斯（以及忒耳西忒斯②）共同构成了莎士比亚的存在投影（existential projection）③或镜像化身，并以不同的声部和灵魂面向代他表意发声，即如柏拉图通过“苏格拉底”的启蒙——它常被比拟为巫师（φαρμακός）的祝祷或灵

① 弗莱认为《特与克》“这部戏关于我们”（Northrop Frye: *The Myth of Deliverance: Reflections on Shakespeare's Problem Comedies*, Toronto: University of Toronto Press, 1993, p. 85），所言甚是。事实上，这个“我们”首先包括了自我而作（*actor*）或自我献祭–净化（φαρμακός）的莎士比亚本人。参见其《十四行诗集》最后两首“阿纳克里翁式”（Anacreontic）十四行诗：“a seething bath, which yet men prove / Against strange maladies a sovereign cure”，“I, sick withal, the help of bath desired, / And thither hied, a sad distempered guest, / But found no cure”（153: 7–8 & 11–12）；“a bath and healthful remedy / For men diseased; but I, my mistress' thrall, / Came there for cure”（154: 12–13）：在这里也就是诗人的最后发言中，同样出现了爱欲疾病（性病）和病人及其净化/治疗——或者说是放弃治疗和无可救药——的意象。

② 或许应该说首先是忒耳西忒斯。即如哈罗德·布鲁姆所见：“如果我们在本剧中能相信什么人，那他一定是忒耳西忒斯。”（*Shakespeare: The Invention of the Human*, p. 332）所谓“每下愈况”，忒耳西忒斯对人性（特别是爱欲）的见解虽然卑下，但却真实：它真实地反映了莎士比亚的心声，以及这心声背后的阴暗心理和人格阴影（Shadow）。

③ 借用弗莱的说法（*Anatomy of Criticism: Four Essay*, London: Penguin Books, 1990, pp. 63–64）。

魂的巫术①——向读者释放-传达了致命与解毒的“药”(φάρμακον)。

对此启蒙/馈赠,我们该如何应答呢?——是像五幕二场最后理想幻灭的特洛伊罗斯那样心烦意乱地感谢他为我们所做的一切(V. ii. 183: Ulysses: “I'll bring you to the gates.” Troilus: “Accept distracted thanks.”),还是像潘达罗斯终场致辞时不点名提到的那个妓女一样向他发出羞愤不满的嘘声(V. xii. 52: “Some gallèd goose of Winchester would hiss”)? 这是一个需要面对也值得思考的问题。不过我们现在已经来到了语言的极限边界(limbus),那就止步于此吧:知者自知(*Othello*, V. ii. 299: “What you know, you know.”),其余尽付沉默可也(*Hamlet*, V. ii. 316: “The rest is silence.”)。

---

① 参见尼古拉·格里马尔迪:《巫师苏格拉底》,邓刚译,华东师范大学出版社,2007年,第5—7页。

第五幕
爱欲、自然与死亡

τὰ μῶρα γὰρ πάντ᾽ ἐστὶν Ἀφροδίτη βροτοῖς

一切的不理智便是凡人的“阿佛洛狄忒”①

无论怎样看,《两个高贵的亲戚》(*The Two Noble Kinsmen*, 1613/4)都是莎士比亚戏剧作品中一个十分特异的存在。首先,它是莎士比亚生前创作完成的最后一部作品(1613—1614),确切说它是莎翁与约翰·弗莱彻(John Fletcher, 1579—1625)二人合作的产物,并且后者署名在前②,后来也一直归在弗氏名下,晚至 20 世纪 70—80 年代始被纳入莎剧正典。其次,该剧直接取材于乔叟《坎特伯雷故事集》(1394)中的第一个故事——“武士的故事”(*The Knight's Tale*),后者以意大利诗人薄伽

① 欧里庇得斯:《特洛伊妇女》(*The Trojan Women*)第 989 行(《欧里庇得斯悲剧》,张竹明译,译林出版社,2015 年,下卷第 131 页)。

② E. K. Chambers: *William Shakespeare: A Study of Facts and Problems*, Vol. I, Oxford: Clarendon Press, 1963, pp. 528-529.

丘(Giovanni Boccaccio, 1313–1375)的《忒修斯纪》(*Teseida delle nozze d'Emilia*, 1340–1341)为蓝本,并可(如乔叟本人即这样认为)追溯到古罗马诗人斯塔提乌斯(Statius, 45–96 AD)的《忒拜战纪》(*Thebais*)①,而故事发生在上古时代的雅典(其中出现了神话英雄忒修斯[Theseus]和希波吕忒[Hippolyta]),是所有莎剧中叙事最为久远的两部作品之一。总而言之,《两个高贵的亲戚》不仅是莎士比亚和弗莱彻在1613—1614年间个人合作的结晶,同时也是从斯塔提乌斯(姑且不论他祖述的古希腊前辈诗人,如荷马、《忒拜纪》[Θηβαίς]的作者,尤其是埃斯库罗斯和索福克勒斯)、薄伽丘到乔叟、莎士比亚–弗莱彻世代接力和继而成之的产物。

于是问题产生了:我们应当如何看待这部作品?换言之《两个高贵的亲戚》在何种意义上可被视为莎士比亚的作品?作为集体书写和历史合作的产物,它究竟在多大程度上体现了莎士比亚本人的"作者之意"?我们

---

① 为此乔叟特意在《武士的故事》卷首(全诗第858—859行之间)引用了《忒拜战纪》第12卷第519—520行"Iamque domos patrias Sithice post / aspera gentis prelia laurigero, etc."("etc."代表了被省略的"subeuntem Thesea curru"及以下文字),以示出处本源(https://chaucer.fas.harvard.edu/pages/knights-tale-0)。《两个高贵的亲戚》的作者(弗莱彻)在正戏开始前宣布"众人景仰的乔叟讲述了这个故事"(Prologue 13:"Chaucer, of all admired, the story gives"),用意正同。作者在开场时"自报家门",莎剧中仅有两例:此是一例,另一例见于《辛白林》(1610),此不具论。按:本文引用莎剧(包括场次、分行、拼写和标点)皆据新牛津本(*The New Oxford Shakespeare: Modern Critical Edition: The Complete Works*, edited by Gary Taylor, John Jowett, Terri Bourus, Gabriel Egan, Oxford University Press, 2016),以后不再单独注明。

在这部作品中看到的是否更多是福柯所谓“作者功能”的在场或现代学术意识形态-话语权力的运作(及其实现)?即便我们出于直觉或理性的本能而接受或认同作者的先验存在,我们在《两个高贵的亲戚》中是否更多发现了作者——至少两位作者——意图与风格的差异-紧张(甚至是断裂)而非和谐统一?

回答上述问题实非本文所能胜任,亦非本文的研究意向或问题意识之所在。相反,本文尝试提出并讨论这样一个问题:如果我们接受《两个高贵的亲戚》已经纳入莎剧正典(尽管有些勉强)这一既成事实,同时承认“作者意图是意义的保障”,或者说“阐释一部作品,便是在假设该作品与一个意图相呼应,或者该作品是人的精神产物”①,那么我们应当如何理解这部“作者戏剧”(仿照“作者电影”的说法)而进一步证成其文学性与艺术价值?无论如何,这不仅是文本的邀请和召唤,也是阅读的意义和责任,甚至是一项存在的挑战和冒险。

单就解读者与其解读对象的“审美距离”或相对关系而言,人们观察或阐释文本的方式主要有两种:一种是“细读”(close reading),一种是“远观”。前者以英美新批评和解构主义批评为代表,后者以神话原型批评和结构主义批评为代表。作为“新批评”的继承-批判者,“解构主义也是一种细读的模式”②——“解构”的力量来自

---

① 安托万·孔帕尼翁:《理论的幽灵:文学与常识》,吴泓缈、汪捷宇译,南京大学出版社,2020年,第86页、第87页。

② 保罗·弗莱:《文学理论》,吕黎译,北京联合出版公司,2017年,第84页。

细读,而其弊端也在于细读,即如伊格尔顿(Terry Eagleton)所说:

> 就德里达这一类思想家而言,更为恰当的指控也许是他读书太过仔细——他与作品贴得如此之近,一丝不苟地探究作品的细微特征,以至像从过近的距离观看油画作品一样,油画就成了线条和色块的组合。其他许多解构主义作家也是如此。[①]

无独有偶,诺斯罗普·弗莱(Northrop Frye)在阐述他本人主张和实践的神话原型批评方法时,同样也以观赏画作为例指出:"在看一幅画时,我们可以站在近处观看运笔和调色的细节",也可以站后观看,而"我们越往后站,就越能意识到它的整体布局(organizing design)";与之同理,"在文学批评中,我们[也]经常需要'向后站'来观察作品的原型构成(archetypal organization)"或"神话位移"[②]。即如弗莱"后站-远观"所见,文学乃是原始"神话"通过"位移"(displacement)构成的四相(phases)或"原型"的四种程式(mythoi),分别对应春、夏、秋、冬四季,即喜剧(comedy)、传奇(romance)、悲剧(tragedy)、反讽与讽刺(irony and satire)[③]。受到弗莱的启发,海登·怀特(Hayden White)也

① 伊格尔顿:《理论之后》,商正译,商务印书馆,2009年,第89—90页。

② Northrop Frye: *Anatomy of Criticism: Four Essays*, London: Penguin Books Ltd, 1957, p. 140 & pp 136–137.

③ Northrop Frye: *Anatomy of Criticism*, p. 162 ff.

提出了“元史学”(metahistory)或历史叙事学的四种基本“情节结构”(plot-structures)或“编排方式”(emplotment),分别是(怀特在此调整了前两者的位置,使之更加合理)传奇(以米什莱的历史叙事为代表)、喜剧(以兰克的历史叙事为代表)、悲剧(以托克维尔的历史叙事为代表)和讽刺(以布克哈特的历史叙事为代表)①。

弗莱和怀特的理论——前者将文学视为神话程式或“情节类型”(generic plots)的演变更替②,而后者将历史视为叙事的“技巧”或艺术③——为我们解读《两个高贵的亲戚》的戏剧主题和结构提供了方便适用的观察视角与操作平台。

法国学者勒内·基拉尔(René Girard)曾经断言:“莎剧的内在历史就是欲望本身的历史。”④这句话也完全适用于《两个高贵的亲戚》,只要(甚至并不需要)我们把这里所说的“欲望”理解为爱欲。《两个高贵的亲戚》的主题无疑是爱欲——广义的爱欲,即异性和同性之间的爱和友谊⑤:在该剧中,有八对情人爱侣(兼用其古典

---

① Hayden White: *Metahistory: The Historical Imagination in Nineteenth-Century Europe*, Johns Hopkins University Press, 1979, pp. 8–9. Hayden White: *The Fiction of Narrative: Essays on History, Literature, and Theory*, Johns Hopkins University Press, 2010, p. 124.

② Northrop *Frye*: *Anatomy of Criticism*, p. 162.

③ Hayden White: *The Fiction of Narrative*, p. 317.

④ 勒内·基拉尔:《莎士比亚:欲望之火》,唐建清译,南京大学出版社,2021年,第57页。

⑤ 奇怪的是,阿兰·布鲁姆(Allan Bloom)在他专门研究爱与友谊问题的著作(*Love and Friendship*, New York: Simon & Schuster, 1993)——特别是本书的第二卷《莎士比亚与自然》(Shakespeare and Nat- (转下页注)

与现代涵义)或隐或显地现身说法,向观众演示了这一主题的“位移”或变形。

这八对爱人中尚不包括第1幕第1场里出现的三位王后①:她们的夫君在忒拜战死后被暴君曝尸荒野不得安葬,她们为此来到雅典向忒修斯求助,请他出兵主持公道。此时忒修斯正与他的爱人阿玛宗女王希波吕忒举行婚礼,三位王后的到来——不是作为雅典的盟友或爱人,而是作为带来死亡消息和战争邀请的客人和祈愿者——打断了这一神圣的进程②,并引发了后来的故事

(接上页注)ure),他在此集中讨论了《罗密欧与朱丽叶》《安东尼与克里奥佩特拉》《一报还一报》《特洛伊罗斯与克瑞希达》《冬天的故事》《亨利四世》第一部、《亨利四世》第二部这七部莎剧——中,对《两个高贵的亲戚》未着一词。与之相似,基拉尔在他专门研究莎士比亚笔下人物的“欲望”——确切说是“摹仿的欲望”(mimetic desire):在他看来,这一心理现象“揭示了莎士比亚戏剧的戏剧连续性及其主题连续性”(《莎士比亚:欲望之火》,导论第2页、第5页)——问题的著作中,同样对《两个高贵的亲戚》未发一言。他们的沉默(无论有意无意)或许情有可原,但是总归令人遗憾。

① 不包括弗拉维娜(Flavina)、内廷总管的女儿(III. iii. 29)、掌礼大臣的妹妹(III. iii. 36)、村姑希斯莉(III. v. 45)等未出场人物,《两个高贵的亲戚》一剧中出现了三位宁芙仙女、希波吕忒、伊米莉亚、三位王后、狱守的女儿、伊米莉亚的侍女、五位村姑(Nell, Friz, Maudlin, Luce, and Barbary)等15名女性角色,特别是在第1幕第1场和第3幕第5场中均有八名女性角色——根据当时演出惯例,她们由未经变声的少男扮演——同台表演(因此不会出现为节省人力而一人分饰二角或多角的情况),堪称莎剧之最。不知剧作者为何安排这许多女性人物出场,也不知当时剧团如何罗致来这许多少年演员?

② Cf. I. i. 171-174: Theseus: “This is a service whereto I am going, / Greater than any war—it more imports me / Than all the actions that I have foregone, / Or futurely can cope.” 我们在剧中看到婚姻之神许门(Hymen)亲自为他们主婚,这一点也证实了忒修斯与希波吕忒联姻的神圣性和神话性:雅典国王和阿玛宗女王、英雄和女杰的婚姻正是人类婚姻的一个典范原型(确切说是这一原型的戏剧再现)。

(μῦθος),这就是爱欲——作为人类生活的一个中心原型和神话原则——的“四季”循环与自然变形。

春天的故事

让我们从“春天”说起。忒修斯应众人之请率先出征忒拜,他的挚友庇里托俄斯(Pirithous)代他完成典礼后也紧随而去。希波吕忒和伊米莉亚姐妹出城为他送行,然后相偕还家。在返回途中,希波吕忒情不自禁地赞叹忒修斯和庇里托俄斯二人之间的友情(I. iii. 41-47):

> 他们的友爱(love)是那样真挚和长久,仿佛巧手编织盘绕的同心结,可能磨损,却永远不会松散。就算忒修斯把自己的心(conscience)剖成两半,要他平心而论说更爱哪个,我想他本人也难以判断。①

听到这一评论,伊米莉亚机智地插话说:“但他毫无疑问有更爱的人,而这个人没有理由不是你。”(47-49)接着她若有所思地回忆起自己少女时代的一位同龄玩伴(playfellow),两人交情至好,可惜她十一岁上就去世了。希波吕忒也记得此人:“那是弗拉维娜(Flavina)。”“是

① 根据孙法理译文(《莎士比亚全集》,第7卷,译林出版社,2013年,第395页),笔者略有改动。下文征引如有类似情况不再特别注明。Cf. IV. i. 13-14: Friend: “Pirithous— / Half his own heart” etc.

的”,伊米莉亚马上承认,并随即比较了她们的友爱与男性友爱(如忒修斯和庇里托俄斯)的不同:“你谈到了庇里托俄斯和忒修斯的友爱。他们的爱更有基础,更为成熟,也更加理智”,“而我和她”——说到这里她不禁黯然神伤,同时陷入了幸福的回忆——“则是两个天真的小东西(things innocent)”,不知其然却自然而然地相爱(61-62:“Loved for we did, and like the elements, / That know not what, nor why”),二人心意相通,生活中也多有默契(她在此特别说到穿衣打扮和唱歌的例子),可以说“少女间的真爱超过了男女之爱”(81-82:“the true love ’tween maid and maid may be / More than in sex dividual”)——伊米莉亚就此结束了她的回忆和发言(49-82)①。

希波吕忒(她显然很了解自己的妹妹)“闻弦歌而知雅意”,于是打趣道:“你讲得气喘吁吁,无非是要说你将和弗拉维娜那个姑娘一样,不会爱上任何男人吧。”(82-85)伊米莉亚当即表态:“我肯定不会。”希波吕忒——她现在是忒修斯的新娘,对爱情和婚姻(包括伊米莉亚所

---

① 伊米莉亚在此所说的“少女之恋”亦见于莎士比亚的早期和中期喜剧,如《仲夏夜之梦》(1595)中海伦娜(Helena)与赫米娅(Hermia)的“姐妹之盟”(III. ii. 199-215:“The sisters’ vows” & “All schooldays’ friendship, childhood innocence” etc.)和《皆大欢喜》(*As You Like It*, 1599)中西莉亚和罗瑟琳之间的感情(I. ii. 221-222: Le Beau: “whose loves / Are dearer than the natural bond of sisters” & I. iii. 62-65: Celia: “We still have slept together, / Rose at an instant, learned, played, eat together, / And wheresoe’er we went, like Juno’s swans, / Still we went coupled and inseparable.”),可以说构成了一个隐含的母题。

说的少女间的“纯真之爱”)自有不同的见解——认为这是一种病态的想法:“软弱的妹妹,尽管你很自信,我却不相信你说的话,就像我不相信病人的胃口一样:他想吃东西,却又不肯吃。”(87–91)接着她把话题转向了“高贵的忒修斯”(I. iii. 94:“the all-noble Theseus”):“我要进去为他祈祷了”(既然“你没有说服我挣脱他的臂膀”),“我很确信在他心中占据王座的那个人是我”——她在此特意使用了“we”这一王者专属的自称方式(别忘了她可是阿玛宗人的女王!)——“而不是他的庇里托俄斯。”(92–97)伊米莉亚兀自不服:“我不反对你的信念,但我坚持我的想法。”(97–98)希波吕忒对此不再回应。她们的谈话——这也是她们在剧中唯一一次私密的谈话——就这样不了了之地结束了。

谈话结束了,可是问题依然存在,甚至因其看似无解越发突显:什么是真正的爱(true love)?伊米莉亚认为是少女间的纯爱(尽管她也提到两人“初隆的双乳”[66–70]这一感性和情色意象,有论者指出它暗示了当事人“性欲主体性”[sexual subjectivity]的早期萌芽①):如其所说,它“超过了男女之爱”;换言之,她和弗拉维娜的少女之恋才是“真正的爱”,异性之间的爱情(以及婚姻)不过是它的偏离和下降,或是不得已而退求其次的选择。与之相反,希波吕忒认为(我们注意到,她是在

① Robert Stretter:“Flowers of Friendship:Amity and Tragic Desire in *The Two Noble Kinsmen*,” in *English Literary Renaissance*, Vol. 47, No. 2 (Spring 2017), p. 287.

同时作为处女和新娘这一特殊人生时刻和重要时间节点做出这一判断的)这是一种幼稚的和病态的爱欲表现,忒修斯和庇里托俄斯之间的友谊——作为男子之爱的光辉典范——则不然,同时她和忒修斯的爱情(伊米莉亚所谓的"男女之爱")在对方心中占据了更高的位置,事实上是最高的位置——正是在这里,我们发现了"真正的爱"。

从这一位置或视角反观伊米莉亚和弗拉维娜的少女之恋,后者显然是一种非自然的爱欲表现。它是幼稚的和青涩的,没有前景,无法结果,并将迅速凋谢——弗拉维娜的早逝即象征了它的命运。另一方面,弗拉维娜虽然死去,一如早春消息:"林花谢了春红,太匆匆!"但她继续作为爱人活在伊米莉亚的心中,并在她们"此情可待成追忆"的二人世界中占据了最高的位置,以至于成为后者自我想象(包括她对爱情的想象)的一个原型:在弗拉维娜身上,伊米莉亚看到了自己(弗拉维娜只是她的一个虚拟影像或"另一自我"),而且也只看到了自己。

这不由让我们想起古代那喀索斯(Narcissus)的传说。在西方神话中,美少年那喀索斯因迷恋自身在水中的倒影而变身为水仙(narcissus)①,于是水仙代表了人类的自恋情结(Narcissism)或自我指向的爱欲。伊米莉亚可以说是另一个那喀索斯——后来她和侍女在花园中("花与少年"或"花园中的少女"是一个传统而经典的春

① Cf. Ovid: *Metamorphoses*, Book III. 351-508.

天隐喻和象征意象①)赏花时讥讽那喀索斯的自恋即变相承认了这一点(II. ii. 120–121):“它曾是个漂亮的男孩,但他是个傻瓜,居然爱上了自己。难道女孩子不够多吗?”继而她又赞美“一切花中最美的玫瑰”(135–136:“Of all flowers / Methinks a rose is best”),认为它代表了贞洁的少女(137:“It is the very emblem of a maid” etc.),也就是她本人的自我认同(V. i. 31–32:Emilia:“I a virgin flower / Must grow alone, unplucked.”)。我们看到,一如希波吕忒欣赏男子间的同性友爱而否定少女间的同性友爱(难道二者的区别就是成熟和幼稚、健康和病弱、优越和低劣、一言以蔽之就是男性和女性之间的区别?),伊米莉亚讽刺水仙而赞美玫瑰也多少显得有些自相矛盾:她和那喀索斯难道不都是不明智地爱上了自己的影子或者镜像吗?

正如那喀索斯因为爱上自己的影子而导致了自我的

---

① 在乔叟的讲述中,伊米莉亚(Emelye)即常以寓示青春和爱欲的绿色形象或伴随意象出现,如“That Emelye, that fairer was to sene / Than is the lylie upon his stalke grene”(LL. 1035–1036)、“And eek the gardyn, ful of braunches grene, / Ther as this fresshe Emelye the shene / Was in hire walk”(LL. 1067–1069)、“Emelye, clothed all in green”(L. 1686)、“A coroune of a grene ook cerial / Upon hir heed was set ful fair and meete”(LL. 2290–2291)等等(https://chaucer.fas.harvard.edu/pages/knights-tale-0)。莎士比亚-弗莱彻笔下的伊米莉亚也是如此:例如在据信出自莎士比亚手笔的第三幕第一场中,阿赛特将伊米莉亚称为五月节的“女王”(III. i. 2–7:“This is a solemn rite / They owe bloomed May, and the Athenians pay it / To th' heart of ceremony. O, Queen Emilia, / Fresher than May, sweeter / Than her gold buttons on the boughs, or all / Th' enamelled knacks o' th' mead or garden”)也就是春天的象征和化身,即为互文旁通的文字证明。

异化和消亡，伊米莉亚也因迷恋“少女弗拉维娜”这一自我镜像而遭遇了同样的命运。特别是当希波吕忒直言相告她所认为的“真爱”不过是一种病态的执念时，尽管她现场回之以“我不反对你的信念，可我继续坚持我的想法”，但她似乎也意识到了自己的问题，并由此（如果她确实“不反对”希波吕忒的“信念”，即异性之间的爱情和婚姻比少女之恋更加成熟和自然，因此也更为可取和值得效法）陷入了自我意识和爱欲理想的双重危机——同时也是自我反思和成长的契机或生机。

夏天的故事

根据弗莱的意见，传奇在所有文学形式中最接近“愿望实现的梦幻”（wish-fulfilment dream），经常表现为欲望主体对“力必多的满足”的追求①。而在海登·怀特的分析中，传奇式历史叙事（例如米什莱的《法国革命史》）旨在“认同、复活和重新体验整个过去”②。我们看到，伊米莉亚对“少女间的真爱”和“弗拉维娜镜像”的认同、追忆与想象正是这样一种梦幻或传奇叙事。现在她从梦中醒来了，并开始走向人生的下一个阶段，而这将是爱欲的喜剧，也就是夏天的故事。

但是现在喜剧的主角还不是她（事实上直到本剧结

---

① Northrop *Frye*: *Anatomy of Criticism*, p. 186 & p. 193.

② Hayden White: *Metahistory*: *The Historical Imagination in Nineteenth-Century Europe*, p. 149.

束——甚至是结束之后——她才真正进入角色)，而是另有其人，这就是她的姐姐希波吕忒和姐夫忒修斯以及后者的挚友庇里托俄斯这一三人组。

在古希腊神话中，忒修斯是雅典城邦的创建者和首任国王，而庇里托俄斯是他的忠诚友伴(ἑταῖρος)，一如帕特洛克罗斯(Patroclus)之于阿喀琉斯(Achilles)、皮拉德斯(Pylades)之于奥瑞斯忒斯(Orestes)，并且是他们共同的榜样(同时他们又都以吉尔伽美什[Gilgamesh]与恩启都[Enkidu]为共祖原型)——在《奥德赛》第11卷即著名的“招魂”(Νέκυια)卷中，奥德修斯自述祭奠亡灵经过，最后遗憾地说到他本来想等候忒修斯和庇里托俄斯等“古代英雄”出现，却因自己恐惧死亡(这时有无数亡灵向他啸聚涌来)而放弃了①。忒修斯和庇里托俄斯生前同心协力，一起杀死怪物和抢劫女人——例如阿里阿德涅(Ariadne)②、阿玛宗女王希波吕忒(不错，就是《两个高贵的亲戚》中的希波吕忒)、海伦(Helen)，甚至是冥王的夫人佩尔塞福涅(Persephone)③，并因此羁留阴间而无法生还——根据维吉尔在《埃涅阿斯纪》第6卷中的讲述(他在此效仿荷马并试图超越这位伟大的前

---

① *The Odyssey*, 11. 628 - 635："μένον ἔμπεδον, εἴ τις ἔτ᾽ ἔλθοι / ἀνδρῶν ἡρώων, οἳ δὴ τὸ πρόσθεν ὄλοντο. / καί νύ κ᾽ἔτι προτέρους ἴδον ἀνέρας, οὓς ἔθελόν περ, / Θησέα Πειρίθοόν τε, θεῶν ἐρικυδέα τέκνα etc. Cf. Virgil: *Aeneid*, 6. 393-394: "Thesea Pirithoumque, dis quamquam geniti" etc.

② *The Odyssey*, 11. 322-324.

③ Plutarch: *Parallel Lives*, *Life of Theseus*, XXVII-XXXI.

辈),入冥后的埃涅阿斯在九幽之地(Tartarus)望见"不幸的忒修斯坐在那里,并且得永远坐着",而庇里托俄斯和他的父亲伊克西翁(Ixion)则"头上悬着一块随时会坠落的巨石",始终处于饥饿和恐惧之中①。忒修斯和庇里托俄斯二人生死相与,真乃永恒的"好合之友"(felix concordia,奥维德曾以此形容他们的友谊②)了!

在他们的友爱关系和生存格局中,希波吕忒只是一个后来者和外来者,甚至是被征服的对象。我们知道,希波吕忒是阿玛宗(Amazons)的女王,而"阿玛宗"意为(如荷马所说)"男性之敌"(ἀντιάνειραι)③、(如阿斯库罗斯所说)"仇视男性者"(στυγάνορ')④或(如希罗多德所说)"杀男人者"(ἀνδροκτόνοι)⑤;作为"最令人畏惧的阿玛宗"战士(如《两个高贵的亲戚》第一场中向她求助

---

① *Aeneid*, 6. 617-618 & 601-607. 关于庇里托俄斯和伊克西翁的父子关系(荷马并未明言这一点),参见奥维德《变形记》第 8 卷(566 & 614)、第 12 卷(227 & 359)等处。

② Ovid: *Metamorphoses*, 8. 303: "et cum Pirithoo, felix concordia, Theseus" etc. Cf. 8. 405-406: "Cui ' procul ' Aegideso ' me mihi carior" inquit / "pars animae consiste meae!' "根据其他记载,忒修斯后被赫拉克勒斯(海格力斯)解救回到雅典(Euripides: *Heracles*: 619-621: "Θησέα κομίζων" & "βέβηκ' Ἀθήνας" etc. Seneca: *Hercules Furens*, 592-829, esp. 804-806: "extimuit sedens / 805uterque solio dominus et duci iubet; / me quoque petenti munus Alcidae dedit"),庇里托俄斯则永留地府:他们的友爱还是被死亡战胜了。

③ *The Iliad*, 3. 189: "ἦλθον Ἀμαζόνες ἀντιάνειραι" & 6. 186: "τὸ τρίτον αὖ κατέπεφνεν Ἀμαζόνας ἀντιανείρας"

④ Aeschylus: *Prometheus Bound*, 724: "Ἀμαζόνων στρατὸν ἥξεις στυγάνορ'".

⑤ Herodotus: *The Histories*, 4. 110. 1. 希罗多德:《历史》,王以铸译,商务印书馆,2013 年,第 307—308 页。

的王后所说），希波吕忒“几乎使所有男性成为女性的俘虏”（I. i. 77–81）。在某种意义上，忒修斯（和庇里托俄斯）对阿玛宗人的战争代表了男性对女性的征服，而他最后迎娶阿玛宗女王希波吕忒则是以“合二姓（同时也是两性）之好”的喜剧形式象征和升华了这一胜利。这是人类文明史上一次划时代的进步，即如巴霍芬（Johann Jakob Bachofen, 1815–1887）在回顾评论这一神话事件时所说：“忒修斯代表的是父权制国家，阿玛宗代表的是母权制国家”，而“忒修斯打败了阿玛宗人，她们愉快地、心甘情愿地走进了婚姻生活”，这代表了父权的胜利和性爱的革命，“人类从此进入了一个新时代”，即合法婚姻（一夫一妻制）和正常人伦秩序（阿波罗精神或理性原则）胜出的时代①。

我们在《两个高贵的亲戚》开幕时看到的盛大庆典——雅典国王忒修斯和阿玛宗女王希波吕忒的婚礼——即是对此历史事件或神话原型的喜剧再现与当下重演。虽然这一仪式被打断，致使忒修斯中途缺席，但它通过庇里托俄斯——忒修斯的分身自我（alter ego）或者说另一个忒修斯——主持完成而见证了希波吕忒从阿玛宗女王到忒修斯王后的身份转变。事实上，她从一开始就（借用巴霍芬的话说）“愉快地、心甘情愿地”接受了这一新的身份——例如她在婚礼上以新娘的身份劝说忒修

---

① 巴霍芬：《母权论》，孜子译，生活·读书·新知三联书店，2018 年，第 140—142 页。

斯出征忒拜(I. i. 186–199)，再如她衷心赞赏忒修斯与庇里托俄斯二人之间生死与共的友情，同时坚信忒修斯对她的爱更超过了前者——而未表现出任何犹豫或不适。

这一切都显得十分自然，仿佛是生来如此，或是习与性成。但这怎么可能？——不要忘了她可是阿玛宗女王！阿玛宗人是骁勇桀骜的女战士，用希罗多德笔下一位阿玛宗人的话说，"我们射箭、投枪、骑马，从没学过女人家的事务"①；希波吕忒想必也是如此，甚至更加突出——她在剧中有一次(也仅此一次)"偶尔露峥嵘"地宣称"我们曾经是战士"云云(I. i. 18："We have been soldiers" etc.)，即足以说明问题。

我们很好奇她是如何做到这一点的——如此(看似)顺利和自然地完成从战士–女王到俘虏–人妻的身份转换和心理(特别是爱情心理)过渡？她是否也有(过)自己深爱的"弗拉维娜"或"庇里托俄斯"？她们后来命运如何？如果没有来自男性世界的武力征服和婚姻介入，这些女性爱人之间将有怎样的爱欲传奇和人生故事？对于这一切，希波吕忒都保持了意味深长的沉默：她仿佛是已经渡过生命之河的旅人，不愿再回顾对岸/往日世界的记忆遗蜕。甚至当伊米莉亚动情地回忆起她在生命早春时节的初恋往事时，希波吕忒也显得波澜不惊，并成功地将话题转向她和忒修斯(以后者与庇里托俄斯"真挚

---

① Herodotus：*The Histories*, 4. 114. 3. Cf. Strabo：*Geography*, 11. 5. 1.

而长久”的男性之爱为平行参照）的爱情。她告诉妹妹（同时也是告诉自己）“我很确信在他心中占据王座的那个人是我而不是他的庇里托俄斯”（I. i. 95–97）——正如她（曾）是阿玛宗人的女王，她也（将）是自己像夏日一样热烈璀璨的爱情世界中的女王。

希波吕忒相信自己的婚姻和爱情生活（将）是一部喜剧[①]。果其然乎？我们对此不能无疑。在《威尼斯商人》（1596）最后一幕中，罗兰佐（Lorenzo）和杰西卡（Jessica）这对爱人在贝尔蒙特（Belmont，直译“美丽山”）的月夜下情话绵绵（V. i. 1–22）：

罗兰佐 多么明亮的月光啊！正是在这样一个夜晚，微风亲吻着树枝，听不到任何声响，我好像看见特洛伊罗斯（Troilus）登上了特洛亚的城墙，朝着克瑞西达（Cressida）栖身所在的希腊营帐方向，发出了灵魂深处的叹息。

杰西卡 正是在这样一个夜晚，提斯柏（Thisbe）心

---

① 黑格尔认为“喜剧的一般场所就是这样一种世界：其中人物作为主体使自己成为完全的主宰”而享有“无限安稳的主体性”（《美学》第三卷下册，朱光潜译，商务印书馆，2014年，第290页）。海登·怀特亦以兰克的历史写作为例指出：喜剧型历史叙事将历史描述为一种“通过建立真正和平的社会秩序而使冲突得到解决”的过程或运动，在此历史被想象成“一个空间的或共时性的结构，换言之历史将在一整套关系结构（an achieved system of relationships）中发展变化（而不是走向终结），但这一关系结构或规则体系本身不再有任何变化（Hayden White：*Metahistory*：*The Historical Imagination in Nineteenth-Century Europe*，p. 177 & p. 168）。本文所说的“喜剧”包括了上述两种含义。

惊胆战地踩着露水去和情人幽会,却看见一头狮子的身影,吓得赶紧逃走。

罗兰佐　正是在这样一个夜晚,狄多(Dido)站立在辽阔的海滨,手持柳枝召唤她的爱人回到迦太基。

杰西卡　正是在这样一个夜晚,美狄亚(Medea)采集了有魔力的仙草,让年迈的埃宋(Aeson)重返青春。

罗兰佐　正是在这样一个夜晚,杰西卡从那个有钱的犹太人家里逃走,跟着一个多情的爱人从威尼斯来到了贝尔蒙特。

杰西卡　正是在这样一个夜晚,年轻的罗兰佐发誓说他爱她,用许多忠诚的誓言偷走了她的灵魂,却没有一句话是真的。

罗兰佐　正是在这样一个夜晚,美丽的杰西卡像个小泼妇一样诋毁她的情人,可是对方原谅了她。

不知是有意还是无心,罗兰佐和杰西卡在这里先后提到特洛伊罗斯与克瑞西达、皮拉摩斯(Pyramus)与提斯柏、埃涅阿斯(Aeneas)与狄多、伊阿宋与美狄亚这四对著名的古代情侣,而他们的爱情最后都以悲剧收场。如果不是这时有人(Lancelot)来,他们的谈话还将继续下去(23-24: Jessica: "I would out-night you, did nobody come" etc.),而那时他们一定会说到忒修斯——根据古人记述,忒修斯曾抢劫(包括诱拐)佩里居妮(Perigune)、艾格勒(Aegle)、安提欧佩(Antiope)、阿里阿德涅、费德拉(Phaedra)、阿纳克莎(Anaxo)、佩里波俄娅(Periboea)、菲瑞波俄娅(Phereboea)、伊奥佩(Iope)、海伦等多名女性,或是与之发生关系后将她们抛弃①,甚至是杀妻另娶②——其行为之恶劣,就连为他作传而多有美化的普鲁塔克(Plutarch)也不得不皮里阳秋地指出“关于忒修斯的婚姻”或者说风流韵事(尽管它们当初很可能被视为彰显男性力量和冒险精神的英雄事迹)“还有许多传说,其始并不审慎,而其结局亦非幸运”(*Life of Theseus*, XXIX)③云云,堪称始乱终弃的典型代表。

现在我们回到《两个高贵的亲戚》。忒修斯对希波吕忒的爱——虽然目前显得十分真挚,并得到了神圣婚姻的认证加持——会从一而终吗？希波吕忒将来是否也会像狄多、阿里阿德涅这些女性一样被爱人冷落、遗弃而抱恨终天？如果她(无论是事先还是事后)知晓忒修斯的这些事迹,她还会相信他们的爱情并认为自己是——永远是——他的最爱吗？我们对此不得而知,但有一点可以

---

① Plutarch: *Life of Theseus*, VIII, XX, XXVI, XXIX & XXXI. Cf. *A Midsummer's Night's Dream*, II. i. 77-80: Oberon: “Didst not thou lead him through the glimmering night / From Perigouna whom he ravishèd, / And make him with fair Aegles break his faith, / With Ariadne and Antiopa?”

② 相传他为娶费德拉(阿里阿德涅的姊妹)而杀死了他的妻子和阿玛宗女王安提欧佩(Cf. Seneca: *Phaedra*, 226-227: “Immitis etiam coniugi castae fuit: / experta saevam est barbara Antiope manum.” 927: “icta nostra cecidit Antiope manu” etc.)。

③ Plutarch: *Parallel Lives*, with an English translation by Bernadotte Perrin, Volume I, London: William Heinemann Ltd, 1967, p. 66.

肯定：如果忒修斯——只要他是忒修斯——继续他的性爱冒险（这已经成为他在世生存和自我实现的一种方式①），那么希波吕忒将面临她的第二次死亡：在剧情开始之前或之初，她已经经历了一次死亡（同时也是新生），即从阿玛宗战士和女王（生命的春天）到忒修斯妻子和雅典王后（人生的盛夏）的身份转变；而在本剧结束之后或之外的时间里，她将面对新的人生挑战和变故，而这将是她的生命之秋和爱情的凋落（fall）——尽管在此之前，或者说在过去发生和未来悬临的两次死亡之间，她自认为享有完美的婚姻和爱情：在她的憧憬和想象中，这是一个阳光灿烂的喜剧世界，而她则是这个世界的唯一女主。

秋天的故事

《两个高贵的亲戚》的标题主人公——帕拉蒙（Palamon）和阿赛特（Arcite）这对兄弟和挚友的因爱成仇、生死决斗和（其中一人的）不幸身亡构成了该剧的悲剧"情节结构"和爱欲主题的秋天变奏②。

---

① 就此而论，我们可以将忒修斯其人（以及宙斯、海格力斯、伊阿宋等）视为后世"唐璜"这一人物形象——同时也是人类自我心像——的古典预表和早期原型。

② 弗莱在《批评的解剖》正文第三部分"原型批评：神话理论"中论述"秋天的情节结构：悲剧"（The Mythos of Autumn: Tragedy）问题时指出："在完全的悲剧中，主要人物从梦幻中解放了出来，而这种解放因为自然秩序的存在，同时又是一种限制。"（*Anatomy of Criticism*, pp. 206–207）弗莱在此所说的"自然秩序"（the order of nature）即天道好还的"正义"（dike as *lex talionis* or revenge）或事物的"实际所是和不得 （转下页注）

法国学者基拉尔在论述"摹仿欲望与怪物分身"问题时特别指出"在悲剧中,一切都在转换"或"反转",而不是现代人认为的"对立"①——《两个高贵的亲戚》中以帕拉蒙和阿赛特为双主角(他们因此互为镜像分身)的爱欲悲剧或秋天故事即是如此。他们起初是志同道合的兄弟和亲密无间的朋友②,仿佛伊米莉亚和弗拉维娜的青年-男性版,又像是年轻时代的忒修斯和庇里托俄斯;而当他们兵败被俘身陷囹圄后,他们更是形成了绝望的友爱共同体,甚至将他们失去自由和希望的生存状态——或者说被迫的与仅有的人类共同生活——视为真正的幸福(II. ii. 55–95):

> 帕拉蒙　表弟,我们落得同样的命运,这是一大好事。千真万确,让两个高贵躯体中的两个高贵灵魂一起忍受命运的折磨吧,这样他们便可共同成长而永远不会堕落,即便有此可能,也断不会发生。(63–67)

(接上页注)不然"(id, p. 208)。另一方面,根据海登·怀特的分析,悲剧型历史叙事(以托克维尔为代表)指示了生活在既定人类境况中的人类的无奈:它们是永恒的存在,我们无法改变它们,而是必须与之共存,在其中劳作并(如悲剧英雄努力反抗的结果所揭示的那样)终归失败(*The Fiction of Narrative*, p. 9)。本文所说的"悲剧"兼有上述两重涵义。

① René Girard: *Violence and the Sacred*, translated by Patrick Gregory, Baltimore: The Johns Hopkins University Press, 1979, pp. 149–150.

② Cf. I. ii. 1–2: Arcite: "Dear Palamon, dearer in love than blood, / And our prime cousin" etc. III. vi. 94: Palamon: "Thou art mine aunt's son" etc.

阿赛特　这样在一起，我们都是对方的最大财富：我们是彼此的妻子，不断有新的爱产生；我们互为父亲、朋友和家人；我是你的子嗣，而你是我的后代；这个地方就是我们继承的家业，任何严厉的压迫者都不敢把它从我们这里夺走。只要有一点坚忍，还有爱，我们便可在此长相厮守。(78–86)

帕拉蒙　我想我们的友谊永远不会消逝。

阿赛特　是的，至死不渝。而且就是死了，我们的灵魂也会永远相爱。(114–117)

就在这时，他们隔窗望见花园中的伊米莉亚并立即对她产生了强烈的爱情，而他们方才激情表白的兄弟情谊和朋友之爱也在一瞬间化为乌有——不，是转化成了刻骨铭心的仇恨(161–180)：

帕拉蒙　是我先看到她的。

阿赛特　这不算什么。

帕拉蒙　但这很重要。

阿赛特　我也看见她了。

帕拉蒙　没错，但是你不能爱她。

阿赛特　我不会像你一样把她当成天仙来崇拜！我是把她当成女人来爱和享受的——因此我们俩个人都可以爱她。

帕拉蒙　你绝不可以爱她。

阿赛特 绝不可以——谁能否认我的权利?

帕拉蒙 我——因为我最先看到她,最先用我的眼睛占有了她向世人展示的美貌。如果你也爱她,或是存心阻挠我的希望,你就是个叛徒,和你对她的宣称一样虚伪。如果你还想着她,我就和你断绝友谊、亲情和一切关系!

阿赛特 没错,我爱她,就算豁出性命也要爱她。我用我的灵魂来爱她——如果这样做会失去你,帕拉蒙,那就再见吧!

他们的友爱——从灵魂到行动的一致(concordia)和共在(συνουσία)——就此陨落了。这是一个多么突兀和滑稽的反转!这一幕令我们想起莎士比亚早期喜剧《维罗纳二绅士》(*The Two Gentlemen of Verona*, 1594)——顺便说一句,这是莎剧中除了《两个高贵的亲戚》之外唯一一部以双男主("两个绅士")标题形式命名的作品——中普罗丢斯(Proteus)和瓦伦丁(Valentine)这对好友的反目①:他们也是因爱成仇,但不同于帕拉蒙和阿赛特,普罗丢斯因爱上对方女友(Silvia)而移情别恋并试图横刀夺爱,其用心之险恶、其行事之无赖,皆难当"绅士"之名。帕拉蒙和阿赛特则不然:他们是光风霁月的贵族战士(或者说"武士",如乔叟本人"时代误植"的故事标题

① Cf. *The Two Gentlemen of Verona*, V. iv. 53–54: Proteus: "In love, / Who respects friend?" & 72–73: Valentine: "O time most accursed, / 'Mongst all foes that a friend should be the worst!"

所示),虽然反目成仇,却要通过光明正大的私人决斗(而非阴谋诡计)来赢取爱情——确切说是追求爱人的权利,因为直到这时他们共同的意中人伊米莉亚尚不知情:假如她在现场听到他们最初的表白和随后的争执,她还会认为男性之间的爱"更有基础,更为成熟,也更加理智"而不是为他们的幼稚和善变而哑然失笑吗?

另一方面,伊米莉亚本人对于爱的感知和认识亦远非成熟或明智:当忒修斯宣布帕拉蒙和阿赛特将通过公开比武决定他们的生死和爱情归属(即胜者将获得伊米莉亚的爱)时,伊米莉亚最初出于不忍之心而勉强答应[①],但她随后发现"少女守贞的想法已经离我而去"(IV. ii. 46:"My virgin's faith has fled me")——因为她同时爱上了阿赛特和帕拉蒙。这是一个自我觉醒或启蒙(亚里士多德所谓"ἀναγνώρισις"[②])的时刻,同时也是一个精神分裂(黑格尔所谓"苦恼意识")的时刻,如她本人所说(IV. ii. 33–35 & 52–54):

> 唉,女人的心思(fancy)谁能认清!我是个傻瓜,我已经丧失了理智,我无法做出选择……爱情

---

① III. vi. 271–286: Theseus: "Make choice, then." Emilia: "I cannot, sir. They are both too excellent. / For me, a hair shall never fall of these men." 300–301: Theseus: "Are you content, sister?" Emilia: "Yes, I must, sir,/ Else both miscarry."

② 亚里士多德认为"发现"(ἀναγνώρισις)意谓从不知到知的"转变"(μεταβολή),而最佳的"发现"与(悲剧情节的)"突变"或"反转"(περιπέτεια)同步发生(Poetics, 11. 1452a)。

(Fancy)就像孩子一样,两个玩具一样好看,他难以决断,于是哭喊着两个都要。

她在比武前的献祭和祈祷仪式中也向狄安娜女神表达了同样的迷惑和无所适从(ἀπορία)——她知道自己在爱,但是并不知道自己应该或究竟爱谁①。甚至当阿赛特比武胜出(这等于他求婚成功)在忒修斯等人公证下亲吻她的手(这意味着他们确立了夫妻名分)时,伊米莉亚的第一反应是:“天上的神明啊,你们的慈悲在哪里?如果不是天意要求必须如此……我应该而且也愿意死去。”②这是她剧中第一次作为妻子发言,但她此时想到的不是爱情而是死亡(包括对青春-友爱陨落的哀悼和对爱情-婚姻的逃避)。

阿赛特临终前向他的挚友和爱人最后致意:“让美丽的伊米莉亚亲我一下——好。你娶她吧;我死了。”(V. vi. 93-94)比较伊米莉亚作为妻子的第一次发言和阿赛特的临终遗言,我们发现死亡(确切说是死亡的暴

---

① V. iii. 14-18: “A husband I have 'pointed, / But do not know him. Out of two, I should / Choose one and pray for his success, but I / Am guiltless of election.” 21-26: “Therefore, most modest queen, / He of the two pretenders that best loves me / And has the truest title in't, let him / Take off my wheaten garland, or else grant / The file and quality I hold I may / Continue in thy band.”

② V. iv. 138-144: “Is this winning? / O all you heavenly powers, where is your mercy? / But that your wills have said it must be so, / And charge me live to comfort this unfriended, / This miserable prince, that cuts away / A life more worthy from him than all women, / I should and would die too.”

力)构成了帕拉蒙与阿赛特友爱故事以及他们与伊米莉亚之间爱情故事——如前所说,它们共同讲述了一个“秋天的故事”——的自然真相和终极意义①。

这个“秋天的故事”或者说爱欲的悲剧经历了一连串(确切说有四次)反转(或者说命运的反讽),具体而微地映射-涵盖了全剧主题结构的“四季”循环与自然变形。首先,帕拉蒙与阿赛特因兵败被俘,从忒拜的贵胄青年和卫国战士(同时也是它的批评者和反对者:他们本来已经决定一起退隐和逃离克里翁的暴虐统治[I. ii.],但是忒修斯的入侵迫使他们为祖国和自由而战)沦为了雅典的囚犯(I. iv.)。这是他们命运的第一次反转(而进入春天的传奇,尽管他们的愿望是以反讽的方式实现)。在敌国的监牢中,他们的人身自由和生活世界被无限压缩,同时他们的友爱或情感世界则被无限放大(乃至变形)而成为他们的全部生活或生活的全部重心——然后伊米莉亚的出现改变了这一切:几乎是在一瞬间,他们从情同生死的兄弟-朋友变成了势不两立的情敌-仇人(II. ii.)。这是第二次反转(从春天的传奇转变为夏天的喜剧:无论是身处监禁还是陷入爱情,无论他们的主体认同是合二为一还是一分为二,他们都自认为是或试图成为这个世界的真正主人)。之后忒修斯发现他们私下决斗(同时还有违法入境和越狱逃跑

① Cf. I. iv. 13-16: First Queen: “Heavens lend / A thousand differing ways to one sure end.” Third Queen: “This world's a city full of straying streets, / And death's the market-place where each one meets.”

的罪行）而准备处死他们，但在庇里托俄斯、希波吕忒和伊米莉亚为二人说情后将死刑改为公开决斗（这意味着他们的私人-爱欲争执由此进入城邦-公共领域而成为社会-政治事件：如我们所见，它以公开比武这一集体暴力仪式为开端，而以婚庆典礼这一爱欲仪式为结束），以胜负（同时也是生死）决定他们的爱情以及婚姻（III. vi. 289-297）——这是第三次反转（从夏天的喜剧转变为秋天的悲剧）：死亡将同时终结友爱和仇恨并缔结"只是当时已惘然"的姻缘①。阿赛特在决斗中赢得了胜利，失败的帕拉蒙及其随从将被处以死刑；这时阿赛特却因坐骑受惊失坠而身负重伤，但在临终前将爱人和他名义上的妻子托付挚友后溘然长逝——在生命的最后时刻，他同时拥有了二者，但也永远失去了他们。这是最后一次反转，他们的故事由此进入反讽的冬天，即如忒修斯在剧终时代表全体在场者和在世者所说（V. vi. 130-134）：

幻化弄人的神灵啊，你们把我们变成了什么！
我们为失去的东西喜笑颜开，又为我们拥有的东西

① 伊米莉亚和帕拉蒙这对阴差阳错而终成眷属（其中也包括了阿赛特的"爱的徒劳"）的夫妻在剧中的最后发言（V. vi. 95-97：Emilia："I'll close thine eyes, prince. Blessèd souls be with thee. / Thou art a right good man, and, while I live, / This day I give to tears." 108-111：Palamon："O cousin, / That we should things desire which do cost us / The loss of our desire! That naught could buy / Dear love, but loss of dear love!"）即预示了这一点。

伤心难过;我们始终都像是长不大的孩子。

冬天的故事

有论者认为:《两个高贵的亲戚》中弗莱彻撰写的部分——约占全剧五分之三篇幅①——充满匠气(craftsmanship)而缺乏"深度"(depth)、"感情的振荡"(emotional reverberations)和莎士比亚式的人生"洞见"(vision);相反,莎士比亚执笔完成的部分则始终展现了"友爱"(friendship)——忒修斯与庇里托俄斯的友爱、阿赛特与帕拉蒙的友爱、伊米莉亚与弗拉维娜的友爱——和"忠诚"(loyalty)以及现实与神意的"结合"(union)等"正面价值"(positive values)②。这一论断不尽公正,至少不够全面——剧中"狱守之女"(the jailer's daughter)的爱情故事就是一个反面例证。

这个女孩儿没有名字(尽管她的戏份举足轻重③),

---

① 据今人分析鉴定,莎士比亚创作了《两个高贵的亲戚》中的第1幕第1—4场、第2幕第1场、第3幕第1—2场(后者尚有存疑)以及第5幕除了第4场(即从医生上场说"Has this advice I told you done any good upon her?"开始到狱守的女儿说"If you do, love, I'll cry."而结束的这一场次,有的版本标为第2场)之外的全部内容,其余为弗莱彻撰写部分(*The New Oxford Shakespeare: Modern Critical Edition: The Complete Works*, p. 3272)。

② Theodore Spencer: *Shakespeare and the Nature of Man*, New York: Cambridge University Press, 2009, p. 190 & p. 191.

③ 她有54段台词(全剧占比10%),排在帕拉蒙(18%)、阿赛特(16%)、伊米莉亚(64段台词,占比11%)和忒修斯(70段台词,占比10%)之后(Jonathan Bate and Eric Rasmussen (ed): *The RSC Shakespeare: The Complete Works*, Red Globe Press, 2007, p. 2358)。

然而正是这个平民出身的无名少女的爱情故事——它由莎士比亚与弗莱彻合作接力完成①——构成了全剧的副线情节和爱欲主题的赋格对位。

这是一个冬天的故事:它同时包含了春天的传奇、夏天的喜剧、秋天的悲剧,并在反讽的基础上——或者说冬日的照临下——循序展开②。

狱守的女儿爱上了父亲狱中的囚犯帕拉蒙,就在她的父亲和一名求婚者商定他们婚事的同时:谈话中父亲许诺死后将全部财产留给女儿,而未婚夫本人则答应成婚后将一部分财产转到妻子名下(II. i. 1-16)——就此而言,他们的婚姻与爱情无关,不过是父亲和丈夫两个男人之间的一笔交易罢了③。作为直接当事人目睹这一切

---

① 狱守之女在全剧出场9次,分别是第2幕第1场、第4场、第6场和第3幕第2场(以上为莎士比亚创作,其余为弗莱彻创作)以及她发疯后的第3幕第4—5场、第4幕第1场和第3场、第5幕第2场。

② 根据弗莱的说法,"作为(叙事)结构,反讽型神话的核心原则再好不过地体现为对传奇的戏仿",其核心主题之一就是"英雄事物的消失",换言之"反讽是悲剧的非英雄主义残余,围绕迷惘的失败(puzzled defeat)这一主题展开"(*Anatomy of Criticism*, p. 223, p. 228 & p. 224)。海登·怀特也认为:"反讽代表着英雄时代和信仰英雄主义的能力的消逝",同时它"倾向于强调生活的幽暗底层,强调'从下面'(from below)看的眼光"。(*Metahistory: The Historical Imagination in Nineteenth-Century Europe*, p. 232)本文所说"反讽"同时有取于上述两种观点。

③ 这一幕也复制和"致敬"(我们姑且这样认为)了莎士比亚早期喜剧《驯悍记》(1594)2幕1场中男主(Petruccio)与女主父亲商议与女主婚事的场景(II. i. 114-122: Petruccio: "Then tell me, if I get your daughter's love, / What dowry shall I have with her to wife?" Baptista: "After my death, the one half of my lands, / And in possession twenty thousand crowns." Petruccio: "And for that dowry I'll assure her of / Her widowhood, be it that she survive me, / In all my lands and leases whatsoever, / Let specialties be therefore drawn between us, / That covenants may be kept on either hand.")。

而无话事权的她(尽管她此前也无可无不可地接受了对方的求婚)在心中暗自感叹:“男人和男人可真不同啊!”(46–47:“Lord, the difference of men!”)——正是帕拉蒙让她感到了这一“不同”,也就是男性的魅力,她由此春心萌动而产生了强烈的爱情和不现实的少女梦想(II. iv. 1–33):

> 我怎么就爱上这位绅士了?他大概永远不会看上我。我出身低微,父亲不过是看管他的牢头,而他是王孙公子。嫁给他是没有指望了;让他玩弄则是没脑子。嗐,姑娘家一长到十五岁就会胡思乱想,什么事做不出来啊!我最初看到他,觉得这是个漂亮的男人……然后是可怜他……再后来就爱上了他,我爱他爱到了极点,无休无止地爱他……我该怎么做,让他知道我爱他呢?我真想得到他啊!冒险放走他怎么样?可是法律会怎么说?法律或是亲人,我都顾不得了!我要这样做,就在今晚;不到明天他就会爱上我的。

她在此憧憬想象和计划实现的是一次充满浪漫色彩,甚至不无英雄主义的爱情冒险——实际上是它的戏仿:不是英勇的骑士杀死恶龙或魔法师解救高贵的公主,而是一位平民出身的少女(她甚至没有名字)瞒着父亲和未婚夫解救高贵的骑士。就在成功救出帕拉蒙后,她又有一段痴情感人的内心独白(II.

vi. 1–39)①:

> 他自由了!我冒险救他出来,并送到附近的一片小树林中安身。……爱神呀,你是一个多么大胆的顽童!……我爱他,顾不得亲情和理性,也不顾理智和安全。我向他表白了:我不在乎,我豁出去了。……今后他去什么地方,我就去什么地方。……他想怎么对我都行,只要他对我好;他一定会对我好的,否则我就说——而且说在当面——他不是个男人。我马上给他准备要用的东西,同时也为自己打点行装:前面但凡有路可走,我就大胆走下去,只要他和我在一起。我会像影子一样永远跟着他。

她兴奋地想象着自己对帕拉蒙的大胆追求和深情付出将得到对方的认可与回报,他们从此作为爱侣一起浪迹天涯,共同享受快乐美好的爱情和人生。为实现这一愿景,她不惜背叛"亲情和理性",逃离原生家庭和社会而奔向陌生的自由远方——近郊的那片"小树林"(II. vi. 3–4:"To a little wood / A mile hence I have sent him")便将见证他们浪漫爱情的发生和崭新人生的启

① 狱守的女儿有4段共136行内心独白(2幕第4场[33行]和第6场[39行]、3幕第2场[38行]和第4场[26行]),而且都是一人到底的独角戏,为剧中所有人之冠。按:此外伊米莉亚有4段96行半独白(不包括她在5幕第3场的36行半祈祷台词),帕拉蒙有4段51行半独白(不包括他在5幕第2场的60行祈祷台词),阿赛特有3段63行独白(不包括他在5幕第1场的19行半祈祷台词)。

航。在莎士比亚的喜剧(特别是所谓"欢乐喜剧")中,女主——如《仲夏夜之梦》中的海伦娜(Helena)和《皆大欢喜》中的罗瑟琳(Rosalind)——往往为爱离家(并且乔装)出走,在森林(例如阿登森林)中邂逅她的真命爱人(虽然后者对此后知后觉)而喜结良缘①;现在她也将如此行事——根据弗莱的解释,传奇讲述了欲望主体的梦想成真("力必多的满足");此时的她正生活在这样一种爱情(包括"力必多"②,确切说是爱欲)的白日梦中。她会成为自身爱情喜剧中的幸运女主吗?

她希望会(II. vi. 26–28:"Yet I hope, / When he considers more, this love of mine / Will take more root within him.")——但仅仅是希望,事实上她也担心她的爱被对方无视或辜负(被法律追责和惩治反在其次——那时她将作为为爱牺牲的殉道者被后人铭记③):"他

---

① 在这里,"森林"显然成为"异境"(wonderland)、"另一世界"(heterocosm)或"异托邦"(heterotopia)的化身。莎剧中的海岛(或异国的宫廷)有时也承担了这种异化–变形–超离(ἔκστασις)–去蔽(ἀλήθεια)的表意功能:在这个意义上,《第十二夜》中的薇奥拉(Viola)和《终成眷属》(*All's Well That Ends Well*)中的海伦娜——与《仲夏夜之梦》中的海伦娜同名——同为自身爱欲传奇的作者–英雄。

② Cf. II. iv. 6–7:"What pushes are we wenches driven to / When fifteen once has found us!" 12–14:"And so would any young wench, o' my conscience, / That ever dreamed or vowed her maidenhead / To a young handsome man." 30:"For I would fain enjoy him."

③ II. iv. 13–17:"If the law / Find me, and then condemn me for't, some wenches, / Some honest-hearted maids, will sing my dirge / And tell to memory my death was noble, / Dying almòst a martyr."

一定不会扔下我不管的，那样做也太不像个男人了。如果他这样做，姑娘们就再不会轻易相信男人了。可他还没有感谢我呢，甚至都没有亲我一下，我想这可不太好”(18–23)；不过她随即为爱人找到了理由，同时也是在自我宽慰：“我怎么劝他都不肯逃走，生怕连累了我和我的父亲”(23–26)。我们知道，帕拉蒙不肯离去并非出于对他们父女(特别是她本人)的关爱，而是另有原因，即他对伊米莉亚的爱情(尽管对方并不知情)。因此她期待的爱情——正如她的爱人(帕拉蒙)对他的爱人(伊米莉亚)的爱情——不过是欲望主体一厢情愿的“相信”：与希波吕忒的“确信”(“我很确信在他心中占据王座的那个人是我”)相比，她的“相信”严重虚幻不实，以至于成为自身的反讽，并同时构成了前者的戏仿变形和扭曲镜像(anamorphosis)。

她内心憧憬的爱情喜剧很快就变成了悲剧。她满怀欣喜和期待地来到林中，却发现帕拉蒙消失了(III. ii. 1–3)[①]。这时天色将明，但她的内心陷入了无边的暗夜(3–4)——她认为帕拉蒙已经被一群野狼吃掉(4–19)而对自己的整个人生(不仅仅是爱情)都感到了绝望和虚无(29–32)：

> 唉，消解了吧，我的生命；不要让我发疯，去跳

① 按：此处新牛津本标注的行数有误(即误将第6行标为第5行)，笔者据实际情况改正。下引同。

> 河、自刎或者是上吊。我自有的一切(state of nature,直译“自然状态”①),都一起崩溃了吧,既然你最强大的支柱已经断裂!现在我该怎么走?

她已无路可走(33–34:“The best way is the next way to a grave; / Each errant step beside is torment.”):她为爱情放弃了自我——父亲的女儿和(未来)丈夫的妻子;现在她所爱的人已死,她的父亲也将因她的罪行而被处死(事实证明这是她的误判,但也是她这时的真实想法)②,她已经无法回到从前的“自然状态”——此时的她不但没有标识自我的名字,更丧失了标识自我的身份:她成了赤裸的、没有任何明确规定性的我,即什么人都不是的人-怪物。

于是她疯了。从这时(第3幕第4场)开始,一直到最后(第5幕第4场),她都是作为大众眼中的“疯女人”(madwoman)③而出现在舞台上。在她种种疯癫可笑的举动和言论(IV. iii. 64–65: Doctor:“the pranks and

---

① 按:“state of nature”在莎士比亚作品集中仅此一见。

② III. ii. 22:“My father's to be hanged for his escape” etc. III. iv. 16–18:“Now my father, / Twenty to one is trussed up in a trice / Tomorrow morning.” IV. i. 76–78: Wooer:“Then she talked of you, sir— / That you must lose your head tomorrow morning, / And she must gather flowers to bury you” etc.

③ Cf. III. ii. 73: Third Countryman:“There's a dainty madwoman” etc. IV. i. 38–40: Jailor:“I asked her questions and she answered me / So far from what she was, so childishly, / So sillily, as if she were a foo” etc. 146: Wooer:“'Tis too true, she is mad.” IV. iii. 1: Doctor:“Her distraction is more at some time of the moon” etc. 39–40: Doctor:“How she continues this fancy! 'Tis not an engrafted madness, but a most thick and profound melancholy.”

friskins of her madness” etc.)中,有两点值得我们关注:

首先,她一再说到海、航船和海难(III. iv. 1－11:“Where am I now? / Yonder’s the sea and there’s a ship; how’t tumbles! / And there’s a rock lies watching under water. [...] you’re gone.”),并且下意识地——也许是有意识地——在湖边(她想象自己被抛弃在的海边)歌哭徘徊(IV. i. 52–93),甚至在恍惚中将父亲视为前来帮她寻找远方爱人的船主(或者说她潜意识中盼望有这样一个救星式的人物出现)①。有论者指出这一情节源自古希腊传说中(后经奥维德和普鲁塔克等人转述以及诺斯[Thomas North]和戈尔丁[Arthur Golding]等人重译而来)的阿里阿德涅故事②:阿里阿德涅协助忒修斯杀死牛头怪和走出迷宫后一起逃亡,但是中途被爱人遗弃荒岛,她一个人在海边痛苦号泣,后被狄奥尼索斯发现解救(一说并结为夫妻)。的确,两个女儿(她们都背叛了自己的父亲)和情人(她们都被自己的爱人所遗弃)的命运如出一辙:这不仅因为前者也确实说到了“忒修斯的战争”(132:“sing the wars of Theseus”),虽然她心中所想的也许是另外一回事(例如海格力斯一夜之间让赛斯比乌斯[Thespius]的五十名女儿全部怀孕并在日后产子的神

---

① Cf. IV. i. 141－151:“You are master of a ship? [...] Where’s your compass? [...] Set it to th’ north. / And now direct your course to th’ wood where Palamon / Lies longing for me” etc.

② Nichole De Wall:“‘Like a shadow, / I’ll ever dwell’: The Jailer’s Daughter as Ariadne in *The Two Noble Kinsmen*,” in *The Journal of the Midwest Modern Language Association*, Spring 2013, Vol. 46, No. 1 (Spring 2013), p. 17.

奇事迹)①;更有说服力的是她后来还说到了狄多——被爱人和丈夫埃涅阿斯抛弃后自焚身亡的狄多:“到了另一个世界,狄多就会见到帕拉蒙,那时她就不会再爱埃涅阿斯了。”(IV. iii. 11–12:“for in the next world will Dido see Palamon, and then will she be out of love with Aeneas.”)——阿里阿德涅和狄多是西方文学中一切被爱人负心遗弃的女子的原型;在莎士比亚笔下,《罗密欧与朱丽叶》中的罗瑟琳(Rosaline)、《哈姆雷特》中的奥菲利娅(Ophelia)、《终成眷属》中的海伦娜、《一报还一报》中的玛丽安娜(Mariana)乃至《奥赛罗》中的苔丝狄蒙娜(Desdemona)和芭芭丽(Barbary)② 等人无论幸与不幸(二者

---

① Cf. IV. i. 127–128: Jailer's Daughter: "There is at least two hundred now with child by him, / There must be four" & 134–137: "They come from all parts of the dukedom to him. / I'll warrant ye, he had not so few last night / As twenty to dispatch. He'll tickle't up / In two hours, if his hand be in."

② 《两个高贵的亲戚》一剧中有两次提到“Barbary”,均在第 3 幕第 5 场:一次是村民介绍五位村姑的名字,其中一位叫“Barbary”(26: Second Countryman: "And little Luce with the white legs, and bouncing Barbary."),另一次是发疯的女儿上场时唱到“Barbary”海岸(60–61: "The George Alow came from the south, / From the coast of Barbary-a.")。意味深长的是,后来她的未婚夫在向她的父亲等人讲述她的疯态时特别提到“她翻来覆去就唱‘杨柳,杨柳,杨柳’一首歌,而且中间总带一句‘帕拉蒙,漂亮的帕拉蒙’和‘帕拉蒙是个高大的青年’”(IV. i. 79–82: "Then she sung / Nothing but 'willow, willow, willow', and between / Ever was 'Palamon, fair Palamon', / And 'Palamon was a tall young man'")——“杨柳”是被遗弃的爱(弃妇)的象征(Cf. *The Merchant of Venice*, V. i. 9–12: "In such a night / Stood Dido with a willow in her hand / Upon the wild sea banks, and waft her love / To come again to Carthage."),但这并非关键;更重要的是,在《奥赛罗》第 4 幕第 3 场中,苔丝狄蒙娜因丈夫态度突然变化而有不祥预感时所唱的也是这首歌,而这首歌正是当年她母亲的侍女 Barbary 被爱人遗弃后伤心而死前唱(转下页注)

的差别仅在剧中某个人的一念之间)都是她们的同道姐妹;狱守的女儿也是其中一员——无名而有名(因为她的故事被莎士比亚-弗莱彻讲述而流传于世①)的最后一名。

在她的疯癫举动中,还有一点引人注目,也更加耐人寻味,那就是她自然爱欲的反常流露。人类的爱欲是一种自然生理-心理现象,兼有本能的冲动(性欲)和理性的升华(爱情),也可以说是转化:这种转化既是对人性(人之自然)的压抑和规训,也是对人性的保护和成全。狱守的女儿第一次见到帕拉蒙即被对方的容貌所吸引(II. iv. 8:"I, seeing, thought he was a goodly man")——这是一种生物性的本能反应,而她的自然爱欲就此被唤起(6-7:

(接上页注)的歌曲(24-31:Desdemona:"My mother had a maid called Barbary. / She was in love, and he she loved proved mad / And did forsake her. She had a song of willow. / An old thing 'twas, but it expressed her fortune, / And she died singing it. That song tonight / Will not go from my mind. I have much to do / But to go hang my head all at one side / And sing it, like poor Barbary.")。正如苔丝狄蒙娜通过回忆和再现 Barbary 吟唱的"杨柳之歌"悲叹她和奥赛罗的爱情,狱守的女儿也通过吟唱"杨柳之歌"悲叹了自己的不幸爱情。或曰弗莱彻以此向莎士比亚笔下的奥菲利娅致敬(当然她身上也确实有奥菲利娅的影子,事实上她在本剧第 4 幕第 1 场中提到的"Bonny Robin"即为《哈姆雷特》第 4 幕第 5 场中奥菲利娅发疯时唱的最后一支歌[IV. v. 178-190:"[Sings] For bonny sweet Robin is all my joy" etc.]),但更准确的说法是她——借助"Barbary"这一通感符号——构成了苔丝狄蒙娜的对跖意象。

① 在这个意义上,她当初的心愿——"一些心灵纯朴的姑娘将为我唱起挽歌,传诵我如何为爱献身,像殉难的圣徒一样高贵地死去"(II. iv. 15-17:"Some honest-hearted maids, will sing my dirge / And tell to memory my death was noble, / Dying almòst a martyr.")——最终以一种反讽的形式实现了。

“What pushes are we wenches driven to / When fifteen once has found us!”），特别是在她被自己的暗恋对象亲吻过一次之后（II. iv. 25），这种感觉变得越发强烈和不可遏制：“我真想得到他啊！”（II. v. 30：“I would fain enjoy him.”）①——注意“得到”（enjoy）这个词：它暗示了肉体感官的享受和情欲方面的满足。她放走帕拉蒙后也幸福地想象将来他们在一起时“他想怎么对我都行，只要他对我好；他一定会对我好的”（II. vi. 28-30：“Let him do / What he will with me, so he use me kindly, / For use me so he shall”）——在这里她说到了“use”（另外“will”一词也具有强烈的性爱暗示和情欲色彩，有兴趣的读者可参考莎士比亚十四行诗第 135 首和第 136 首，此不具论）。这尚是她发疯之前的情形；她发疯之后，由于理性的崩溃，她对帕拉蒙的爱欲进一步逆向升华为单纯的情欲和性爱幻想（erotomania）。像在催眠或梦游状态中一样，她当众——她的父亲和叔叔、他们的朋友以及她的未婚夫，后来还有为她诊治的医生——毫无顾忌地说到男女做爱（“我一定要在鸡叫前失去贞操”、“他昨晚干了可不止二十个”、“我们有时也去玩捉对儿”②）、少女怀孕（“现在起

---

① Cf. II. iv. 12-14：Jailor's Daughter：“And so would any young wench, o' my conscience, / That ever dreamed or vowed her maidenhead / To a young handsome man.”

② IV. i. 112-113：“For I must lose my maidenhead by cock-light, / 'Twill never thrive else.” 135-137：“I'll warrant ye, he had not so few last night / As twenty to dispatch. He'll tickle't up / In two hours, if his hand be in.” IV. iii. 24-25：“sometime we go to barleybreak, we of the blessed.” 按：“捉对儿”（go to barleybreak，或译“滚麦场”）隐喻做爱。

码有两百个[姑娘]怀上了他的孩子"①)、男性器官②等话题。此时此刻,她的爱情——原本虚幻、注定不会实现的爱情——完全没入了反讽的冬夜。

反讽之中更有反讽:这位不幸的情人既因为虚幻的爱情(或爱情的假象)迷失自我(正常的自我或自我的"自然状态")而陷入爱欲的疯狂(erotomania),也因为虚幻的爱情而恢复正常和走向新生。即如剧中为她诊治的医生所说:"这不是疯狂,而是严重的抑郁。"(IV. iii. 39-40:"'Tis not an engrafted madness, but a most thick and profound melancholy.")——所谓"抑郁",即爱欲未得满足时产生的心理躁狂。医生随后发现他的病人念念不忘帕拉蒙,同时得知她已有爱人(即她的未婚夫:后者为了证明他们的爱,特别说到他打算将一半财产赠与未来的妻子③——这就是他所理解的爱情!),于是计上心来,建议她的未婚夫(她真实生活中的虚假爱人)假扮帕拉蒙(她假想生活中的真实爱人)来治疗她的疯狂:"她现在生活在幻觉中,只能用幻觉来对抗幻觉"(74-75:"It is a

① IV. i. 127-128:"There is at least two hundred now with child by him" etc.

② IV. iii. 33-36:"Lords and courtiers that have got maids with child—they are in this place. They shall stand in fire up to the navel and in ice up to th' heart, and there th' offending part burns, and the deceiving part freezes" etc. IV. i. 130-131:"at ten years old / They must be all gelt for musicians" etc.

③ IV. iii. 50-56: Doctor:"Understand you she ever affected any man ere she beheld Palamon?" Jailer:"I was once, sir, in great hope she had fixed her liking on this gentleman, my friend." Wooer:"I did think so too, and would account I had a great penn'orth on't to give half my state that both she and I, at this present, stood unfeignedly on the same terms."

falsehood she is in, which is with falsehoods to be combated.");这就是说"满足她的欲望,而且是彻底满足,这样才能治好她的抑郁"(V. iv. 34-36:"Please her appetite, / And do it home—it cures her, *ipso facto*, / The melancholy humour that infects her."),例如亲吻(未婚夫后来告诉医生,他的未婚妻希望他亲她,而他"马上亲了她两下";医生回答说:"做得好,如果亲二十下还会更好,这是治病的主要药方。"[4-7])甚至是做爱(16-17:"do anything— / Lie with her if she ask you."),皆无不可(这时她的父亲表示担心女儿的"名节",医生对此嗤之以鼻:"你们这些做父亲的都蠢不可及",眼下救人要紧,"她想要名节,以后会有办法的"[17-22 & 25-26])。

医生的"角色扮演+欲望满足"疗法果然奏效:狱守的女儿在亲友的善意欺骗和配合帮助下接受了这位"帕拉蒙",并同他开心地谈情说爱:她要对方和她一起到"世界的尽头"去玩球(stool-ball)并秘密结婚,"然后我们上床"、"生很多孩子"(V. iv. 72-93)——说到这里,她还特别叮嘱她的爱人:"但你不能弄疼我","你要是弄疼了我,我会哭的。"(106-113)①——这是她在剧中的最后一句台词,而她此后也再未出现②。

① V. iv. 110-111: Jailer's Daughter: "But you shall not hurt me." Wooer: "I will not, sweet." Jailer's Daughter: "If you do, love, I'll cry." 这里的"cry"兼有(因痛苦而)"哭"和(因兴奋而)"喊"两重含义,狱守女儿对爱人的请求一语双关,而这正是作者的意图和希望达到的效果。

② 我们下一次也是最后一次听到她的消息,是帕拉蒙在临刑前向狱守关心地问起她的近况:"听说她身体不大好;我很难过她得了那个病。"狱守回答说:"她病都好了,而且马上要结婚了。"(V. vi. 24-28)

但是她的爱情故事不会就此结束。我们有理由相信:由于家人的爱心和善意欺骗,她将从爱欲的疯狂中醒来,回归正常的女儿和妻子身份,即她重新获得的(同时是被给定的,因而也是不那么自然的)“自然状态”。但是之后呢?她曾在幻觉中经历了爱情的四季——春天的传奇、夏天的喜剧、秋天的悲剧和冬天的反讽,她在未来的婚姻和现实生活中能否发现爱情(既然“男人和男人可真不同啊”:她的丈夫是个好人,但是好人不等于爱人)或(如果答案是肯定的)她将体验到怎样的爱情呢?

首先我们可以断定,她的未婚夫是爱她的——尽管是以他本人理解的方式(例如他真诚地认为金钱是婚姻的基础,而赠予对方财产是爱情的表达)。他之前向未来的妻子求婚,而后者也答应了他的求婚,可见他们并非完全没有感情基础,至少符合当时大多数夫妻的平均水平。他的未婚妻为爱而发疯,他在明知她爱的人并不是自己而是另有其人(因此可能已经失贞,至少他有理由这样怀疑①)的情况下依然不离不弃,还按照医生的建议不无屈辱地(也许是心甘情愿地)扮演未婚妻的梦中情人来救治自己的爱人和争取自己的爱情。另外,帕拉蒙对狱守之女(如其所说,这是一个美丽可爱、亲切善良的姑娘,也是他感激不尽

① Cf. V. iv. 28–31: Wooer: “Why, do you think she is not honest, sir?” Doctor: “How old is she?” Wooer: “She's eighteen.” Doctor: “She may be—But that's all one; 'tis nothing to our purpose.”

的恩人①,不过他的欣赏和感谢都无关乎爱情)的两次馈赠——第一次是在他被忒修斯赦免越狱的罪行后②,第二次是在他与阿赛特决斗失败后将被处死之前(这时和他一同赴死的三名副手也都慷慨解囊)③:综合累计,其数相当可观(IV. i. 24:“A large one”)——也进一步夯实了他们的婚姻基础(如果不是感情基础的话)。

但是她会爱她的丈夫吗?她爱(过)帕拉蒙,而且爱得发狂;当她从幻觉中清醒过来后,她对帕拉蒙的爱是否就会从此消失?她和丈夫接受了帕拉蒙的馈赠:这意味着帕拉蒙将以某种形式(爱人的馈赠/妻子的嫁妆)在他们的(特别是她的)婚姻和感情生活中持续(甚至永久)存在:作为活的反讽镜像和欲望客体(假想/理想爱人)——特别是当他和他的爱人伊米莉亚幸福地生活在同一世界(雅典城邦)、同时也是(对于这位平民的妻子和女儿来说)一个可望不可即的梦想空间的时候,其中的诱惑与反讽(包括由此产生的“摹仿的欲望”及其反面,即对现实的失望和拒斥心理)更是可想而知。

如果是这样(而这很有可能),那么她在未来的生活中将面临以下几种选择:她可以选择做一个称职的妻子,但将自己的真实爱欲深藏心底(这意味着她的“自然状

① II. iv. 24:“Fair, gentle maid” etc. V. vi. 24:“Your gentle daughter gave me freedom once” & 34–35:“A right good creature more to me deserving / Than I can quit or speak of.”

② Cf. IV. i. 21–24.

③ Cf. V. vi. 23–35.

态”或真我的死亡)，然而“纵使举案齐眉，到底意难平”；她也可以选择坚持自己本真的爱欲理想，在貌合神离的婚姻生活(同时也是虚假的爱情生活)之外寻求真正的爱和爱人(作为帕拉蒙的替身/幻象的欲望客体)。无论她怎样选择，其结果或是传奇(例如她与情人私奔而得到了爱欲的解放和满足)，或是喜剧(例如她遇到真爱而得到了心灵的安顿或救赎)，或是悲剧(例如她被爱人抛弃而沦为悲惨世界中的一员)，她都将不得不在婚姻和爱情冬日的反讽照临下生活而成为自我——她的自然之我——的反讽存在。这种反讽并非存在的静态模式或虚幻影像，而是存在本身的“出位之思”和运作方式(所谓“反者道之动”)：正是在这个意义上，它不仅构成了剧中所有“冬天的故事”——狱守女儿的冬天故事(如我们所见，这是一个蕴涵了多种人物关系和未来可能性的复合故事)、帕拉蒙和阿赛特的冬天故事、希波吕忒和忒修斯的冬天故事(作为一种潜在的可能)——的基本情节和程式，同时也构成《两个高贵的亲戚》一剧中爱欲神话的四季循环——从春天的传奇(伊米莉亚-弗拉维娜、帕拉蒙-阿赛特 I、狱守的女儿-帕拉蒙 I)到夏天的喜剧(希波吕忒-忒修斯 I、忒修斯-庇里托俄斯、帕拉蒙-阿赛特 II、狱守的女儿-帕拉蒙 II)再到秋天的悲剧(帕拉蒙-阿赛特 III、阿赛特-伊米莉亚、帕拉蒙-阿赛特 III、狱守的女儿-帕拉蒙 III、希波吕忒-忒修斯 II)及至冬天的反讽(帕拉蒙-阿赛特 IV、狱守的女儿-帕拉蒙 IV、她和她的未婚夫以及她未来的婚姻和爱情故事)——的叙事主题和动力原则,甚至是它在此讲述的(事实上也是所有莎剧乃至一切人类“神话”所讲述的)人类爱欲的“自然状态”与秘密核心。

终场舞
阐释的意义

那地方叫福基斯,
通往得尔斐和道利亚的两条岔路在那里会合。
(索福克勒斯:《俄狄浦斯王》第 733—734 行)

上　篇

1981 年 4 月 25 日,伽达默尔和德里达同时出席索邦大学在巴黎歌德学院召开的"文本与解释"研讨会并作讲座发言。伽达默尔发言后德里达当场提问,伽达默尔即席作答。二人的发言和对话发表于《国际哲学评论》(1984),并以《文本与阐释》为名单独结集出版,成为解释学(hermeneutics)与解构主义(deconstruction)世纪对话的经典文本。伽达默尔在后来题为《文本与阐释》的发言中指出:"文本"必须被理解为一个解释学的概念,即其以他人的"理解"为指向,此理解意味着"读者"与"文本"的对话,或者说读者与文本"视域融合"的"阐释";这种阐释有赖于对话双方的"善良意志",即"相互

理解的良好愿望”,事实上“凡在人们寻求理解之处,就有善良意志”①。对于他的表述,德里达提出三点质疑②:

1. 作为理解前提的善良意志的自明性:它是否预设了意志的无条件性?

2. 阐释语境的扩大是连续的扩展还是非连续性的重构?

3. 理解的条件是否更多是一种关联的断裂?

在德里达看来,理解发生的前提是“不理解”,即理解-意义连续体的断裂,而“阐释语境的扩大”(伽达默尔所谓“活生生的对话中的生活联系”)更多是“非连续性的重构”,即意义的“延异”、“替补”与“灰烬”,而非一厢情愿、胜券在握的“视域融合”。即如伊格尔顿所说:伽达默尔假定在历史中“我们始终在家并随处在家,过去的作品将加深而不是消灭我们当下的自我理解,而生疏则始终是秘密的熟悉”,“这是一种极其自负的历史理论”,即认为“历史不是一个斗争、打断和排斥的场所,而是一条‘连续的链’,一条永远流动的河”,在这里“种种历史差异都被宽容地承认”,但同时也都被“理解”消解了③。

---

① 伽达默尔:《文本与阐释》,孙周兴、孙善春编译:《德法之争:伽达默尔与德里达的对话》(以下简称《德法之争》),同济大学出版社,2004 年,第 17 页、第 28—29 页、第 20 页。

② 《德法之争》,第 42—43 页。

③ Terry Eagleton: *Literary Theory: An Introduction*, 2nd edition, Blackwell Publishers Ltd., 2003, p. 63. 美国学者艾伦·布鲁姆(Allen (转下页注)

不仅如此,伽达默尔的"善良意志"仿佛康德的"绝对律令"一般预设了阐释的正当,但它无法保证阐释的公正——很可能,自我假"善良意志"之名而成为"共同理解"的主人①——事实上重蹈了主体形而上学-意志哲学(德里达称之为"意志形而上学")的覆辙,因此是一种伪善的强力意志。

德里达认定理解始于"断裂",伽达默尔对此并无异议:"一切作为文字出现的话语始终已经是一个断裂";但他同时指出:在理解发生之初,即意义"断裂"处,"文学文本、语言的艺术作品,不仅像冲力一样击中我们,而且也被接受下来——带着一种同意,这种同意乃是长久

(接上页注)Bloom)也以莎士比亚为例提到了解释(经典及其效果历史)构成的存在之链,不过他的结论正好相反:"莎士比亚对不同时代、不同国家里那些认真阅读他的人产生的影响证明了,我们身上存在着某些永恒的东西,为了这些永恒的东西,我们必须一次又一次重新回到他的戏剧。(略)一个思想共同体是由这位伟大的艺术家以及围绕他聚集起来的传统解释构成的。这是实际上存在的最接近'存在大链条'的东西。(略)正是这一解释传统为我们建立了文明。这一传统非'创造性误读',也非对'影响的焦虑'所表现的空洞的叛逆,而是顺理而做的解释,并为有幸与比自己更优秀者相伴而快乐。……抛弃解释所形成的伟大体系,也就是抛弃(……)对自我认识的追寻。"(《莎士比亚笔下的爱与友谊》结束语,马涛红译,华夏出版社,2012 年,第 156 页)布鲁姆是列奥·施特劳斯(Leo Strauss)的入室弟子,然其说与乃师貌合神离,倒是更接近伽达默尔的立场。关于施特劳斯的解释学——朗佩特(Laurence Lampert)称其"开启了一条理解哲学史和整个西方精神传统的新途径"(《施特劳斯与尼采》,田立年、贺志刚等译,上海三联书店,2005 年,第 178 页)——我们将随后探讨。

① 伊格尔顿认为伽达默尔的解释学无法面对"意识形态的问题",即人类历史中的"对话"多半为强者对弱者的发话,而即便它确实是对话,对话双方——例如男人和女人——也几乎从不是平等的(*Literary Theory: An Introduction*, p. 64),即申说此意。

的、往往重复出现的相互理解之努力的开始。”①换言之,理解的发生契机与其说是“断裂”,不如说是对于“断裂”事实的共同意识以及愿意理解(在伽达默尔看来,这是一个通过互为主体的“对话”而克服理解“断裂”的过程)的“善良意志”,例如“德里达向我提出问题,就必定同时预设了我是愿意理解他的问题的。”②

伽达默尔言之有理,但德里达的问题意识初不在此。后者在“文本与解释”研讨会中的发言以“善良的强力意志”为题,聚焦海德格尔对尼采的哲学解读而透析了阐释的形而上学本性:

> 在阅读海德格尔的尼采读物时,要紧的事情可能在于,少去怀疑一种阐释的内容,而要更多地怀疑其前提预设或者公理系统。也许那就是形而上学的公理系统,只要**这种**形而上学本身追求或者梦想或者设想它自己的统一性。一个奇怪的循环——一种阐释必须据以完成的公理系统在一种思想周围聚集起来,而这种思想本身使一个惟一的文本,说到底就是表示存在、表示存在之经验的惟一名字统一起来。以这个名字的价值,这样一种统一性和这样一种惟一性相互依靠,以防播散(Dissemination)的危险。③

① 《德法之争》,第 48 页。
② 《德法之争》,第 46 页。
③ 《德法之争》,第 63 页。

就此而言,德里达对伽达默尔的批判实为“项庄舞剑”,意在借题发挥而批判柏拉图–海德格尔一脉的逻各斯中心主义。在他看来,“理解的善良意志”监控意义而连续重构了阐释的自身同一,正是逻各斯中心主义的主权宣示与传统形而上学的“魂兮归来”。①

尽管如此,伽达默尔的“善良意志”依然立于不败之地:“德里达向我提出问题,就必定同时预设了我是愿意理解他的问题的”;换言之,德里达本人虽然质疑“善良意志”,但是他的质疑恰恰见证了“善良意志”的存在:“他在这里求助于尼采,这当然是我很能理解的”,但是“他们两人都对自己不公:他们都是为了被人理解才去说和写。”②

对于伽达默尔的反讽回应,德里达保持了反讽的沉默。他拒绝回应,以退出对话、人为制造“断裂”而成为伽达默尔“善良意志”之决绝他者的方式捍卫了自己的哲学立场,同时对伽达默尔的解释学构成了根本性的

---

① 事实上,解构主义者往往为了规避传统形而上学–逻各斯中心主义的意义管制而陷入意义涣散流亡的另一极端,即如韦勒克(René Wellek)所说:“如果每个文本都是歧义丛生,复义交错,‘无从确定’,我们就走到了学术研究的尽头,得出一个极其虚无主义的结论。”(《近代文学批评史》第6卷,杨自伍译,上海译文出版社,2005年,第486页)甚至伊格尔顿——他本来是德里达的支持者——也不无遗憾地指出解构主义认为“我们是自己的话语的囚徒,因此无法合理地提出一些真实主张”是一个无懈可击但却纯粹空洞无物的立场:“认为一切语言现象的最重要方面都不自知其所云,这是向真理之不可能性的颓然接受,而这与1968年后的历史幻灭感绝非毫无关系。”(*Literary Theory: An Introduction*, p. 125)

② 《德法之争》,第47页。

"道路挑战"。

但他并没有取得成功。首先,德里达在向伽达默尔发问的那一刻,便已落入对方——其实是语言或者说"话语"本身——的"问答逻辑"而启动了对话的"效果历史";他随后抽身离去,但伽达默尔仍以"善良的强力意志"接受此"不答之答",并向意中"伊人"继续发出对话的邀请。如其所说(伽达默尔的独白本身即是对话的重演和继续),他的思想与德里达的"解构"同根而生:"在整个法国哲学舞台上,与我具有共同起点的显然就是德里达","他的思想也是从海德格尔那里来的"(《解释学与逻各斯中心主义》)[1],这就是后者对形而上学的"解析"(Destruction)[2];"我和德里达都确信,一个文本不再依赖它的作者及其意图","我也承认,理解总是不同地理解",事实上"理解发生之处并非仅有一种同一性"(《致达梅尔的信》)[3]——甚至不是同一,而是同一的差

---

① 《德法之争》,第 101 页。

② 伽达默尔认为"海德格尔的伟大功绩就是对形而上学学院语言的解析"(《解释学与逻各斯中心主义》,《德法之争》,第 112 页),用海德格尔本人的话说就是"对已经变得流行和空洞的观念的拆解(Abbau)中重新赢回形而上学的源始的存在经验"(《面向存在问题》,载《路标》,孙周兴译,商务印书馆,2000 年,第 490—491 页)。按海德格尔在《存在与时间》导论第 6 节中首次提出"解析"概念,强调它"并不想把过去埋葬在虚无中",而是"有积极的目的",即"以存在问题为线索,把古代存在学传下来的内容解构为一些原始经验",从而解除"传统做成的一切遮蔽"并"标明存在论传统的各种积极可能性"及其"限度"(陈嘉映、王庆节译,三联书店,2000 年,第 26—27 页)。就此而言,"解析"从语言出发,但并不仅限于语言(除非我们像海德格尔一样将语言理解为"存在之家")。

③ 《德法之争》,第 77 页、第 78 页。

异："差异存在于同一性中，否则同一性就不是同一性。思想蕴含着延迟和间距，否则思想就不是思想了。"（《解释学与逻各斯中心主义》）[①]理解正因差异（他者）而可能（实现），或者说理解即是自身的差异（他者）化。就此而言，解构与解释并无不同：它们都是对传统形而上学ἀρχή（原则-统治）——德里达所谓逻各斯中心主义——的成功化解与克服。

尽管如此，"解释"和"解构"之间依然存在巨大的分歧，事实上它们代表了两种不同的阐释学理或解释学道路，如伽达默尔所说：

> 在我看来，为了反对辩证法所特有的存在学上的自我驯服而指出一条通向自由之路，只有两条路似乎是可行的，并且已经有人行乎其上了。一条道路是从辩证法回到对话，回到会话。我本人已经在我的哲学解释学中尝试走这条道路。另一条道路则主要由德里达指出的解构之路。这条道路恰恰不是要在活生生的会话中重新唤起已经失落的意义，相反，是要在作为一切言说之基础的意义关系的隐秘交织中，也即在一个关于书写（而不是关于闲谈或对话）的存在学概念中，根本上消除意义的同一性，从而实现对形而上学的根本性粉碎。（《解析与解构》）[②]

---

① 《德法之争》，第 117 页。

② 《德法之争》，第 94—95 页。

有论者指出:伽达默尔“试图通过将这些概念回归到言说中去以打破形而上学概念的僵化、可决定的意义”,而德里达的目标则“在于一种更为彻底的散播,在于打乱意义的可决定性”,由此“揭明全然为他者的东西而不是发现意义与真理”(米歇尔菲尔德、帕尔默:《〈对话与解构:伽达默尔与德里达的交锋〉导论》)①。这样说来,“解释”与“解构”——我们不妨视之为海德格尔“解析主义”的左右两翼或阴阳两极——并不对立,而是在不同层面上展开的两种思想路径(伽达默尔所谓“真理与方法”的“方法”)与话语空间(德里达所谓“Khora”②)。

然而,伽达默尔本人并不这样认为。在他看来,“解释”不同于“解构”不假,但这“不同”并非水平的差异(并因此互补),而是层级上的超越:

> 我超出了德里达的解构论,例如我认为话语根本上只在会话中存在,在会话中的话语并非作为个别的词语,而是作为言语和回答状态的总体而存在的。(《解析与解构》)③

---

① 《德法之争》,第 131 页。

② 德里达这样描述(确切说是以描述的方式界定,甚至是相当独断地启示)“Khora”(希腊语“χώρα”:场所,空间):“Khora 接受所有规定性的目的是为了给它们以位置而发生,但是她/它并不把它们当中的任何一项规定据为己有。[……]它不是所有这些阐释的主体或者在场的支撑,即使她可以还原为它们。这个过度纯粹是虚无,可以存在论地存在或者被谈论的虚无。”(德里达:《Khora》,《解构与思想的未来》,夏可君编校,吉林人民出版社,2006 年,第 246 页,参见第 241—242 页)中国古人所谓“生而不有”、“若存若亡(无)”之“道”,庶几近之。

③ 《德法之争》,第 98—99 页。

他在另一场合也指出（同时是向德里达隔空"喊话"）：

> 根本就没有一种形而上学语言。始终只有我们自己的语言。在形而上学中形成的概念以种种变化和不同层面存活在我们的语言中。（《解释学与逻各斯中心主义》）①

解释学既不是、也不依赖于任何"在场哲学"。德里达从符号概念而不是活生生的对话语词出发切入语言问题，因此未能真正理解解释学：

> 惟有了理解，书写才能返回到说（这种说决非必须是一种"出声的读"）。无论在何种情形下，书写的现实化就像被说出的词语的现实化，始终就已经要求一种富有思想的理解意义上的阐释。根据这一情形，我认为德里达在此看到有在场的形而上学在起作用，看来是一种彻头彻尾的误解。（《解释学与逻各斯中心主义》）②

伽达默尔认为德里达误解了自己，但这恐怕也

① 《德法之争》，第 111 页。伽达默尔在《在现象学和辩证法之间：一种自我批判的尝试》再次强调（这一次是针对海德格尔）："我认为根本不存在形而上学的语言。[……]实际上只存在其内容由语词的运用而规定的形而上学概念，就如所有的语词一样。"（《诠释学 II：真理与方法》，洪汉鼎译，商务印书馆，2013 年，第 13—14 页）

② 《德法之争》，第 107 页。

是他的误解；更可能的是，德里达为闪避、化解“善良意志”预设的“视域融合–共同理解”而故作不解——虽然说“不解之解”也是一“解”。德里达的立场始终是一种反立场，即绝对的他者立场：伽达默尔所说的理解——作为此在的自我解释（海德格尔所谓“此在存在的基本样式”①）——取决于对话，而对话意味着“去他者化”，即对差异–他者的征服；但在德里达，差异或者说他者之为他者的“他者性”无法穿透，否则理解无非是阐释（者）的僭政（虽然它以“善良意志”为名出现），而“视域融合”将成为监控差异–他者、使之有序发生（事实上，一旦排除意外，即理性无法预测和监视的偶然性，差异也就不成其为差异了）②的意义监牢。为此，他选择了流亡：流亡意味着拒绝，但并非拒绝对话本身，而是以拒绝的方式——拒绝对方（或任何一方）单方面无条件指定的规则或秩序，即只讲一种语言（这往往是强者的权力话语）——介入对话，打破意义的管制并推

---

① 海德格尔：《存在与时间》第 31 节，第 166 页。

② 在这个意义上，伽达默尔所谓“此在的根本运动性”（《诠释学 II：真理与方法》，第 554 页）不过是按部就班、单调重复的自我规训罢了。这是一种虚假的自由，或者说自由的假释（虚假解释）。但是我们也想问：德里达的解构（延异、撒播……）是否就实现了真正的自由呢？而且，它是否在追求自决自由的同时也丧失了并不总是和自决自由并行不悖的“本真性”（authenticity）？即如查尔斯·泰勒所说，“寻求生活的意义、试图有意义地定义自己的行为者，必须存在于一个有关重要问题的视野之中”，而这个视野与“对话中的自我”共同构成了我们的“本真性”（《本真性的伦理》，程炼译，上海三联书店，2012 年，第 83 页、第 51 页、第 81 页）。

翻阐释(者)的专政①。在这个意义上,德里达的拒绝——确切说是对伽达默尔阐释学的拒绝——正是他对后者的“他者召唤”的“应答(oui)”②,这应答同时预示了德里达后来转向的“好客”:如其所说,“语言是好客”,“好客始于没有问题的接待”,“让我们在任何规定、任何预设、任何认同之前对来者说‘是’,不管对方是谁”(《不好客》,1996)③——即便他是伽达默尔。事隔多年,德里达终于签名-接收了(re-marks)他者(伽达默尔)“善良意志”的邀请。

根据古希腊神话传说,英雄奥德修斯(Odysseus)攻克特洛伊后一直在回家的路上离乡漂泊,而当他终于踏上故土时,却因离家太久,“周围的一切令国王感到陌生”,兀自以为身在异乡(*Odyssey*, 13.187-194);即便后

---

① 即如伊格尔顿所说:德里达的“解构最终是一种政治实践”而不仅仅是提供“一些新的阅读技艺”:“他并不是在荒诞地试图否定存在相对确定的种种真理、意义、同一性、意向和历史连续性,而是试图把它们视作一个更加深广的历史——语言的历史、无意识的历史、社会制度与实践历史——的效果。”(*Literary Theory: An Introduction*, p. 128)哈贝马斯也持同样观点:德里达“满脑子都是打破历史连续性的无政府主义想法”,他的“解构是一种革命活动,目的是要打破基本概念之间隐蔽的等级秩序,推翻基础关系和概念的统治关系,诸如言语和书写、理智与感性、自然与文化、内在与外在、精神与物质、男性和女性等”(《现代性的哲学话语》,曹卫东译,译林出版社,2011年,第213页、第220页)。

② Jacques Derrida: *Ulysses Gramophone: Hear Say Yes in Joyce*, in Derek Attridge (ed.): *Acts of Literature*, New York: Routledge, 1992, p. 294.

③ 德里达等:《论好客》,贾江鸿译,广西师范大学出版社,2008年,第27页、133页、75页。后期德里达也用“弥赛亚性”(messiahnicity)指称这种经验,如其所说:“弥赛亚性结构是种普遍的结构。只要你一开始与他者交谈,向未来开放,或者等待某人到来,这就是一种开放的经验。”(《解构与思想的未来》,第58页)

来复辟成功、重新成为自己家园的主人,他仍将远离故土,继续流浪于海上,直至生命的终点(11. 121-136)[①]。奥德修斯的故事正是德里达的故事(μύθος)——哲学的"奥德修斯故事"(*Odyssey*),而这个故事的主题就是逻各斯(λόγος)的永恒延异:回归的流亡或流亡的回归。

如果德里达是回-离家乡的奥德修斯,那么伽达默尔呢?在荷马的故事中,奥德修斯杀死外来求婚者(制造混乱的他者)后与家人(一度疏离为异己的自我)相见,并与妻子(他的另一自我,或者说我之异-己[②])商议重整家业:"这家宅里的各种财产仍需要你照料,高傲无耻的求婚人宰杀了许多肥羊,大部分将靠我劫夺(ληΐσσομαι)补充,其他的将由阿开奥斯人馈赠,充满(ἐνιπλήσωσιν)所有的羊圈。"(23. 355-358)[③]而在伽达默尔的哲学故事中,理解-阐释是一个(重新)占有-生发的过程:"一切用文字固定下来的东西都具有某些陌生的因素",而"文字的解释者……必须去除掉其中的陌生性并能把它占为己有"(《诠释学与历史主义》)[④],这一过程同时实现了"在的扩充"[⑤],即"与此在的历史性一起被给出的存在的展开"(《诠释学与历史主义》)[⑥]。正如奥德修斯通过"劫

① 在但丁的版本中,奥德修斯最后驶向"太阳背后的无人世界"(《神曲·地狱篇》,第26章,田德望译,人民文学出版社,2014年,第174页),即存在的彼岸,或绝对的他者的世界。如海德格尔所说,此在向此而在,并在此达致全-真(《存在与时间》,第47—48节)。

② 例如他们见面时互称对方"怪人"(*Odyssey*, 23. 166 & 174),即为佐证。

③ 《奥德赛》,王焕生译,人民文学出版社,2013年,第422页、第436页。

④ 《诠释学II:真理与方法》,第529页。

⑤ 《诠释学I:真理与方法》,洪汉鼎译,商务印书馆,2013年,第206页。

⑥ 《诠释学II:真理与方法》,第519页。

夺–馈赠”实现家业的“补充–充满”一样，伽达默尔通过对话–视域融合实现了此在经验的“扩充”和“展开”。伽达默尔的阐释者宛似在家主政的奥德修斯：如果说永远归来–去的奥德修斯体现了解构哲学的精神，那么这个在他者身上认出自己并通过他者充实自身所有的奥德修斯正是现代解释学的人格象征。

如前所说，伽达默尔认为“在整个法国哲学舞台上，与我具有共同起点的显然就是德里达”，“他的思想也是从海德格尔那里来的”，又说“为了反对辩证法所特有的存在学上的自我驯服而指出一条通向自由之路，只有两条路似乎是可行的”，一条是他本人主张的“从辩证法回到对话”的哲学解释学道路，“另一条道路则主要由德里达指出的解构之路”——这话是否真实可信？面对伽达默尔的邀请–攻势，德里达置若罔闻，甚至“不架而走”，对话（我们知道，伽达默尔解释学的一切有效性和现实性均有系于此）一时陷入僵局；但是十五年后，德里达本人以“绝对的好客”解构“友爱的政治学”而签名–应允对话之“不可能的可能”，则似乎又认可了“善良意志”之“不可解构的正义”。虽然时过境迁，伽达默尔还是赢了。

尽管如此，我们仍然想问：在伽达默尔的解释学与德里达的解构主义之外，是否存在其他阐释路径？如果存在其他路径，这个路径从何而来并指向何方？与此同时，它与伽达默尔的解释学路径和德里达的解构路径构成怎样的关系：平行、补充抑或超越（内涵）、替代？

下 篇

1952年,列奥·施特劳斯(1899–1973)在《形而上学评论》季刊发表《评柯林武德的历史哲学》一文。柯林伍德的"科学历史学"强调历史是心灵对过去经验的再生与重建并因此是"活的心灵的自我认识"①,而施特劳斯对此大不以为然:"为了理解过去的思想,人们必须怀疑科学历史学的基本观点。人们必须怀疑'当代精神'的独特原则。人们必须放弃从当前观点理解过去的企图。"②他在文章最后指出:

> 对基本问题之理解的失落在哲学的历史化或历史主义中达到了顶点……历史主义否认基本问题的永恒性,借此批准了对人类思想之自然视域(natural horizon)的失落或遗忘。正是那种自然视域的存在使"客观性"成为可能,因而尤其使"历史的客观性"成为可能。③

这是一个非常严厉的批评,同时也是一项重大的判断。

---

① 柯林伍德:《历史的观念》,何兆武、张文杰译,商务印书馆,2004年,第244页、第250—251页、第286页、第307页等处。

② 《苏格拉底问题与现代性——施特劳斯讲演与论文集:卷二》(以下简称《苏格拉底问题与现代性》),刘小枫编,彭磊、丁耘等译,华夏出版社,2008年,第146页。

③ 《苏格拉底问题与现代性》,第155页。

施特劳斯在此批判的，不仅是柯林武德个人的“科学历史学”，更是作为“当代精神”即西方现代性思想核心原则和基本表征的“历史主义”。在他看来，历史主义源于自由主义的相对主义，并最终走向虚无①；而虚无，或者说虚无主义，正是西方现代性②愈演愈烈而登峰造极的产物。

正如海德格尔相信人类历史本质上是人步入歧途和存在被遮蔽的历史一样，施特劳斯认为近代早期以来的西方思想（及其政治现实）不断偏离古典“自然正当”（natural right）和自我解构而经历了“现代性的三次浪潮”：第一次浪潮以马基雅维利、霍布斯和洛克为代表，其结果是自由主义民主政制理念及其政治现实（如美国）；第二次浪潮以卢梭、康德、黑格尔、马克思为代表，其结果是共产主义运动及其政治现实（如苏联）；第三次浪潮以尼采、海德格尔为代表，其结果是法西斯主义及其政治现实（如纳粹德国）③。根据施特劳斯的诊断，我们

---

① 如其所说：“历史主义的观点简单说来就是：自然正当（natural right）是不可能的，因为完全意义上的哲学是不可能的”；“当代对自然正当的拒斥导致了虚无主义——不，它就是虚无主义。”（Leo Strauss：*Natural Right and History*，The University of Chicago Press，1965，p. 35 & p. 12）

② 加拿大学者德鲁里（Shadia B. Drury）总结了施特劳斯所谓现代性的六个特征，它们分别是：个体神圣不可侵犯、公共领域的消失、德性观念的转变、对自然（自然差异）的拒斥、价值相对主义、公开性或对隐秘主义的拒绝。在施特劳斯看来，隐秘主义等于古典哲学本身，因此现代性意味着古典哲学（或者说政治哲学）的衰落（《列奥·施特劳斯的政治观念》，张新刚等译，新星出版社，2010年，第256页、260页）。

③ 详见施特劳斯《现代性的三次浪潮》一文，《苏格拉底问题与现代性》第32—46页。

现在正处于第三次浪潮引发的现代性危机之中。

在现代性浪潮的引领者当中，施特劳斯尤其重视海德格尔：在他看来，海德格尔作为希特勒“在智识领域的对应者”[1]代表了“现代思想”的“终极完成”与“最高自我意识”[2]。按施特劳斯在德国弗莱堡大学学习时期（当时他的导师是胡塞尔）即与海德格尔结识；据他后来回忆，“海德格尔在思辨理智方面远远超越了所有他的同时代人”，“在我们的心智逐渐形成持久方向的那些年里，没有什么比海德格尔思想对我们的影响更为深远”[3]。不仅如此，施特劳斯后来正是通过反思和回应海德格尔的“最彻底的历史主义”[4]，开始质疑和批判西方的现代性事业[5]。就此而言，他同伽达默尔、德里达一样都是海德格尔哲学的直系传人。

同时也是他最主要的批判者。施特劳斯认为：彻底转向历史主义的现代哲学在道德和知识学上都已经破产而进一步激化了“现代性的危机”；为了克服这一危机，我们亟需返回现代思想的源头和西方文明的根基，在超越“进步与保守主义、左派与右派、启蒙运动与浪漫派的对立”的视域下“重新理解永恒的好、永恒的秩序的思

① 《犹太哲人与启蒙——施特劳斯讲演与论文集：卷一》（以下简称《犹太哲人与启蒙》），刘小枫编，张缨等译，华夏出版社，2010 年，第 377 页。

② Leo Strauss: *What Is Political Philosophy and Other Studies*, Chicago & London: The University of Chicago Press, 1959, p. 55.

③ 《犹太哲人与启蒙》，第 377 页。

④ *What Is Political Philosophy and Other Studies*, p. 55.

⑤ 参见格林：《现代犹太思想流变中的施特劳斯》，载刘小枫编：《施特劳斯与现代性危机》，华东师范大学出版社，2010 年，第 322 页。

想”(《科亨与迈蒙尼德》)[①]。这就需要以一种非历史主义的方式重新审视古典哲学,如其所说:

> 历史远未证明历史主义推论的合法性,相反它倒是证明一切人类思想——自然也是一切哲学思想——均涉及相同的基本主题或相同的基本问题,因此在人类事实与原理知识的一切变化中,有一个总体框架(framework)始终保持不变。[②]

历史经验并不能否认根本问题的存在,而历史主义——作为伪哲学(pseudo-philosophy)或“自然洞穴”之下的洞穴,即“人类思想史”[③]——无法根本解决这些问题:

> 历史主义的问题必须首先从古典哲学的角度来考虑,而最纯粹的古典哲学正是非历史主义的思想。只有通过这样的历史研究,即像古典哲学理解自身那样理解古典哲学,而不是在历史主义的基础上去理解它,才能解决目前最迫切的需求。[④]

施特劳斯要求“像古典哲学理解自身那样理解古典哲学”,这意味着他的古典研究——确切说是古典政治

---

① 《犹太哲人与启蒙》,第 163 页。

② *Natural Right and History*, pp. 23–24.

③ Leo Strauss: *Persecution and the Art of Writing*, The University of Chicago Press, 1988, pp. 155–157.

④ *Natural Right and History*, p. 33.

哲学[①]研究——本质上是一种解释学的工作。事实上，海德格尔、伽达默尔、德里达等人也都致力于（重新）理解-解释古典哲学，但施特劳斯的独特之处在于：他既不是在现时的交互对话-视域融合中重新演绎古代经典，也不是在未来向度的语言游戏中解构-另建前人思想，而是直接返回和切入经典文本-思想本身（现象学意义上的“事情本身”，德里达会说这是“灰烬”或“幽灵”），以“本质直观”的方式聆听本原的逻各斯声音。质言之，施特劳斯采取了一条本质主义-基础主义的解释学道路。在实践中，这体现为对古人-作者原意（施特劳斯所谓“原初教诲”）的承认与尊重：

> 人们必须首先理解某个陈述，亦即首先必须按照作者有意识地赋予的意义去理解这个陈述，然后才能使用或批评那个陈述。（《评柯林武德的历史哲学》）[②]

---

① 施特劳斯认为哲人与大众（非哲人）之间的不平等或自然差异是人性和人类社会的一项根本事实：哲人必须怀疑而大众需要信仰，因此哲学思考只限于一些精英人物（哲人），他们需要尽可能地远离社会（公共政治）而退藏于密，但在思想中怀疑并只告诉同道；如果要公开发表，则须隐约其辞，通过“高贵的谎言”（施特劳斯所谓“显白教诲”）隐藏真实的想法（《施特劳斯与现代性危机》，第358页），一方面“保护世界免受哲学危害”，另一方面“也保护哲学免受世界的危害”（《列奥·施特劳斯的政治观念》，第94页）。此即所谓“政治哲学”，或者说“哲学的政治面向”（*Persecution and the Art of Writing*, p. 18）。

② 《苏格拉底问题与现代性》，第151页。

> 在最好的情况下,历史学家的理解也只不过是对原初教诲的某种创造性转换。然而,如果不可能把握原初教诲本身,又怎么能说对原初教诲的创造性转换呢?(《我们时代的危机》)①

在施特劳斯看来,“原初教诲”的存在及其真理性是理解得以发生的前提,也是保证理解具有正当性的基础;但在今人——现代人如后现代-解构主义者,甚至是一般意义上的现代学者——看来,施特劳斯(或者说施特劳斯主义)公然宣扬知识原教旨主义,正是逻各斯中心主义和理性主义僭政的绝佳样本。他们一定想问(虽然他们早有答案):“解释学致力于同情地理解过去的意义,但是除了仅仅是当前话语的作用(function)之外,真有什么需要了解的过去吗?”②问题本来指向伽达默尔③,但施特劳斯首当其冲。面对不同信仰(者)的挑战(这也是意料中事),他将如何作答?

施特劳斯的回答是:这个“过去”确实存在,而且正是它提供了思想——历史中的思想,或者说思想的历史(思想史)——的客观标准:

---

① 《苏格拉底问题与现代性》,第 15 页。

② Terry Eagleton: *Literary Theory: An Introduction* (2nd edition), p. 124.

③ 这就是伽达默尔在现代世界的尴尬处境:基础主义者认为他偏于激进,而非基础主义者又觉得他太保守了。Cf. Donald D. Stone: *Communications with the Future: Matthew Arnold in Dialogue*, The University of Chicago Press, 1997, p. 106.

> 思想史家的任务是就像过去的思想家理解自身那样去理解他们，或者是根据他们本人的解释复活(revitalize)他们的思想。倘若我们放弃了这一目标，我们就放弃了思想史中唯一可行的“客观性”标准。(《政治哲学与历史》)①
>
> 如果人们否认历史客观性的可能性，人们就不过是用一种主观性和随意论断的虚假权利代替了真诚的坦白，即承认我们对人类过去的大多数重要事实都很无知。(《评柯林武德的历史哲学》)②

所谓历史或思想史的“客观性”，即知识的确定性。在历史主义–相对主义–虚无主义(解构主义为其最新变种)大行其道几成公理常识的时代，施特劳斯坚决捍卫已是明日黄花的确定性，这不仅需要非凡的勇气，也需要过人的智慧。

这个智慧就是对人之自然(human nature)的原始洞见。在古典哲人看来，人之自然(人性)有其大限(或者说必然)，这就是人类机体的死亡和人类理性对整全真理的无知。“认识你自己”(γνῶθι σεαυτόν)即是认识人自身存在与知识的有限性。现代启蒙哲学高扬理性而崇尚科学，认为“自然界对于我们的希望并没有布置下任何限度”③，因此我们要“敢于认识”(*sapere aude*)并征服

---

① *What Is Political Philosophy and Other Studies*, p. 67.

② 《苏格拉底问题与现代性》，第154页。

③ 孔多塞：《人类进步史表纲要》“第十个时代”，何兆武、何冰译，江苏教育出版社，2006年，第157页。

自然,包括人之自然:“人类的可完善性是无限的”①。但在施特劳斯看来,知识或“科学的无限进步恰恰意味着那些尚未解决的问题的永恒性”,同时“任何科学解释都已经预先假定了对科学的无根基的选择”,事实上“科学本身即基于一种非理性的选择”,如宗教然(《弗洛伊德论摩西与一神教》)②。在这个意义上,科学(或者说科学主义)乃是一种遗忘——人类对于自身无知(有限性)这一根本境况(*conditio humana*)的遗忘,和僭越——人类理性对人性必然(有限境况)的僭越。另一方面,现代哲学也遗忘了人之必死性,或者说有意屏蔽了这一认识。现代哲人之父尼采③宣称:世界是“无限重复自身”的“生存游戏”,“作为必然永恒回归的东西……它没有目的”并“被虚无包围”,这就是“永恒自我创造-自我毁灭的狄奥尼索斯世界”,“这就是权力意志的世界——此外一切皆无!”④因此,不存在什么真理:真理只是欲望(权力意志)的自我解释;而解释只是权力意志的话语实现:这是一种永恒的此在运动。现代解释学同样信奉人类精

---

① 《人类进步史表纲要》,第179页。

② 《犹太哲人与启蒙》,第373页、第374页。

③ 施特劳斯的批评者德鲁里认为尼采是施特劳斯最重视的哲人,可以说他的全部著作都是对尼采的回应(《列奥·施特劳斯的政治观念》,第294—295页)。他的另外一位批评者朗佩特(Laurence Lampert)也暗示施特劳斯是柏拉图-尼采的合体,确切说是柏拉图其表而尼采其里的现代哲人(《施特劳斯与尼采》,田立年、贺志刚等译,上海三联书店,2005年,导言及第1章,特别参见第177—178页)。

④ Nietzsche: *The Will to Power*, translated by Walter Kaufman, New York: Random House, Inc., 1968, p. 549 & p. 550

神的实存和永动,如伽达默尔在《真理与方法》第2版序言中所说:

> 理解不属于主体的行为方式,而是此在本身的存在方式。本书的"诠释学"概念正是在这个意义上使用的。它标志着此在的根本运动性,这种运动性构成此在的有限性和历史性,因而也包括此在的全部历史经验。既不是随心所欲,也不是片面夸大,而是事情的本性使得理解运动成为无所不包而无所不在。①

"无所不包而无所不在"的"此在的全部历史经验",作为"某种一直是而且始终是实在的东西"(《第2版序言》)②,构成了"人类的整个世界经验"(《导言》)③、一个自身有限而向无限开启的"诠释学宇宙"(《导言》)④。但在施特劳斯看来,这也是一个失落了原初-自然视域而导致自身隐沦的"历史主义"世界。

---

① 《诠释学Ⅱ:真理与方法》,第554页。

② 《诠释学Ⅱ:真理与方法》,第566页。

③ 《诠释学Ⅰ:真理与方法》,第3页。

④ 《诠释学Ⅰ:真理与方法》,第7页。伽达默尔声称解释学过程和美的事件(发生)一样以人类存在的有限性为基本前提,但这一过程最终融入澄明而与真理"照面"(比较但丁《神曲·天堂篇》最后上帝在"我的心被一道闪光照亮"时的霎那现身),因此本身是对人类有限经验的无限突破(同书第682页、第686页)。这一点同样适用于解构主义。如德里达明言"作为无限分延的理念的显现只能在对一般死亡的关系中才能产生",因此"无限分延的显现本身就是有限的",换言之"无限的分延是有限的"(《声音与现象》,杜小真译,商务印书馆,2010年,第130页);但在话语实践中,解构总是表现为无限(无目的、无规则)的分延或意义的永恒出走。

施特劳斯的原初-自然视域直接否定了伽达默尔的视域融合-效果历史。伽达默尔认为“理解按其本性乃是一种效果历史事件”——这是“真正的历史对象”,即“自己和他者的统一体,或一种关系,在这种关系中同时存在着历史的实在以及历史理解的实在”①,而解释(学)的经验即是在效果历史意识中实现的(《真理与方法》III. 3. b)②。作为“在历史进程中获得并被历史所规定的意识”(《真理与方法》,第2版序言)③,效果历史意识“把作品和效果作为意义的统一体进行考虑”,而“视域融合就是这种统一的实现形式”,事实上“构成一件文本的历史视域就已经是视域融合”(《真理与方法》,第3版后记)④。另一方面,作为“在历史进程中获得并被历史所规定的意识”,“效果历史的规定性仍然支配着现代的、历史的和科学的意识”,因此是一种超越历史的普遍原则,即“不应局限于某一历史境况的基本见识”(《真理与方法》,第2版序言)⑤。在施特劳斯看来,伽达默尔的视域融合-效果历史意识恰是丧失原初-自然视域(客观标准)而随波逐流、每况愈下的历史主义产物,并因其自命为超越历史的真理——同时否认永恒真理⑥或“根本

① 《诠释学I:真理与方法》,第424页。
② 《诠释学I:真理与方法》,第664页。
③ 《诠释学I:真理与方法》,第560页。
④ 《诠释学I:真理与方法》,第601页。
⑤ 《诠释学I:真理与方法》,第560页。
⑥ 伽达默尔明确指出:“并不存在任何永恒的真理。真理就是与此在的历史性一起被给出的存在的展开。”(《诠释学I:真理与方法》,第519页)

问题的永恒性”——而显得格外虚伪和可疑。

在伽达默尔看来,施特劳斯的主张过于天真,或者说太激进了。他在《诠释学与历史主义》一文中回应指出:“他(施特劳斯)所批判的,正是‘历史地’理解传统思想所要求的,即对这种过去的思想世界的理解要比这种思想世界过去对自己的理解来得更好”;然而,“他反对他所谓的历史主义的论据首先也是在历史的基础上提出来的”,换言之“他本人也深深地浸染于现代意识之中,以致他不可能‘纯洁’地代表古典哲学的权利”,因此“当他论证说,为了更好地理解,我们就必须像作者自己理解的那样理解这位作者,我认为他就是低估了一切理解所具有的困难,因为他忽视了我们可以称之为论述辩证法的东西”①。在此他特别提醒对手:“难道作者真的详细地知道他在每句话中的含意?”其次,如果我们相信自己正确理解了古人的观点,这是否正因我们事先(尽管也许是不自觉地)接受和使用了合适或相应的现代理论——换言之,这是否已经是古今对话“视域融合”的结果?②

伽达默尔的反诘看似温和,实则咄咄逼人;但在施特劳斯,这些并不成为问题。伽达默尔认为“一切诠释学条件中最首要的条件总是前理解”,因为“一切自我认识都是从历史地在先给定的东西开始的”③,换言之正是“前理解”——它本身是变动不居、持续扩充-生成的“历

① 《诠释学 II:真理与方法》,第525页、第524页、第526页。
② 《诠释学 II:真理与方法》,第532页、528页。
③ 《诠释学 I:真理与方法》,第417页、第427页。

史传承物”——使视域融合-效果历史成为可能。但在施特劳斯看来，原初-自然视域构成了首要的和根本的前理解，它不但启动了最初的视域融合-效果历史，同时也为此后连续转换生成的视域融合-效果历史提供了内在超越的动力和标准。如果说理解-解释是一种有限的经验，其有限性正源于原初-自然视域的确定性，即原初教诲-作者之意的客观存在。在这个意义上，解释就是向自然视域-原初教诲或意义起点的出走-回航，而古人——确切说，古代的“伟大思想家”——就是矗立于彼岸的长明灯塔，作为差异-他者指示正确的航向并确保（如果我们足够幸运和明智的话）航行的安全。因此，我们必须如其所是地——就是说，像他们理解自身那样——理解他们的思想，如施特劳斯所说：

> 与那些绝无可能成为伟大思想家的历史学家相比，伟大思想家本人能更好地认识自己的思想。（《注意一种被遗忘的写作艺术》）①
>
> 人们若不严肃对待伟大思想家们的意图，即认识整全之真相的意图，就不可能理解这些思想家。（同上）②

伟大思想家“只用一种方式”理解自己的学说，今人要理

---

① 《苏格拉底问题与现代性》，第 163 页。
② 《苏格拉底问题与现代性》，第 162 页。

解这些思想家也"只有一种方式",即他们的自我理解方式(《政治哲学与历史》)①。这是唯一正确的理解方式,或至少是正确理解的首选方式:"即使我们能比古人更好地理解古典,我们也只能是在准确地如他们自己理解自身那样理解他们之后才能确信我们的优越"(《重述色诺芬〈希耶罗〉》)②,施特劳斯如是说。

我们看到,施特劳斯和伽达默尔的争执在很大程度上是西方"古今之争"(*la querelle des anciens et des modernes*)的现代重演③,其中施特劳斯坚守自然视域-原初教诲而为古人代言,伽达默尔则投身视域融合的效果历史而表达了今人的立场。伽达默尔自信现代解释学以平等对话-视域融合取代非此即彼的二元对立(《真理与方法》,第2版序言)而超越了古今之争的传统议题(《逻辑学还是修辞学?》)④,但施特劳斯并不这样认为:如果我们不了解——甚至根本不去了解——古人的原始意图以及由此奠定的根本问题-自然视域,那么我们是在和-还能与古人对话么?我们现在与之对话的古人究竟是当时真实存在的古人,还是他在现代世界的虚拟替身(效果

---

① *What Is Political Philosophy and Other Studies*, pp. 67—68.

② 施特劳斯:《论僭政》,何地译,观溟校,华夏出版社,2006年,第199页。

③ 施特劳斯对此有充分自觉,并在致伽达默尔的信中直接明言:"我们从相同的基础出发,但是背道而驰"(1961年2月26日);"我们之间的根本分歧:古人与今人的争执,其中我们采取了不同的立场;我们关于解释学的分歧不过是这一根本分歧的结果罢了。"(同年5月14日)Leo Strauss and Hans-Georg Gadamer, "Correspondence concerning *Wahrheit und Methode*," *The Independent Journal of Philosophy* 2 (1978), p. 5 & p. 11.

④《诠释学II:真理与方法》,第376页、第560页。

历史)？进一步说,没有实质性谈话对象(伽达默尔所谓“你”的他者[①])的对话是否还可以称为对话？同理,排除了自然视域的视域融合是否是真实有效的视域融合？这难道不是“我”的自言自语或主体投射的“洞穴幻像”？在“我”的戏剧独白和幻觉中,“我”究竟是入住居有了意义——它由“古人”即人类思想的创始人开启并成为一切后来理解的目标和标准——还是被意义的幻影所裹挟,在虚假意见的历史效果之海中漂泊流亡？[②]

对此,伽达默尔可能会说:即便存在这样一个超越历史-意见的确定过去,但逝者如斯,我们果真还能回去-来吗？如果不能,那么这个未来愿景(尽管它是作为“过去”而出现)除了进一步引诱助长“存在的冒险”[③]之外,有何实际意义？如果能,我们如何回去-来？另外,回去-

① 参见《诠释学 I:真理与方法》,第 506 页以及《诠释学 II:真理与方法》第 276 页、第 562 页等处。

② 美国文艺复兴学者克里斯特勒(Paul Oskar Kristeller)曾这样指责师心自用、凭空议论的(后)现代研究者:“这类研究的倡导者相信,他们通过将现代观念强加给过去而丰富了历史,但由于忽略和遗忘了绝大部分传统文献,放弃了以传统文献所能提供的多种观念和见解丰富现代读者的机会,他们因而在事实上使当代和未来趋于枯竭。”(《文艺复兴时期的思想和艺术》,邵宏译,东方出版社,2008 年,1990 年序言第 3 页)他在此描述的——因“前不见古人”以至于“后不见来者”——即是伽达默尔方法的内在弊端和现实表现,从一个侧面印证了施特劳斯对现代性的整体判断。

③ 如海德格尔所说:“存在者之存在是冒险。这种冒险基于意志中。”(《诗人何为?》,载《林中路》,孙周兴译,上海译文出版社,2004 年,第 292 页)“存在”无根而自根,它基于自身意志的冒险——或者说人作为自身意愿者的存在——因此是一种自作主张的决断或“生存还是死亡”、成败在此一举的“信仰之跃”。参见尼采《查拉图斯特拉如是说》第 2 部第 34 节“自我克服”。

来之后,我们将如何处置先前的存在历史?据说这是一段误入歧途的流亡-堕落历史,但它确实发生过,并作为过去的现在或在场的过去——无论我们是否愿意承认接受——影响和塑造着我们的未来。

对于第一个问题,施特劳斯的回答是肯定的:至少,他本人就是一个成功的例子。施特劳斯认为基督教神学的道德个体性观念导致了现代平等主义,因此基督教是现代性——它体现为日益深重而每况愈下的历史主义-相对主义-虚无主义,施特劳斯将之比喻为柏拉图"自然洞穴"之下的第二洞穴(历史洞穴)——的前导,而现代性则是基督教观念的世俗化产物;为了化解现代性危机,我们需要取道犹太-伊斯兰中世纪理性主义(特别是阿尔-法拉比和迈蒙尼德),绕过基督教的"风暴眼"、经由中世纪启蒙哲学而重返西方智慧源头的"前苏格拉底教诲"或前现代理性主义①。这是施特劳斯选择的道路,也是他对第二个问题的回答。

在此,施特劳斯显示出对古人——确切说是某些特定的古人:苏格拉底、柏拉图、亚里士多德及其传人,如阿尔法拉比、阿维森纳、阿维罗伊、迈蒙尼德——的友爱或"好客",以及对"非我族类"者的"不好客"或"敌视"。这使人们想到了荷马史诗中流亡归来的复仇英雄奥德修

① 参见丹尼尔·唐格维:《列奥·施特劳斯:思想传记》,林国荣译,吉林出版集团,2011年,第54—55页、257页;佩鲁肯:《施特劳斯与基督教》,《施特劳斯与现代性危机》第231—234页、第237页、第241—242页。

斯。“神一样的”奥德修斯历经艰险后终于返回故乡，却发现自己的家园被外人侵占，家产挥霍殆尽，妻子寄人篱下，家人①二三其德；他先是潜伏隐忍，最后决定复仇：

> 你们这群狗东西，你们以为我不会
> 从特洛亚地区归返，从而消耗我家产
> ……
> 现在死亡的绳索已缚住你们每个人。

求婚者恳求宽恕和解，但被他严词拒绝：

> 即使你们把全部财产
> 悉数作赔偿，外加许多其他财富，
> 我也不会让我的这双手停止杀戮，
> 要直到求婚人偿清自己的累累罪恶。②

在血腥屠杀所有外敌-异己后，奥德修斯重新成为了自己家园-城邦的主人：“他想痛哭想叹息，他一个个认出了他们。”③这个时候，英雄真正回家了——同时作为胜利

---

① 按照维柯的说法，家人（*famuli*）是被主人收留的外来流民，即无本地户籍产业者；他们是最初的奴隶-佃户，后来演变为城邦中的“平民”阶级（《新科学》，朱光潜译，人民文学出版社，2008 年，第 14—16 页）。在《奥德赛》中，“高贵的牧猪奴”欧迈奥斯、“高贵的”牧牛奴菲洛提奥斯、牧羊奴墨兰提奥斯、老女仆欧律克勒娅等都是奥德修斯名下的“家人”。

② 《奥德赛》22. 35—41 & 61—64，王焕生译，人民文学出版社，2013 年，第 405 页、第 406 页。

③ 《奥德赛》22. 501，同书，第 422 页。

归来的亲人-复仇者和成功逆袭的外来杀手。

正如返回故乡伊塔卡的奥德修斯通过清除一切异己而重新建立了统治（ἀρχή），现在人们担心重返“自然视域”——这是哲学-人的伊塔卡——和“原初教诲”（ἀρχή）的施特劳斯将泯灭一切随时变化、自相差异的“视域融合-效果历史”而建立起阐释-哲学的僭政。例如德鲁里即断言“施特劳斯既不是一个传统的保守主义者，也不是一个老实的古代文本的阐释者，而是激进、极端、虚无主义的后现代保守主义者的新派代表”，他“培育了傲慢、无节制和虚伪的精英”（所谓“施特劳斯派”），这些人自以为是而不可一世，并致力于建立少数人——他们自己人——的“隐秘僭政”①。另外也有学者指出：“施特劳斯主义”是伪装成保守主义的现代激进主义或“新雅各宾主义”，它和它批判的后现代主义一样意在“消灭启蒙时期和法国大革命所挑战的那种精神、文化和思想遗产”而对现代自由民主制度构成了严重威胁②。还有人从另一角度提出质疑，认为施特劳斯的主张——即由中世纪犹太-伊斯兰启蒙哲学返归苏格拉底-柏拉图——完全忽视了“今人”的后见之明与现代的比较优势（施特劳斯的问题意识与方法洞见正由此而来），也忽视了人类存在历史的不可逆转性（例如古希腊人并不知

---

① 《列奥·施特劳斯的政治观念》第1页、第7—8页、第10页；参见同作者《列奥·施特劳斯与美国右派》，刘华等译，华东师范大学出版社，2006年，第19—20页。

② 瑞恩：《道德自负的美国：民主的危机与霸权的图谋》，程农译，上海人民出版社，2008年，第27页。

道也不会认同基督教学说，但是后者已经深刻影响和改造了现代人的情感与认知)，因此他的"回归"根本是有问题的，也是不可能实现的①。如果强行为之，这甚至是危险的：法国大革命的政治实践——它始于"自由"而终于"恐怖"②(黑格尔所谓"制造毁灭的狂暴"③)——即是前车之鉴。

可是，施特劳斯真的想-在回归吗？他大谈秘传或隐秘教诲(esoteric teaching)，而隐秘教诲——它是面向城邦(政治)的哲学，即政治的哲学④——正是城邦哲人锦衣夜行的防身术，也是他"默而成之"的教学法。如果施特劳斯已经回归真理故土并安居自在澄明之境，他还需要隐秘教诲做什么？而他需要隐秘教诲(政治哲学)，正说明他虽然放眼过去(作为现代的未来)，立足点却是现代(政治-常识社会)。在这个意义上，他回到了过去-未来，又从过去-未来返回(比较柏拉图的重返洞穴⑤)，乃

---

① 《列奥·施特劳斯：思想传记》，第265—266页。

② 法国古典学者库朗热提醒世人："今人的命运多少取决于对古人的理解"，但是"人类的巨大不幸往往源自历史性的错误"，这就是"拙劣模仿古代"——"因为拙劣模仿古代，我们才有了法国大革命的恐怖时代。"如其所说，"人们挖掘出这些古老的政制，却没有考虑它们属于另一个时代，存在于另一个时代，在我们的时代里并无生存的机会"；如果更好地研究古代，我们将发现"古人与今人、古人思想与今人思想、古代社会状态与今日社会状态之间存在太大的差异"而"不会像现在那样随意借用他们的思想、话语和统治模式。"(《古代城邦》，华东师范大学出版社，2006年，第371—372页)

③ 黑格尔：《精神现象学》，贺麟、王玖兴译，商务印书馆，1997年，下卷第119页。

④ *Persecution and the Art of Writing*, p. 18.

⑤ *Republic*, 516e—521b.

是从未来世界朝圣归来的现代旅人。作为穿越古代而来的现代人和寓居现代城邦的异乡人，他秘密抉择并接引①有缘之人——潜在的哲人，即未来的同道——回到-去往未来世界的“应许之地”。这与其说是哲学-人的僭政，不如说是存在-者的流亡。如同摩西带领族人出埃及，这流亡同时也是回归——作为一种“或许”（vielleicht）可能的永恒回归。它既是一种解释，即重新理解未来在过去的投影-预表（spectre/messiahnicity），也是一种解构，即重建过去允诺-期待的未来②。在这个意义上，施特劳斯与德里达实为同道中人——不过是在相反的方向上。所谓“反者道之动”，他们或有朝一日道上相遇，亦未可知。未来无法预见，且让我们拭目以待。

---

① 我们看到，施特劳斯这样做正是效仿了阿尔-法拉比（Al-Fārābi）讲述的那位被公认为虔诚正直而从不说谎、后来却因此得以佯狂逃脱的苦行僧。如其所说，他并没有在言辞上（in speech）说谎，但在行动上（in deed）说了谎，而前者正是后者的一个组成部分，甚至是前提条件（*What Is Political Philosophy and Other Studies*，pp. 135—136）。与之相似，施特劳斯通过揭发哲人（也就是自己）的秘密而获得了公开传授秘密的机会。因此，施特劳斯的“回归古典”决非天真无知的刻舟求剑，而是故作天真的明知故犯，即如他的批评者朗佩特所见：“施特劳斯总是如此微妙和狡猾，情愿忍受被人认为幼稚。”（《施特劳斯与尼采》，第199页）我们则说：知其不可而为之，其愚不可及也！（《论语·公冶长》记孔子语：“宁武子邦有道则知，邦无道则愚；其知可及也，其愚不可及也。”）毕竟，“在后-禁欲主义时代，公开宣扬隐微教诲的行动本身就成了一种复兴的武器”，我们由此得以“理性地理解欧洲的过去”（朗佩特：《尼采与现时代——解读培根、笛卡尔与尼采》，李致远、彭磊、李春长译，华夏出版社，2009年，第491页）或人类的真实历史。

② 如德里达所说：“每一种言说行为本质上都是许诺。这种许诺的普遍性，这种对未来的期待的普遍性，还有这种期待与正义之间的关系，就是我所说的弥赛亚性（messiahnicity）。”（《解构与思想的未来》，夏可君编校，吉林人民出版社，2006年，第58页）

索　引

B

H

M

N

O

P

Q

R

S

T

W

X

Y

Z

INDEX

Q

R

U

V

W

后记

爱欲知识与世界剧场

张菁洲

读者如已通览全文,读至此处,或许不烦同为全书“戏剧”观众的笔者旁白,也容易借助本书第五幕阐释《两个高贵的亲戚》之中原型批评的“钥匙”,发现一至五幕之间的可能关联:第一幕所论《仲夏夜之梦》中仙后和织工在爱欲魔法下的“幻觉”,是“愿望实现的梦幻”(wish-fulfillment dream,本书第174页①)和属于传奇/罗曼司精神的“春天的故事”;第二幕讲述《威尼斯商人》中鲍西亚矫正、改造威尼斯世界的旧爱欲-文明关系,作为“美丽山”(Belmont)所象征的新世界的女主人最终取得“胜利”的故事,是以婚姻契约标志新的爱欲关系和人生盛夏——莎士比亚十四行诗之中最令而今读者熟知的意象——到来的喜剧;第三幕所论《李尔王》中考狄利亚因执着爱的真相而选择与李尔形同陌路、最终无法于此世(乃至彼岸)得救的“命相”,自然是悲剧精神下“秋天的故事”;而第四幕所论《特洛伊罗斯与克瑞希达》中尤

① 如无特殊说明,下文括号页码均为本书正文页码。

利西斯三次以“梅菲斯特式的爱欲知识”(第 157—158 页)作为对其他角色和在场观众的“启蒙/馈赠”,正是属于“冬天”和反讽的致命与解毒之“药”。由此,莎士比亚作品中纷繁复杂的爱欲主题及其场景,形成了一条贯穿莎士比亚创作各个阶段、横跨其作品体裁的一场关于爱欲成住坏空的“戏剧”,乃至构成了一种关于“爱欲”这一重要人类经验的可能“元戏剧”或“元叙事”。

从形式上看,这种以原型为纲的“元戏剧”结构,源于弗莱和怀特上世纪的论述(第 166—167 页)①;从内容上看,本书的论述也受到多种思想资源的影响。书中对莎士比亚戏剧中爱欲主题的探讨,融入了尼采、列奥·施特劳斯、阿兰·布鲁姆、伽达默尔、德里达等思想家的问题意识,而对莎剧文本的解读,又回应了哈罗德·戈达德(Harold Goddard)、哈罗德·布鲁姆(Harold Bloom)、玛乔瑞·加伯(Marjorie Garber)等莎士比亚批评家经典论述。然而,本书又并非一部莎士比亚剧作爱欲主题原型的胪列汇编、一场以莎剧为名的政治哲学或思想史议题的腹语术表演、也非唯文学批评意义上的“又一本关于莎士比亚的书(another book on Shakespeare)”②。全书具

---

① 其实弗莱原型批评的诸多素材和观念的成形也来自莎剧文本。例如其收入《批评的解剖》并多次重印的文章《喜剧的主题》即以莎剧为例阐发了四季循环的原型结构。See Northrop Frye, “The Argument of Comedy”. *English Institute Essays*: 1948. Ed. D. A. Robertson, Jr. New York: Columbia University Press, 1949.

② 此为本书曾征引的哈罗德·戈达德在其作于上个世纪的《莎士比亚的意义》的序言,see Harold Goddard, *The Meaning of Shakespeare*. Chicago & London: The University of Chicago Press, 1951, p. vii.

有高度的风格自觉，读来更像是一场邀请每位读者共同观赏和参与的文学戏剧——这场戏剧不仅关乎莎士比亚的文学世界，更关乎每一个人的戏剧人生。可以说，本书最为重要的批评性格和风格底色，正是此种通过文学的想象力营造出的“戏剧性”；而将人生隐喻为戏剧的“世界剧场”（theatrum mundi）母题，与四季轮回、成住坏空的原型结构一样，都是贯穿全书的重要线索。

全书的结构设计本身便是对“世界剧场”母题的隐喻。一如莎剧的常见制式，全书开篇便设有一场序幕，以今本《驯悍记》中没有结尾的斯赖观剧的楔子，形成了全书的“戏中戏”结构，并以此自我指涉这种嵌套的观看结构：

> 人生如戏，戏如人生：Totus mundus agit historionem（环球剧场广告格言）。换言之，戏外无戏，即使我们——人生戏剧的剧中人——没有意识到这一点：斯赖没有注意看戏，但他恰恰因此成为我们（自我）关注的对象。我们就是斯赖，斯赖就是我们。（本书第 28 页）

环球剧场的格言，正是莎士比亚时代英格兰文学之中颇为流行的“世界剧场”（theatrum mundi）母题的标志性写照，而今本《驯悍记》斯赖观剧楔子的未竟悬念——我们无从得知这本剧中斯赖是否梦醒——亦成为这一母题的极好注脚（虽然今本《驯悍记》的文本现状可能并非莎士比亚有意为之,见本书第 10—11 页)。“全世界是一个舞台,男男女女都不过是演员”(《皆大欢喜》2. 7. 146—147),这意味着我们恒常生活在戏剧的幻象之中,并未真正醒来和看到剧外的世界。正因这一幻象的恒常存在,它反而成为了现实——不仅是舞台戏剧的现实,亦是人生戏剧的现实。

对戏剧世界之虚假-真相二重属性的发现,亦贯穿在全书对莎剧的“爱欲”主题的讨论之中——实际上,戏剧世界的虚假-真相在本书中正与爱欲知识(及其舞台再现)的虚假-真相互为隐喻。在本书的第一至第五幕中,莎剧舞台上登场的形形色色的爱欲知识的体验者或传布者,均无法完全验证或判断某种爱欲知识的真实性。正如本书多次提及的《威尼斯商人》中的金、银、铅三匣子的隐喻一样,莎剧中的众生也无法确认其爱欲经验或知识究竟是虚假还是真实,抑或其所得的真相是否便是爱欲的本相。作为个人情感,爱欲可能如狱卒的女儿对帕拉蒙的恋慕那般,展现为“欲望主体一厢情愿的‘相信’”(第 195 页),也可能如同一剧中希波吕忒对忒修斯的情感那样,呈现出近乎反直觉的“习与性成”(第 178 页)式的自然完满。而作为与公共生活和文明紧密相关的动力时,服务于爱欲的文明、习俗和意见固然可能在威尼斯的“美丽山”贝尔蒙特(Belmont)促成鲍西亚的胜利,却也可能在《李尔王》的古不列颠战场中,将李尔和考狄利亚的爱欲引向虚妄甚至死亡。

爱欲知识的虚相与真相,正如戏剧剧文的虚相与真相，是人生-戏剧中人及其所处世界（包括文明、意见、习俗和政治）所演出的幻象，但也正是这些幻象构成了他们在戏剧行动中所体验的现实。对爱欲知识与文本意义之间这种同构关系的解读和探讨，无疑是本书的重要主题（argument）。而在笔者看来，这既是全书以“世界剧场”为扩展隐喻（extended metaphor）的又一体现，也进一步引出了本书对这一古老文学母题的阐发和新见。

在莎士比亚同时代作者对“世界剧场”母题的表达和叙述中，能自由行使判断权能观览世界-戏剧和人生-戏剧的观众并不是于剧场或案头观赏戏剧的凡人——如上文《皆大欢喜》中的台词所示，凡人只能是深处剧中而不自知的演员——而是众神。在神的视角下，人生-戏剧则大多不过是博取一笑的闹剧罢了。即令莎士比亚的同行托马斯·黑伍德（Thomas Heywood，1574-1641）曾更为积极地将观览世界-戏剧的神描绘为更能体察人情、行使权柄惩恶扬善的形象，其笔下“世界剧场”的观众也同样是神，而非凡人①。由此，我们可见时人对此种属于观

① “如果世界是一处剧场，那么周旋圆成最为相宜。在众星层叠的高阁之上，耶和华即如观众般坐于其位。他是第一裁判，赞赏最优秀者，并为他们的努力赋予超越应得的荣耀；但他将因其他人的恶行为他们定罪，因而一些人将以耻辱收场，而另一些则得获赞美。”（“If then the world a Theater present, /As by the roundnesse it appears most fit, /Built with starre-galleries of hye ascent, /In which Iehove doth as spectator sit /And chiefe determiner to applaud the best, /And their indevours to crowne with more then merit /But by their evill actions doomes the rest, /To end disgrac'd whilst others praise inherit.” See Thomas Heywood, *An Apology for Actors*. London: 1612, pp. 24-25）

众的判断权能之应用限度的审慎。

不过,在相关神学语境已经淡化的当下,接受美学和媒介理论都早已将这种曾经属于神的权能与每一位读者/观众的判断自由等量齐观。本书副标题的成立,自然也得益于这种批评观念——即"我们"每一位人生-戏剧的演员,亦皆可借由阅读文学(至少暂时)站在这场人生-戏剧的观众立场上。然而,笔者认为,本书所关注的"爱欲"——这一能集中表现行动中人的盲目及诗歌非理性力量的人类经验——主题,则又将这种观众独有权能的应用界限问题带回了阐释视野中。面对"爱欲"这一一旦置身其中,便格外难解何谓真实/真相的人类经验时,旁观者更容易应用自身因置身局外而得到的权能去解释乃至干预正在上演的爱欲行动。甚至,如第四幕所论《特洛伊罗斯与克瑞希达》中尤利西斯的三次"启蒙"那样,我们也许能看到爱欲戏剧旁观者对爱欲知识的解释、判断权能的可能滥用。而亦正是因此,当这种得以置身梦幻之外的自由有带来同情和理解的可能时——一如《暴风雨》之结末普罗斯帕罗(其实亦是莎士比亚之代言)放弃法术、祈望观众给予他自由之时(第16页)——这种权能得以彰显为一种因不易于有限的人性之中达成、故而弥足珍贵的善良/成全意志。

基于对观众的判断自由是一种权力意志的认知,本书又进一步将黑伍德笔下这种唯有神拥有的权能进一步揭示为意义阐释者——也就是每一位能够观览人生-戏剧的观众/读者——的想象力,并且将想象力的本质定义为生命意志、善良意志和权力意志(第61—62页)。在此基础上,本书亦讲述了两种面对此种想象力之为权能(权力意志)本质的行动:其一,人可以选择继续留在虚假-真相之世界中,以此种想象力作为一种同情和补偿的善良意志,继续参演人生-戏剧——因为戏外无戏(即使剧中人对此尚无觉察),所以不必外于此戏剧而别求真义;其二,人亦可感此世界虚假意义之不足,以对真实意义的想象另求真义,由此出走、流亡、回归,以新义矫正、补偿、替代和超越眼前的虚假-真相。这两种行动在西方文学和思想史中漫长的历史渊源、及在莎剧及莎剧阐释史中的复杂呈现,则以"诗与哲学之争"(以及与之互为隐喻的"爱欲与理性之争")的形式,成为了全书的又一线索;"世界剧场"的母题,也由此在本书中转化为了一个关于表演——同时也是行动(to act)——的母题。而莎士比亚作为在"诗神光荣回归、诗人自信为诗辩护"(第23页)的时代写作的作者,则以其代表了其时诗辩和诗用问题于戏剧、尤其是英格兰戏剧中最新演进的存世作品(第23—25页),成为本书观察这一争论(同时也是关于行动的母题)的第一现场。

通观全书,读者应亦不难发现本书所理解的莎士比亚(及诗人一方)的选择为何。如序幕结末对《科利奥兰纳斯》和《暴风雨》之中关于"美丽新世界"的论辩集句所示(第30页),本书认为莎士比亚所选择的仍然是处于当下的这个世界——这个人生如戏、戏如人生的虚假-真相共存的世界,或这个既充满变易、又隶属于意见、常识与习俗的月下世界(sublunary sphere)。对于争执的另一方——那些否认此世界真实性后或流亡他乡、或携带另一世界的真相归来的阐释者/哲人们,本书则在“终场舞”中为他们设计了一个与斯赖观剧遥相呼应的开放式结局:流亡和归来的阐释者可能并非形同陌路,而是同一旅途之中奥德修斯的两面(第218页,第236页);他们可能会彼此失散,但亦或终将殊途而同归、在“福基斯”(Phocis,第207页)相遇。在这一“终场舞”中,那些曾以为自己身处剧外的观众、阐释者——乃至哲人,最终也都成为了剧中之人。而作为读者的我们,也再次目睹了一场“序幕”的上演,随着“此在之钟上的指针”(卷首),共同见证并体验这场戏剧的不断展开。

至此,如何理解、评价全书以自身为譬喻的这场戏剧-行动的意义,亦不再有涉于此书或此书的作者,而是属于(且仅属于)读者/观众的自由了。寻求原型分析和精神分析等文学批评理论之应用的读者,搜罗莎剧文本和演出及历史信息的读者,或将全书视为莎剧修辞下对特定思想的写作-实践的读者,也许将对此书有不同评判。但笔者——虽如开篇所言,笔者亦是此部戏剧的“观众”——相信,关心文学阐释和批评的想象力的读者/观众定能从书中发现不少此种想象力打破作者与读者之间的“第四面墙”(fourth wall)而指涉自身存在的时刻,随后会心于书中流露的贺拉斯式的反讽幽默(“quid rides? mutato nomine de te fabula narrator”,第59页)。并且,人文学科的泛学术写作愈趋专业分工至上与技术主义,便或愈能使此种想象力的存在及其意义得到彰显。正如《仲夏夜之梦》中希波吕忒评价想象力时所言,想象固为变易无常之事,但却又可能带来"某种恒常不易之处"("something of great constancy", 5.1.26, 第38页)或正是由此"恒常不易"(constancy),莎士比亚的戏剧不再只是作者身份、作者功能或文学史的权力话语的产物,而也得以真正属于作为参演人生戏剧的观众和读者的我们。

初稿于2024年8月18日

定稿于2024年9月5日